릴케 단편선

Erzählungen von Rainer Maria Rilke

Rainer Maria Rilke

릴케 단편선

라이너 마리아 릴케 지음 | 송영택 옮김

문예출판사

차례

모두를 하나로

안네 마리가 베르너의 방에 들어서자, 얼굴이 창백한 청년은 방금 새기고 있던 목조(木彫)를 옆으로 치웠다. 그는 무릎에서 지저깨비를 털어내고, 크게 뜬 눈으로 그녀를 쳐다보았다. 어두운 그 눈에는, 불쌍한 고아나 적적한 병자들이 아주 사소한 호의를 받았을 때 보이는 감동적인 감사의 표시가 서려 있었다. 안네 마리는 그것을 전혀 알아보지 못하는 듯했다. 그녀는 그것에 이미 익숙해져 있었던 것이다. 그녀는 그저 미소를 지었다. 어린아이 같은 긴장된 호기심으로 중단된 작업을 바라보았다.

"성모님이에요?"

그녀는 물었다. 나뭇조각을 주워 고아한 손가락으로 바스락바스락 만지작거리며.

베르너는 연신 고개를 끄덕였다.

"그래, 성모님이야."

네거리에 세우거나 문간 감실(龕室)에 모셔두기 위한 성 요한이나 성 로렌츠를 주문받는 적도 있었다. 그는 때때로 '각별한 수호신으로서 저희들을 수난(水難)에서 지켜주소서'라는 각명(刻銘)을 새긴 성 니콜라스나, '물어뜯는 벌레로부터 저희들을 지켜주소서'라는 말을 언제나 새겨 넣는 성 에기트도 만들었다. 이들은 모두가 주문을 받는 것인데 몸이 허약한 베르너에게는 주문이 별로 없었다. 그는 대개 제 나름의 구상으로 목조를 새겼다. 그것이 모두 마돈나뿐이었다.

자랑스러운 모성애로 포동포동하고 건강한 아기 그리스도를 소매 주름이 많은 팔에 안고 있는 대형의 마돈나. 자기가 어머니라는데 도리어 놀란 듯이, 가벼운 피로감을 느끼고서 축복하는 어린 구세주를 어딘가에 살며시 내려놓으려 하고 있는 소형의 마돈나. 높고 널찍한 관을 쓰고 두 손을 내밀어서 언제까지나 무엇을 주고 있는 듯한 마돈나. 수줍고 두려워서 딱딱하게 굳은 두 손을 가슴 위에 올려놓은 마돈나. 더구나 이 마돈나는 너무나 자주 오랫동안 눈을 내리깔고 있었기에 눈꺼풀이 몹시 무거운 듯했다. 마지막으로 색칠만 하면 완성되는 목조도 여러 개 있었다. 두 볼이 빨갛게, 그리고 입술이 진홍으로 채색되면 아주 생생하고 더 훌륭한 마돈나가 되었다.

아무튼 어느 마돈나에게도 똑같은 하나의 표정이 감돌고 있었다. 베르너가 없었다면 자신들이 존재할 수 없었다는, 베르너에 대한 커다란 감사의 정을 나타내었다. 누군가가 마돈나 앞에 꿇어앉아 기도를 드렸다면, 마돈나들은 모두 힘을 합쳐 열여섯 살 때부터 마비되어 버린 불쌍한 청년의 다리를 다시 쓸 수 있게 하기 위하여 기꺼이 협

력했을지도 모른다. 그러나 마돈나는 거의 주문을 받고 만든 것이 아니었다. 지붕 밑 다락방에서 멍하니 기다리고 있을 뿐이었다. 설령 마음이 일치했다 하더라도 그러한 기적을 행할 수 있으리라고는 마돈나 자신도 생각할 수 없었다.

마을 사람들은 베르너가 조금도 싫증 내지 않고 잇달아서 마돈나만 새기고 있는 것을 이상하게 여겼다. 노인들은 그저 어처구니없다는 듯이 언짢게 백발의 머리를 저었다. 노인들은 그것을 모독이라고 믿었다. 본래 성모마리아가 어떠한 모습이었는지는 아무도 몰랐다. 더구나 다리가 마비되어 교회에도 갈 수 없는 베르너가 어떻게 알 수 있겠는가. 단 한 사람, 전혀 괴이하게 여기지 않는 사람은 안네 마리뿐이었다.

옛적에 얌전하고 상냥한 소년이 다른 아이들과 어울릴 수가 없어 교외의 적적한 목장을 둘이서 함께 거닐던 때를 추억하면, 그녀는 베르너가 지금 하고 있는 것이 아주 자연스럽게 생각되었다. 그 무렵은 베르너가 아직 병을 얻기 전이었다. 그러나 그의 걸음걸이가 어쩐지 불안하고 확실치 않아서 걱정이었다. 안네 마리는 오히려 그 어설픈 점에 마음이 끌렸다. 두 사람은 한 마디 말도 없이, 꽃도 꺾지 않고, 그저 묵묵히 걷기만 했다. 그럴 때 문득 베르너의 입술은 나직이 애절하고 동경에 가득 찬 노래를 부르는 것이었다. 무슨 노래인지는 아무도 몰랐다. 그리고 저녁 해가 버드나무 가지 뒤로 빨갛게 저물어갈 때, 그는 마치 사랑하는 사람이 정말 죽어가는 것처럼 소리 내어 울었다.

그러나 이것은 모두가 두 사람이 어렸을 때의 일이다.

안네 마리는 지는 해를 보고 우는 것과 마돈나를 새기는 것이 크게 다를 바 없다고 생각되었다. 특히 그에게 병이 있다는 점을 감안해본다면, 베르너의 생활이 조금도 이상해 보이지 않았다. 자유로이 걸어 다닐 수 있었던 베르너와 함께 목장으로 산보를 갔듯이, 보행을 잊어버린 베르너의 방에 와서 그가 만든 목조의 성자들을 관심 있게 바라보는 것은, 저물어가는 목장에서 소년의 눈물을 보는 것처럼 매우 자연스러운 일이었다. 그녀는 병든 청년을 각별한 친구로 여겼다. 그에게는 자신의 따뜻한 동정과 미소가 필요하다고 생각했다. 그리고 그녀는 때때로 꿈에서 그의 깊은 고뇌에 찬 눈동자와, 황혼의 어스름 속에서 장엄한 축복을 받은 듯한 소녀처럼 하얀 병자의 그 손을 보았다.

병든 청년 앞에 앉아 있을 때면 그녀는 문득 이 꿈이 생각났다. 그녀는 더부룩한 담황색 머리카락을 약간 뒤로 젖히고 두 손을 무릎 위에 포개 얹고는, 먼 풍경을 바라보듯 그의 얼굴을 바라보았다.

"안네 마리, 왜 그러고 있지?"

"뭘 좀 생각하고 있었어."

"무슨 생각?"

"너와 같은 병을 앓는 사람이 얼마나 많은가 하고."

"생각보다 많지, 안네 마리."

"어머나! …… 그렇다면 그 많은 사람들은 이 세상이 없는 거나 마찬가지지. 숲도, 큰 도시도, 우리가 모르는 것, 근사한 것이 너무너무 많은데 그것을 전혀 볼 수 없으니."

"그들은 그것을 꿈에서 보는 거야, 안네 마리."

안네 마리는 입을 다물었다. 그녀는 부끄러웠다.

어느 날, 역시 이와 같은 저녁녘에 안네 마리가 말했다.

"나무로 직접 만든 성모님에게 베르너 자신도 기도를 드리는지 때때로 생각해보곤 해."

청년은 가냘프게 미소를 지었다.

"난 만들기만 하지. 그것이 나의 기도야."

안네 마리는 잠시 생각에 잠겼다가 혼잣말처럼 중얼거렸다.

"넌 언제나 마리아를 저렇게 마음속에 그리고 있는 모양이지? 왜 바로 저렇게 생겼을까? 언젠가 성모님의 아름다운 모습을 본 적이 있어?"

"모르겠어. 그림에선지 꿈에선지 몰라. 아무튼 내 눈앞에는 언제나 저 모습이 있어. 나의 동경같은 것이지."

그러자 처녀는 물었다.

"어느 것이 가장 닮았다고 생각하지?"

베르너는 조용히 눈을 감고 대답했다.

"모두를 다 합쳐야 돼. 내가 만든 많은 마돈나에서 상냥한 것, 자비로운 것, 두드러진 것, 부드러운 것을 모두 하나로 합칠 수가 있다면, 그것이 나의 동경과 가장 닮은 것이라고 할 수 있지. 난 노상 새것을 새겨 나가야 해. 거기에 수많은 친밀감과 자애로움이 깃들어 있으니까. 여기에 있는 모든 마돈나, 그리고 내가 만들 마돈나를 다 하나로 합친다면, 그것이 나의 동경이지. 나는 나의 꿈을 사랑하고 있어."

그는 마치 환상의 그림자를 끌어안듯이 두 팔을 벌렸다.

그러고는 몸을 구부려 방금 만들고 있던 목조를 집어 들더니, 저녁 어스름 속에 높이 쳐들고 소곤거렸다.

"언젠가는 꼭 만들 거야, 모두를 하나로 합친 것을."

그는 깊이 숨을 쉬었다.

"그러면 그것을 너에게 주지, 안네 마리."

안네 마리는 장난스러운 눈초리를 하고 웃으며 말했다.

"내가 결혼할 때면 좋겠어."

"왜 결혼할 때라야 하지?"

베르너의 목소리는 평소와 다르게 무엇인가에 놀란 다음처럼 거칠었다.

안네 마리는 정색을 하고 말했다.

"경사스러운 일이니까."

이렇게 말하고 나서 그녀는 몹시 불안스러웠다.

안네 마리에게 성모상이 필요한 날이 다가왔다. 베르너는 목발을 짚고 매일 아침 다락방으로 올라가서, 새로운 작업에 알맞은 재목을 골라보았다. 그러나 알맞은 것이 없었다. 계단을 오르고 재목을 찾는데 지친 그는 언젠가 서늘한 방 한쪽 구석에 주저앉았다. 그리고 수많은 성모상을 천천히 살펴보았다. 그의 성모상은 모두가 어린아이조차 기도를 올리는 것을 본 적이 없고, 토요일에 촛불을 바치는 사람을 본 적도 없었다. 그래서 모두가 서럽게 보였다. 그럴 때 그는 한가롭게 먼지투성이가 되어 있는 성자상(聖者像)은 전혀 생각하지 않았다. 안네 마리가 이제 결혼한다, 그 결혼에 성모상을 선사해야 한다는 것만 생각하고 있었다.

그는 오랫동안 안네 마리를 만나지 못했다. 그날 저녁부터 그녀는 그를 피하는 것 같았다. 가끔 귀여운 클라라를 보냈다. 열 살이 된 그녀의 누이동생이었다. 베르너는 그 꼬마를 몹시 귀엽게 여겨 생쥐라고 불렀다. 기민하고 군것질을 좋아하는 귀여운 소녀였기 때문이다. 그러나 생쥐는 그 반대로, 시중을 들어준다는 일종의 우월감을 느끼고 있는 것 같았다. 그래서 언젠가는 허물없이, 베르너는 자기의 아기이며 바보스러운 얼간이라고 말하기도 했다. 소녀는 매일같이 그를 찾아왔다. 꽃 한 송이라든가 사과 하나를 가지고 왔다. 그렇지 않을 때는 싱싱하고 차가운 젖 냄새 나는 입술을 그에게 주었다. 그는 무엇보다도 이것이 좋았다.

며칠 동안 고른 후에 베르너는 알맞은 재목을 찾아냈다. 그리고 본으로 쓸 만하다고 생각되는 성모상 하나를 앞에 놓고 작업을 시작했다. 그것은 대형의 아름다운 목조였다. 생쥐는 눈을 반짝거리며 입을 벌린 채 눈부시게 아름다운 성모상을 정신없이 바라보고 있었다.

갑자기 소녀가 소리쳤다.

"어머나, 이건 실제의 성모상이 아니군요."

작업이 뜻대로 진행되지 않아서 애태우고 있던 베르너는 의아스러운 듯이 눈을 들었다. 생쥐는 난처한 듯이 입을 다물었다. 보조개처럼 오목하게 오므린 귀여운 손으로 단단히 입을 가렸다.

"어째서?" 하고 베르너가 물었다.

"왜냐하면…… 잘 말할 수가 없어요."

소녀는 말을 끊고 심술궂은 표정을 지었다.

"그럼 영특한 아가씨, 대체 누구로 보이지?"

청년은 소녀를 추어올리며 힘없이 물었다.

생쥐는 그에게로 바싹 다가붙었다.

"성녀 아가타?"

청년은 캐어물으며 소녀의 머리카락을 쓰다듬었다.

"아뇨."

"성녀 안나?"

생쥐는 그렇지 않다는 듯이 머리를 저었다.

베르너는 생각나는 대로 모든 성녀의 이름을 들었다. 소녀는 점점 강하게 부정해 나가다가, 마침내 더는 참을 수 없다는 듯이 뿌루퉁한 얼굴로 말했다.

"멍청이군요. 성녀가 아니라 사람이에요."

베르너는 미소를 지었다.

"알아맞혀봐."

"맞힐 수 없을 거예요."

생쥐는 친구의 어찌할 바 모르는 얼굴을 보고는 이내 애처롭다는 듯이, 그리고 약간 경멸하는 투로 덧붙였다.

그녀는 자리를 고쳐 앉고서 말했다.

"안네 마리예요."

병을 앓는 청년의 얼굴이 창백해졌다. 하얀 손이 가늘게 떨렸다. 그는 의자에 깊숙이 몸을 기댄 채 마음속에 자리 잡고 있는 안네 마리의 모습을 대형의 아름다운 성모상 옆에 나란히 놓고는, 분주한 눈초리로 둘을 비교하기 시작했다. 베르너가 갑자기 입을 다물고 정색을 하자, 소녀는 처음에는 약간 놀라고 기대에 어긋난 듯한 표정이었다. 그러나 그가 우뚝 일어서서 목발을 짚고 여느 때와는 다른 목소리로 "따라와"라고 했을 때, 심한 공포감을 느꼈다.

소녀는 몹시 불안해졌다. 몇 번이나 "왜 그래요?"라고 묻고 싶었으나, 심장이 두근거리고 목구멍이 막혀서 소리가 나지 않았다. 요란한 소리를 내며 올라가는 베르너의 목발 뒤에서 그녀는 힘 빠진 무릎으로 기어서 다락방으로 따라 올라갔다. 어둠 속에서 그녀의 눈이 무엇을 분간하기도 전에, 베르너는 그녀의 팔을 잡아끌면서 격한 목소리로 말했다.

"어때, 이것도 안네 마리인가?"

생쥐는 아무것도 분간할 수가 없었다. 붙잡힌 팔이 아팠다. 온 힘을 다해서 말했다. 울음에 가까운 목소리로.

"네, 그래요."

"그럼 이것도?"

청년의 목소리가 들렸다. 크게 뜬 그녀의 눈에 간신히 무슨 형체가 보였다. 아래층 작업장에 있는 목조 마돈나와 꼭 닮은 것 같았다.

"이것도요."

그녀는 몸이 끌려가는 듯했다. 베르너가 숨 가쁘게 묻는 소리가 애원하듯 울렸다.

"여기 이것은?"

"역시 그래요."

생쥐는 얼른 대답했다. 어둠 속에서 그녀는 차츰 대형의 아름다운 안네 마리가 서 있는 것을 볼 수 있었다. 불안감이 조금씩 사라졌다. 그녀는 감탄하는 소리를 질렀다.

"어머나, 멋있어!"

그리고 그의 계속되는 질문 때문에 차분히 바라볼 수 없게 되지나 않을까 해서 말했다.

"모두, 모두 다 그래요."

베르너는 잡고 있던 그녀의 팔을 놓았다. 그는 비틀거리며 한쪽 구석으로 가더니 기진맥진하여 의자에 몸을 던졌다. 그의 양쪽 목발이 소리를 내며 바닥에 떨어졌다. 생쥐는 겁이 나서 그를 몰래 엿보았다. 그의 얼굴이 몹시 서러워 보였다. 소녀는 얼른 많은 목조 쪽으로 다시 눈을 돌렸다. 그녀는 손가락을 입에 물고 발자국 소리를 죽이며 아네 마리의 목조를 하나하나 보고 다녔다.

베르너는 방문을 굳게 닫아버리고 말았다. 식사를 나르는 노파에게만 문을 열어주었다. 그러나 저녁에 노파는 손도 안 댄 식사를 물리지 않으면 안 되었다. 그는 밤늦도록 촛불 밑에서 지칠 줄 모르고 새겨 나갔다. 손이 열병을 앓는 것처럼 뜨거웠다. 작업에 기진맥진하여 이제 손가락에 감각이 없었다. 한밤중에 촛불이 다 되어, 서서히 소리를 내며 움찔거리다가 꺼지고 말았다. 그의 지친 두 눈에 암흑이 무겁게 내려앉았다. 그러나 그의 떨리는 손은 결코 칼을 놓지 않았다. 보이지 않는데도 그는 급히 나무를 새겨 나갔다. 칼질에 묵직한 반응이 있었다. 옛날부터 그의 동경의 대상이었던 성모님의 은총이 이 캄캄한 어둠 속에서 그의 칼을 움직이고, 그의 순종적인 손에 힘을 주었는지도 모른다. 그가 마음속에 아무리 그리려고 해도 똑똑히 떠오르지 않는 얼굴, 그러나 고상하고 성스러운 것의 총괄인 성모님

16

의 아름다운 모습을 새기기 위하여.

　그는 일손을 멈추지 않았다. 밤을 꼬박 새우고 따가운 눈으로 아침을 맞았다. 그리고 여명의 흐늘거리는 빛 가운데 목조를 비추어 보았다. 그의 눈에 비친 것은 역시 이전의 그 모습이었다. 곧 결혼식을 올릴 안네 마리의 모습이었다. 그것을 확인한 순간, 그는 목조를 창문턱에 힘껏 내리쳤다. 목조의 머리가 떨어져서 밝아오기 시작한 방 안을 크게 곡선을 그리며 날아갔다. 베르너는 목조를 내던지고는 머리카락을 쥐어뜯었다. 손톱이 차가운 쇠사슬처럼 머리에 파고드는 것 같았다.

　하늘에 여름날의 이른 해가 떠올랐다. 지붕에서 잿빛이 사라지고, 가까운 정원에서는 새소리와 함께 아침이 부르고 있었다. 밤을 꼬박 새운 베르너는 아침의 장엄한 주홍빛을 바라보고 있었다. 그의 마비된 다리로는 꿇어앉을 수가 없었다. 그러나 그의 절망한 영혼은 간절한 소망으로 무릎을 꿇고 있었다. 그는 두 손을 모아 높이 쳐들었다. 그리고 기도를 드렸다.

　"성모님, 당신은 반드시 어딘가에 계십니다. 안네 마리와는 다를 것입니다. 곧 결혼하게 될 여자와 당신이 같은 모습이어서는 안 됩니다. 저는 당신만을 찬미하고 싶습니다. 하느님은 제가 자유로이 다리를 쓸 수 있는 은혜를 거둬들이고 말았습니다. 그 후로 저는 당신의 모습을 새겨오고 있습니다. 굽어보소서, 성모님. 당신을 새겨왔습니다. 불쌍하고 의지할 데 없는 두 손으로 당신의 목조를 새기며 저의 기도도 새겨 넣었습니다. 저의 목조가 마음에 들지 않으신지요? 성모님, 저의 목조가 시원찮은지도 모르겠습니다. 당신의 아름다운 마음씨가 전혀 나타나 있지 않은지도 모릅니다. 그러나 단 하나만이라도 당신과 닮은 것을 만들게 해주십시오. 설령 그것이 석탄의 불꽃이 태양을 닮은 정도의 것이 되더라도 저는 만족하겠습니다. 저는 당신의 은혜를 깊이 느끼고 있습니다. 빛은 오직 당신의 빛이며, 사랑은 오직 당신의 사랑이게 하여 주옵소서. 당신은 안네 마리와 같은 모습이 아니기 때문입니다. 곧 결혼식을 올릴 안네 마리와는.”

그의 목소리에는 아무런 빛깔이 없었다. 그의 두 손은 완전히 지쳐서 무릎 위에 떨어졌다. 그는 눈을 감고 기도의 여운에 귀를 기울였다. 괴롭고 긴 열병의 밤을 견뎌낸 어린아이처럼 그는 조용히 휴식을 취했다.

그러나 몇 분이 지나기도 전에 그는 벌떡 일어섰다. 새 재목을 집어서 살펴보았다. 그리고 몹시 흥분된 손놀림으로 분주히 작업을 시작했다. 재빠르게 새겨지며 차츰 형체가 이루어지는 것을 그는 불안하고 긴장된 눈으로 안타깝게 지켜보았다. 그는 신체의 내부에서 무엇인가 신성한, 승리를 약속하는 힘이 솟아남을 느꼈다. 기도의 힘이 그에게 은밀하고 아름다운 희망을 주었는지도 모른다. 칼질을 할 때마다 이번만은 지금까지의 쉰 번, 백 번, 아니 천 번과 전혀 다르다고 느꼈다. 전혀 다른 새로운 것, 아직 한 번도 존재한 적이 없는 순결무구한 것, 모두를 하나로 합친 것이 아닌 오직 하나의 것, 모든 것과는 전혀 관계가 없는 하나의 것, 이러한 것을 만들지 않으면 안 되었다. 내부의 커다란 환희가 그를 고무했다. 손가락 속의 기쁨이 피로에서 오는 경련보다도 더욱 심하게 떨리는 것 같았다. 두어 시간이 몇 분처럼 지나간 후에 그는 일손을 멈추었다. 그리고 창문턱에 작품을 올려놓고는 나무 향기 속에서 걸어 나온, 엷은 베일을 쓴 것 같은 상냥한 모습을 명상적인 미소를 지으며 바라보았다. 잔잔한, 괴로움에 싸인 얼굴이었다. 그러나 그것은 헤어져 가는 사람의 얼굴처럼 더는 똑똑히 볼 수가 없었다. 그 모습이 이미 멀리로 떠나갔기 때문인지, 아니면 보내는 사람의 눈에 눈물이 가득 차 있었기 때문인지 알 수 없었다. 문득 베르너는 아무런 기억도 남아 있지 않은 불쌍한 병든 어머니를 생각했다. 어머니는 너무나 일찍 무덤 속에서 두 손을 합장하지 않으면 안 되었다. 그가 완전히 기계적으로 목재를 계속 새기는 동안에도, 그의 영혼은 여린 감동에 이끌려 거의 잊어버리고 있던 어머니의 사랑의 조그마한, 창백한 꽃송이 곁으로 되돌아가 있었다.

불구의 청년이 꿈을 깬 것은 살며시 방문이 열리는 듯한 소리 때문이었다. 그는 아찔했다. 멀리에서 급히 불러들인 듯한 눈초리로 당황해서 방 안을 살펴보았다. 맨 구석 쪽에는 이미 저물어가는 저녁 어스름이 그물을 치고 있었다. 아무도 없었다. 그러나 다시 작업을 시작했을 때, 누군가가 그의 옆에 앉아서 함께 목조를 새기고 있다는 것을 알았다. 그는 새기고 있던 목조를 지키려는 듯이 몸을 구부렸다. 그러나 그의 옆에 있는 누군가는 보이지 않는 손을 내밀어서, 깊은 고뇌에 차 있는 섬세한 얼굴의 선에 재빠르게 손질을 더하여 무슨 확고한 것, 세속적인 것을 첨가하는 것 같았다. 아마도 안네 마리의 그 무엇인 것 같았다. 베르너는 놀라움으로 간담이 서늘했다. 지금이 최후의 결정적 투쟁을 할 때라고 생각했다. 무엇에 쫓기는 것처럼 그의 연장이 미친 듯 분주하게 아래위로 번쩍였다. 뚫려 있는 홈 속을 번개처럼 달리는 것 같았다. 지저깨비가 쏟아져 나왔다. 그는 상대방을 앞서야겠다고 생각했다. 그러나 상대방은 가차 없는 매정한 침묵을 지키며 차근차근 새겨 나갔다. 그리고 숨이 차서 헐떡이는 베르너의 선(線) 하나하나를 조롱하듯이 무너뜨려갔다. 그는 아무리 쉬지 않고 급히 새겨 나가도 완전히 패배하고, 결국은 증오스러운 적을 위해서 움직이고 있다고 생각되었다. 절망감에서 오는 노여움이 그를 엄습했다. 그는 떨리는 오른쪽 손으로 아무렇게나 점점 난폭하게, 그리고 맹목적으로 목재를 새겨 나갔다. 이제 그의 눈은 목조를 보고 있지 않았다. 그의 눈은 못 박힌 듯이 바깥을, 빨갛게 타오르는 저녁 해를 보고 있었다. 그는 울부짖었다.

"네가 아니면 나다."

오른쪽 손은 이미 그의 몸에서 떨어져 나간 것처럼 혼자서 움직이고 있었다. 날카로운 칼날은 이제 딱딱한 목재를 새기고 있지 않았다. 칼날은 피가 솟아나는 그의 손을 저미고 있었다.

집

단치히에 뵈르만 운트 슈나이더라는 커다란 면직 날염 공장이 있었다. 그곳에서 에어하르트 슈틸프리이트는 단번에 뛰어난 도안가로 인정을 받았다. 그는 아직 젊었다. 겨우 30대 초반이었지만, 공장에서 없어서는 안 될 인물의 하나가 되어 있었다. 그러나 그의 뛰어난 재능을 제대로 발휘하려면 우선 예술적인 면과 기술적인 면, 이두 방면의 지식을 더욱 완전하게 할 필요가 있었다. 먼저 처음 1년은 뮌헨의 상업미술학교에 입학시키고, 다음 1년은 파리와 빈, 그리고 베를린의 큰 공장을 견학시킨다는 것이 그 구체안이었다. 그러나 공장에서 이런 제의를 받은 것은 공교롭게 그가 결혼을 한 후의 일이었다. 아내를 데리고 간다는 것은 물론 생각조차 할 수 없었다. 에어하르트는 결단을 내리기가 어려웠다. 장래 문제도 중요하고 아내도 권했기 때문에, 결국 그는 승낙했다. 곧 첫아이가 태어날 터였다. 사내

아이가 무사히 태어난 후, 그는 출발했다.

그는 지금 귀국하는 길이다. 그는 쾌적한 열차의 삼등실에 앉아 있었다. 기차는 이미 베를린을 뒤로 하고 달리는 중이다. 그는 이상한 기분에 젖어 있었다. 전율적인 흥분이 손가락 끝까지 그의 몸에 들어차 있었다. 갑작스러운 환희가 그를 엄습했다가 이내 다시 사라졌다. 동승한 사람들이 그를 쳐다보았다. 그는 아무 신문이나 집어 들어 그것을 보는 척하면서 생각했다. 지나간 2년을. 2년…… 그것은 정말 짧은 시일이었다. 아무튼 그것은 관광여행이 아닌 업무였다. 업무는 세월을 의식할 수 없게 한다. 그는 열심히 공부했다. 중역들은 놀랄 것이다. 결과에 대해서는 매우 간단하게 보고해두었다. 사람들을 놀라게 할 만한 업적은 지금 그 자신이 가지고 가는 것이다. 이를테면 이 새로운 프린트의 모델이다. 얼마나 특이한 것인가. 그러나 그는 다만 그 고안자를 발견했을 뿐이다. 불쌍한 녀석. 그 사나이는 자신의 고안물을 부둥켜안고 어찌할 바를 모르고 있었다. 그것이 지금 실시되고 등록되는 것이다. 나는 인기가 대단할 것이다. 그런데 그것을 고안한 자는, 그렇지, 분명히 셸리에라는 이름이었다……. 도대체 어디였지? 파리, 그래, 분명히 파리였다. 이제 파리라는 이름도 에어하르트에게는 벌써 서름하게 울렸다. 아내는 최근에 보내온 편지에서 "당신은 이제 세계를 보셨으니까……"라고 썼다. 세계? 그러나 그는 모든 도시에서 오직 자신의 소관 업무만을 밝혔다. 캄캄한 방에 뭔가 필요한 것을 가지러 들어간 것과 다름이 없다. 세계에 대해서는 별로 아는 것이 없었다. 그러나 그런 것은 아무래도 좋다. 나중에 언젠가 여행을 하면 된다. 아기가 자라기 전에 아내와 둘이서 즐거운 관광

22

여행을. 그렇지, 아기가 있지. 아기는 어떻게 지내고 있을까. 어떤 얼굴을 하고 있을까. 태어났을 때 한 번 보았을 뿐이다. 어린아이에게는 고유의 얼굴이 없는 것이다. 나를 닮았을까. 아니면 아내를 닮았을까. 그러고는 아내를 생각했다. 무한한 따사로움이 그의 마음을 적셨다. 정열적인 뜨거움이 아니고, 그저 훈훈한 따사로움이었다. 그녀는 약간 창백한 편이었다. 그러나 그때는 산후였던 것이다. 이제부터는 생활도 얼마간 나아진다. 일주일에 두 번씩 비프스테이크를 먹을 수 있을 것이다. 피아노를 살 수 있을지 모른다. 당장에는 안 되겠지만…… 아마도 크리스마스까지는.

기차가 멈추었다. 사람들이 이리 뛰고 저리 뛰고 있다.

"하차하시기 바랍니다. 천천히 하차하시기 바랍니다."

문이 열렸다. 차가운 공기가 차 안으로 흘러 들어왔다. 수하물 운반인이 밝은 아마포 제복을 입고 나타났다. 그는 그래도 망설이고 있었다. 누군가가 말하는 소리가 들렸다.

"우리는 그냥 앉아 있기로 합시다."

그는 깜짝 놀랐다.

"네?" 하고 그는 되물었다.

그 사람은 화난 소리로 말했다.

"접속 열차가 떠나버렸습니다. 글쎄, 어떻게 될는지."

그는 플랫폼으로 나갔다. 그리고 역장을 찾았다. 많은 사람들을 밀치며 그는 역장 쪽으로 마구 나아갔다.

"난 차를 갈아타야 해요, 당장!" 그는 미친 듯이 소리쳤다.

"하지만 여러분" 하고 역장은 그와 다른 사람들을 향해 냉담하게 설명했다.

"저로서는 어떻게 할 수가 없습니다. 여러분이 타신 차가 20분 연착했습니다. 단치히행 열차는 정각에 출발하지 않으면 안 되었습니다. 레일을 바꿔놓을 수는 없었습니다."

"그러나 어떻게 대책을 강구해야 하지 않겠소."

역장은 에어하르트 쪽을 바라보며 말했다.

"진정하십시오. 지금은 두 시입니다. 일곱 시에 급행이 떠납니다. 아무튼 다섯 시간만 기다리면 됩니다. 선생님은 어디까지 가십니까?"

역장은 대답도 기다리지 않고, 벌써 누군가 다른 사람과 이야기를 하고 있었다. 에어하르트는 여행 가방을 들고 플랫폼에 서 있었다. 사람들은 하나하나 흩어져 갔다. 그는 문득 여기가 대체 어디일까, 하고 생각했다. 바로 머리 위에 커다란 글자로 밀타우라고 쓰여 있었다. 밀타우라면 단치히에서 기차로 두 시간밖에 떨어져 있지 않다. 마차라면 다섯 시간 정도이다. 그는 마차를 타기로 결심했다. 철도 직원에게 물어보았다. 직원은 귀찮은 듯이 말했다.

"그렇다면 시내까지 가셔야 합니다. 여기에는 아무것도 없습니다."

"시내까지 먼가요?"

"아뇨."

에어하르트는 두어 걸음 걸어갔다. 그러나 갑자기 어이없다는 생각이 들었다. 마차 삯이 얼마나 될까. 마차로 돌아간다……. 그럴 필요가 있을까. 겨우 다섯 시간이 그렇게 큰 문제일까. 그는 미소를 지

었다. 흥분하지 말아야지, 하고 그는 혼자 중얼거렸다. 아무것도 아
니지 않나. 말하자면 돌아온 거나 마찬가지다. 안방 앞에 서 있는 것
이다.

그는 레스토랑으로 들어갔다. 코냑을 주문했다. 추웠다. 그는 뭔가
하려다가 잊어버린 사람처럼 앉아 있었다. 마침내 생각났다. 그렇지,
조금 전에 하던 생각의 계속이었다. 그는 생각을 이어갔다. 아내, 그
리고 아기……. 거의 2년 반이 되었다. 2년 반이면, 아이는 말을 할 수
있을까. 그러나 생각이 잘 정리되지 않았다. 모든 것이 움직이고 있
는 기차 안과는 다르다. 이 지루한 레스토랑에서는 모든 것이 정지해
있다. 먼지투성이가 되어서 생각도 멎어버린다. 이런 정거장에서 여
러 번 기다린 적이 있었지. 이런 정거장? 그렇지. 갖가지 정거장이 있
었지. 그럴 때 늘 무엇을 했더라. 그는 언제까지나 정거장에서 멍하
니 기다리고 있지는 않았다. 대개는 시내 구경을 했다. 좋은 생각이
다. 그는 코냑을 한 잔 더 마시고 밖으로 나왔다.

바깥은 석탄이 깔려 있는 새카맣고 지저분한 길이었다. 나무울타
리를 따라서 끝없이 똑바로 뻗어 있었다. 더러운 폐수가 흐르는 무슨
도랑 같은 것 위에 걸려 있는 다리를 건넜다. 진흙이 반쯤 차 있는 낡
아빠진 녹슨 양동이가 떠 있었다. 갑자기 공장이 하나 나타났다. 굴
뚝과 높은 양철 울타리. 엄청나게 큰 정어리 상자같다. 마침내 시내
같은 곳이 보였다. 오른쪽에 집과 웅덩이…… 왼쪽에 집…… 그리고
골목. 슬리퍼와 칫솔과 양파를 파는 작은 가게가 있었다. 그는 잠시
그 앞에 서 있었다. 그는 다시 시내의 광장까지 걸어갔다. 그곳 모퉁
이에 새 집이 있었다. '차와 과자'라고 쓰여 있었다. 커피라도 마실 수

있겠지, 하고 생각하며 에어하르트는 입구 쪽으로 걸어갔다. 출입문도 커다란 유리로 되어 있었다. 대도시 취향으로 'Entrée'(입구)라고 쓰여 있었다. 그러나 에어하르트는 그냥 지나가고 말았다. 이런 곳에서 뭘 먹는다는 것, 맛도 없는 커피를 마신다는 것은 전혀 의미가 없다고 스스로에게 말했다. 이미 집에 돌아온 거나 마찬가지니까. 이곳은 중간 정거장에 지나지 않지. 정차할 가치도 없는 곳이다.

그는 곧장 걸어갔다. 그러자 누군가의 목소리가 다가왔다. 폭이 넓고 땡땡한 목소리였다. 보드빌 극장 같은 데서 흔히 볼 수 있는 빛 방울. 처음에는 작은 점 같다가, 그것이 홀로 들어오면 빙글빙글 크게 부풀어서 망측하고, 불쾌하고 몰골스럽게 솟아오르는 빛. 목소리는 그런 인상을 주었다.

"아냐, 난 잘 알고 있어. 언젠가는 확실한 증거를 꼭 잡을 테니까. 녀석을 붙잡으면…… 당장에 때려죽이겠어……."

에어하르트는 쳐다보았다. 뚱뚱한 큰 남자가 말라빠진 작은 남자와 함께 지나갔다. 작은 남자는 열심히 듣고 있었다. 큰 남자는 불그스레한 무서운 얼굴이었고, 때려죽인다는 말을 할 수 있을 만한 입 모양을 하고 있었다. …… 어떤 사람일까, 하고 에어하르트는 생각했다. 사실 무슨 짓을 할지 모를 무서운 사람이다. 에어하르트는 길을 가로질렀다. 포석(鋪石)이 울퉁불퉁하다. 이것이 시내의 광장인가. 아무것도 없다. 텅 비어 있다. 주위의 집들이 광장에서 너무 떨어져 있는 것일까. 그러자 저편에……, 참으로 기이하다. 귀가 잘 들리지 않는 선병질의 어린아이들 얼굴같이 무감각하고 우둔한 집들의 정면에 섞여서, 색다른 건물이 하나 있었다. 앙피르 시대의 아름다운 장식을 가진 정면. 그리고 뒤에 있는 합각머리의 좌우 양쪽에 있는 지붕 위에 두 개의 화병.

에어하르트는 다가갔다. 바로 앞까지 가도 집은 별로 커 보이지 않았다. 반원형 기둥은 새로 칠을 했고, 세피아 빛의 현화(懸花)장식도 상당히 퇴색되어 있었다. 우스우리만큼 작은 집이었다. 합각머리에 창문이 하나. 이층에 둘. 현관문 옆에 작은 타원형 창문. 현관에는 삼단의 돌층계가 붙어 있다. 그러나 창문도 문도 형태만 있을 뿐 통용이 되지 않고, 그 뒤에 집도 아무것도 없는 것 같았다. 에어하르트는 문득 생각했다. 이전에 어디선가 한 번 이런 집을……. 그래, 노상 있는 버릇이지. 어디선가 이런 집을 본 적이 있는가, 하고 불쑥 생각하는 것은. 에어하르트는 더 다가갔다. 그는 어느덧 벨을 눌러버렸다는 것을 언뜻 깨달았다. 어처구니없는 바보짓을 했군. 그는 되돌아가려고 했다. 그러나 벌써 자물쇠가 삐걱거리는 소리가 들렸다. 그는 그냥 달아나버리기가 부끄러웠다.

"무슨 일이시죠?"

분명히 아직 젊은 부인이었다. 의아스러워하는 눈치였다.

"저는" 하고 에어하르트는 어물거렸다.

"실례합니다만, 저는…….'

"들어오시지요. 날씨가 찹니다."

부인이 말했다. 크게 놀라는 것 같지 않았다.

바깥은 별로 춥지 않았다. 벌써 이른 봄이다. 그러나 에어하르트는 부인 말대로 춥다고 생각했다. 그래서 집으로 들어갔다. 현관은 훈훈하고 알맞은 습도를 유지하고 있었다. 에어하르트는 들어갈 때 부인이 걸치고 있는 숄을 스쳤다. 놀랍도록 보드랍다고 느꼈다. 그녀는 에어하르트에게 바싹 다가섰다.

"이쪽으로……."

그녀는 좁고 삐걱거리는 계단으로 앞장서서 갔다. 방이 있었다. 희미하게 흐르는 빨간 광선. 아마도 창문 커튼이 빨간 무명으로 되어 있는 모양이다. 아니면 어딘가에 갓을 씌운 램프가 있는지도 모른다.

"앉으시죠."

부인이 말했다.

그녀는 보드라운 숄을 벗어 던지고, 소파에 깔린 모피를 쓰다듬었다. 그녀는 두 팔을 드러내고 있었다. 옷도 느슨하게 입고 있었다. 선선히 무너질 듯한 태도였다. 숄처럼 보들보들한 목소리였다. 에어하르트는 그대로 그녀를 쳐다보고 있었다. 언뜻 정신이 들었다. 당황해서 공손한 태도로 말했다.

"실례합니다. 갑작스레 방으로 들어와서……."

그녀는 웃었다. 그리고 폭신한 모피 위에 깊숙이 앉았다.

"저는……."

에어하르트는 머뭇거리며 더욱 자신이 없는 목소리로 말했다.

"저는 집을 구경하고 있었습니다. 아주 특이합니다, 이 집이."

그녀는 앉은 채로 웃었다. 그녀의 두 다리에 잔주름이 흐르다가는 사라졌다. 광선 때문이었는지도 모른다. 에어하르트는 말을 이었다.

"이 집 말입니다만, 아마도 오래된 모양이죠?"

"네, 오래된 집이에요. 그런데 왜 앉지 않으시죠?"

그녀는 웃으며 말했다. 그러고는 나지막한 의자를 끌어당겼다. 역시 모피가 깔려 있었다. 에어하르트는 생각에 잠기며 모자를 벗고 앉았다.

"당신은 이 고장 분이 아니시군요."

"네, 그렇습니다. 저는 그저, 그러니까 이 집이 저를……."

그는 무슨 말을 해야 할지 다시 두서를 잃고 말았다. 그는 이 방 안의 모든 것이 자신에게 은근히 아양을 떨고 있는 것 같은 생각이 들었다. 부드러운 쿠션이 등허리에 휘감겨 붙는다. 손바닥에 닿는 모피가 살며시 손바닥을 핥아주는 고양이의 혓바닥처럼 간지럽다.

갑자기 부인이 뒤로 기대며 머리 밑에 두 팔을 괸다. 쿠션처럼 몸을 벌리고. 그러고는 어투를 바꾸어서 물었다.

"전번에 만나고 얼마나 지났지요?"

에어하르트는 무슨 말인지 알 수가 없었다.

"네?"

"분명히 베를린이었지요, 크롤의 집에서……."

에어하르트는 완전히 마음이 가라앉았다.

"아닙니다. 착각을 하신 모양입니다. 저는 에어하르트 슈틸프리이트라는 도안가입니다."

그는 당장 집에서 나가야겠다고 생각했다. 그녀는 그의 말을 전혀 듣지 않은 것 같았다. 갑자기 앞으로 몸을 일으키며 웃었다.

"뮌헨이었지요……."

에어하르트는 다시 일어서려고 했다. 그러자 그녀의 웃음 때문에 현기증이 났다.

"뮌헨이었어요. 당신은 전혀 모르는 척하지만, 옥토버비제에서……."

"아닙니다. 착각을 하신 모양입니다. 저는……."

에어하르트는 다시 한 번 자신 없이 거부했다. 그때 그는 한 여인이 떠올랐다. 1년 반쯤 전이었다……. 뮌헨에서…… 그래, 분명히 뮌헨에서. 어느 날 밤, 지난 2년 동안에 단 하룻밤. 그때 그는 과음했던 것 같다. 그리고 그 여인과. 한꺼번에 모든 것이 기억났다. 물론 그 여인은, 그의 기억으로는 야위고 가냘프고 약간 창백했다. 그런데 이 여인은? 그는 그녀를 관찰하기 시작했다. 그녀는 오직 이 시선을 기다리고 있었던 것 같았다. 그녀는 그의 시선을 붙잡았다. 그것을 가지고 놀았다. 그녀의 무릎 위에 내려놓았다. 어느덧 풀려버린 그녀의 머리카락 속에 묻었다. 그러는 동안 그녀는 쉴 새 없이 지껄이고 있었다. 하찮은, 별 뜻이 없는 말을, 듣기 좋은 달콤한 말을. 그를 '여보'라고 부르고, 메스꺼운 무슨 끈적끈적한 다른 이름을 부르기도 한다. 그는 완전히 냉정을 되찾았다.

아니다, 절대로 그 여인이 아니다. 단 한 번 그날 밤 뮌헨에서 만난 여인이 선명하게 떠올랐다. 창백하고 가냘픈 몸매. 그는 단호히 일어섰다. 그러나 그때 생각이 떠올랐다. 이 여인이 그것을 알고 있을까. 그러나 그는 곧 냉정을 되찾았다. 그녀는 모른다. 넘겨짚었을 뿐이다. 그는 말했다.

"아무튼 저는 급히 기차를 타야 합니다. 여행 중이니까요."

그는 이렇게 무뚝뚝하게 말했다. 그는 몇 시간 후의 일이 눈앞에 떠올랐다. 그리움과 행복감이 가슴을 가득 채웠다. 정말 시시한 경험이다. 이렇게 생각하며 그는 모자를 집어 들었다. 전적으로 무의미한 하나의 에피소드에 지나지 않는다.

"도안가라고 하셨지요?"

그녀는 또 다른 제삼의 목소리로 물었다. 그리고 그의 곁에 나란히
섰다. 그는 긍정했다.

"그렇다면 잠깐만 기다려주세요. 당신은 전문가시니까 천을 하
나 보여드리고 싶어요. 염색을 할 수 있는지 알고 싶고, 무늬나 도안
도…… 좋은 말씀 들려주시겠죠."

그녀는 상냥한 목소리로 간청했다. 에어하르트는 모자를 다시 내
려놓았다. 그는 사무적으로 대답했다.

"좋습니다. 약간의 시간 여유가 있을 것 같으니까."

그녀는 뒤쪽의 융단을 친 작은 문을 살며시 열고 안으로 사라졌
다. 에어하르트는 시계를 보았다. 아직 다섯 시다. 앞으로 두 시간. 정
말 지루하고 긴 시간이다. 제대로 갔더라면 벌써……. 그러나 이제는
아무래도 상관없다. 열 시에는 단치히에 도착한다. 그리고 교외선으
로……. 열한 시 전에는 집에 있겠지. 그는 미소를 지었다.

그때 옆방에서 그녀가 불렀다. 조금 전처럼 부드럽고 유혹적인 목
소리로. 그리고 웃음을 죽이며. 에어하르트는 자신도 모르는 커다란
옷걸이장 앞에 쪼그리고 앉아서 무엇을 끌어당기고 있었다.

"서랍이 잘 열리지 않아요."

그녀는 토라진 어린애처럼 말했다. 에어하르트는 그녀 옆에 무릎
을 꿇었다. 그는 그녀의 팔에 넘쳐흐르는 낭창낭창한 힘을 느꼈다.
옷걸이에 걸려 있는 옷에서는 재스민 숲에서처럼 짙은 향기가 숨 막
히게 풍겨왔다. 그는 서랍을 빼려고 애썼다. 그러나 그의 손은 그냥

서랍에 닿기만 할 뿐 이상하게 힘이 들어가지 않았다. 언뜻 옷자락이 그의 이마를 가볍게 스쳤다. 아니, 손이었는지도 모른다. 갑자기 옷 같은 것이 그의 몸에 떨어져 내렸다. 그리고 키스…… 헤아릴 수 없이…… 온몸에 흐르는 전율…….

갑자기 커다란 시계의 흔들이 같은 것이, 그리고 보드라운 팔이 그를 떠밀었다. 흔들이는 그대로 흔들리고 있다. 에어하르트는 옷걸이 장에 걸려 있는 옷에 등을 기대고 있었다. 옷이 차갑고 딱딱했다. 미칠 듯한 불안이 그를 엄습했다. 밖으로 나가야 한다고 그는 생각했다. 흔들이의 소리가 점점 크게 들렸다. 그는 뛰어나가서 달리고 있다고 생각했다. 그러나 그는 옷장 앞에 서서 방문 쪽을 바라보고 있을 뿐이었다. 그곳에 빨강 머리의 남자가 우뚝 서 있었다. 언제 어디선가 틀림없이 본 얼굴이었다. 그는 기억을 더듬었다. 도대체 어디서 저 사람을? 아니, 저 사람은 모든 말을 하고 있는 모양이지? 입이 움직이고 있다. 그러나 그의 착각이었다. 죽음같이 고요했다. (에어하르트는 맹세할 수 있었다.) 정말 죽음같이 고요했다. 그러자 그는 죽지 않으면 안 된다는 것을 알았다. 물론 죽어야지. 아무런 의미도 없다. 중간 정거장에 지나지 않는다. 말하자면…….

비명 소리, 날카로운 무서운 비명 소리가 그의 생각을 중단시켰다. 아, 하고 그는 생각했다. 그가 때려죽인 것이다. 누구를? 그것을 생각할 여유가 없었다. 그 큰 남자가 눈앞에 다가온 것이다. 문과 벽과 모든 것이, 방 전체가 빨강 머리 남자였다.

다시 불안. 1초, 단 1초 동안. 그 남자가 다시 작아졌다. 비교적 작아졌다. 그것이 말할 수 없는 안도감을 주었다. 그 남자가 무엇인가

를 쳐들었다. …… 그리고 낙하. 깊은, 깊은 낙하……. 별들. 수백만의
별들.

그러나 천천히 멀리에서 하나의 생각이 다시 떠오른다. 아니, 하나
의 대화가. 에어하르트 슈틸프리이트는 누군가를 향해서 말한다.

"전혀 아무런 의미도 없지. 그저 두어 시간. 난 다른 사람들과 마찬
가지로 편히 잠들게 되겠지……."

다시 한 번 낙하. 무서운 낙하.

이제는 아무런 생각도 존재하지 않는다.

목소리

헨케 박사는 시(市)에서도 가장 의무에 충실한 전형적인 인물이다. 그러나 6주간의 휴가를 발트 해(海)의 미스드로이 해수욕장 백사장에 반듯이 누워서 한가롭게 지내고 있었다. 그는 짧게 깎은 머리 밑에 두 팔을 베개 삼아 받치고서 높은 너도밤나무 가지를 우러러보고 있었다.

그는 누워 있는 자신의 앞에 서서, 밀려오는 물결의 물마루를 향해 조약돌을 던지고 있는 친구 에르빈에게 적잖이 화를 내고 있었다. 정색을 하고 에르빈에게 충고하지 않으면 안 되었기 때문이다.

"정말 자네는 바보야. 모처럼 바다에 왔으면 휴양을 해야지. 그런 시시한 생각일랑 그만두는 게 좋아. 도저히 이해할 수가 없어. '목소리'라니? 그런 말은 들어본 적이 없어. 아무튼 자네는 결혼을 해야 해. 내가 좋은 사람을 찾아주지. 요즘 자네가 어떤 말을 듣고 있는지 알고나 있나? 절도범 둘과 강도 살인범 한 사람의 변호를 맡고, 동시에 유언도 없이 죽은 숙모의 유산을 처리하는 것보다, 자네의 바보짓을 그만두게 하는 것이 훨씬 더 어렵다고들 말하고 있어. …… 자네는 과로한 것 같아."

에르빈은 물결을 향해 미소를 지었다.

"자네 말이 옳을지도 몰라. 난 무척 지쳐 있어. 그래서 더욱 '목소리'를 듣고 싶은 거야. 푹신한 의자에 깊숙이 앉아 아름다운 목소리로 인생의 이야기를 듣고 싶은 거야. 그 상냥한 목소리로 인생과 화해했으면 해. 그리고 인생사의 모든 것을 다시 한 번 사랑해보고 싶어. 인생의 자질구레한 일들과, 인생의 위대한 기적을 말이야."

헨케는 더 참을 수 없다는 듯이 머리를 치켜들고 친구의 두 눈을 찾았다. 그는 시(詩)라는 것을 모르는 사람이었다. 그러나 문득 바라본 에르빈의 눈동자에서 무엇인가 바다같은 것을 느꼈다. 에르빈의 눈에는 무한히 변화하는 깊이가 있었으며, 신비롭고 예기치 않던 반짝이는 빛이 기다리고 있었다. 그는 심술궂게 미소를 지으며 얄밉다는 듯이 말했다.

"그럼 차근차근 이야기를 좀 해보게. 도대체 자네는 왜 그런 생각을 하게 되었는지."

에르빈은 회색빛 도는 금발 머리카락을 아무렇게나 위로 쓸어 올렸다.

"별로 특별한 이유는 없어. 이를테면 고요한 모래언덕에 있는 슈트란트코르프[차양이 달린 해수욕장의 휴식용 대형 의자]의 뒤를 지나가고 있다고 하자. 누가 있는지 사람의 모습은 보이지 않고, 누구를 부르는 소리나 이야기하는 소리, 혹은 웃음소리가 들릴 뿐이지. 그러면 그 소리만으로도 그 안에 있는 사람을 대강 짐작할 수가 있지. 이 사람은 인생을 사랑하고 있다, 이 사람은 무슨 커다란 동경을 가지고 있다, 아니면 슬픔이 있어서 목소리가 울고 있다는 것을 알 수 있지. 설혹 웃고 있을 때라도 울음이 섞여 있다는 것을……."

헨케는 벌떡 일어났다.

"그래서 친애하는 에르빈 군이 약간 몸을 굽혀서 그 안을 들여다보고는, 목소리와 사람이 전혀 다르다는 것을 알고 멋쩍은 얼굴을 하겠지."

에르빈은 고개를 저었다.

"아냐. 내가 찾고 있는 것은 사람이 아니야. 목소리를 찾고 있을 뿐이지."

에르빈은 헨케 곁으로 다가가 그를 물가로 끌고 갔다. 바다가 가장 특이한 아름다움을 보여주는 순간이었다. 한없이 빛깔이 변해가는 순간이었다. 수평선에 해가 저물어가고 있었다. 밝은 해면에 황갈색의 돛배 하나가 아름답게 반짝거렸다. 멀리 짙은 남빛 바다 위를 뤼겐 섬으로 가는 새하얀 큰 기선이 미끄러지듯 달려가고, 번쩍이는 은백색 물결이 떼 지어 날아가는 황새처럼 그 뒤를 따르고 있었다.

"뤼겐 섬으로 가는 기선이야. 그러니까 벌써 여섯 시가 됐군."

헨케가 기계적으로 중얼거렸다.

에르빈은 고개를 끄덕였다.

"우리는 매일 저 배가 지나가는 것을 보고 있어. 습관이 되어버렸지. 그래서 이젠 아무런 감동도 느끼지 못하는 거야. 그러나 난 아름다운 목소리를 상상해보지. 그 목소리가 '뤼겐 섬으로 가는 기선이에요'라든가, '새하얀 기선이에요'라든가, 또는 '은백색의 기선이에요'라고 말하겠지. 그러면 나는 은은한 성당의 종소리를 듣듯이 그 목소리에 귀 기울이고, 수평선 위로 그 배를 찾아보게 되지. 그러고는 그 목소리가 말한 그대로의 배를 보게 되는 거야. 나는 틀림없이 느끼게 될 거야. 그 배는 새하얀 백조 같다고."

헨케는 부인하듯이 힘주어 고개를 저으며 무어라고 혼자 중얼거렸다. 이윽고 두 친구는 사람 키만큼이나 자란 양치식물 사이를 말없이 걸어갔다. 그들의 머리 위로 너도밤나무 잎사귀가 미풍에 흔들리고 있었다.

헨케는 2, 3일 동안 불쾌감이 가시지 않았다. 평소같이 숲 속에 반듯이 누워 있었지만, 에르빈에 대한 생각이 자꾸만 떠올랐다. 그리고 이 생각이 모처럼의 한적한 여가를 크게 침해하고 있다고 느꼈다. 그는 어떻게든 이 생각에서 벗어나려고 했다. 다른 피서객들과 함께 해수욕장의 호텔 테라스에서 오후 내내 지내기로 했다. 그리고 신문을 읽으려고 이곳에 있다고 자기 자신에게 계속 변명을 하고 있었다. 그러나 어느 틈엔가 정말로 신문 사설에 몰두해버려서, 에르빈이 와서 바로 앞에 서 있는 것도 전혀 모르고 있었다. 헨케는 친구의 들뜨고 흥분된 표정에 깜짝 놀라서 그 이유를 물어보려고 했다. 그러나 에르빈이 황망한 눈초리로 앞질러 말했다.

"이리 좀 와보게."

헨케는 순순히 따라나섰다. 두 사람은 말없이 가로수 길을 따라 해안으로 걸어갔다. 하얀 모래언덕을 넘어가며 헨케는 주의 깊게 친구를 관찰했다. 에르빈은 걷기 어려운 모래 속을 총총걸음으로 걷고 있었다. 크게 뜬 그의 눈은 무엇인가를 갈망하고 있는 듯했다. 그의 입술은 가만히 귀 기울이고 있는 사람처럼 가볍게 열려 있었다. 이윽고 햇볕에 달아오른 뜨거운 모래 위에 아주 태평스레 드러눕거나 잡담을 하고 있는 사람들의 모습이 헨케의 눈에 비쳤다. 그들의 유유자적한 모습과 에르빈의 숨찬 초조감의 대조에서 어쩐지 그는 섬뜩한 느낌이 들었다. 마침내 에르빈이 걸음을 멈추더니 헨케의 손목을 꽉 잡고 그 자리에 서게 했다.

그들은 어느 슈트란트코르프 뒤에 서 있었다. 한 노부인의 목소리가 들려왔다. 헨케에게는 낯선 목소리가 아니었다. 그리고 뒤이어 나직하고, 맑고, 특이한 소녀의 목소리가 들려왔다.

그는 온몸을 떨고 있는 에르빈을 끌고 앞으로 돌아 나갔다.

노부인은 헨케와 식탁을 함께하는 베르머 장군의 부인이었다. 부인은 다정하게 손을 내밀었다. 헨케는 부인 곁에 낯선 소녀가 있는 것을 보았다. 소녀는 고개를 약간 숙이고 있었다. 저물어가는 해가 그녀의 더부룩한 밤색 머리카락에 반짝반짝 반사되고 있었다. 부인은 에르빈에게도 손을 내밀었다. 그러고는 우아한 얼굴을 돌려서 상냥하게 말했다.

"헤드비히."

소녀가 일어섰다. 그러나 눈을 감고 있었다.

부인이 소개했다.

"조카딸이에요."

에르빈은 여왕 앞에 선 것처럼 깊이 머리를 숙였다. 그러자 부인이 그의 귀에 소곤거렸다.

"앞을 보지 못합니다."

에르빈은 가슴이 덜컥했다. 헨케는 테니스와 슈투벤캄머에 갈 소
풍 이야기를 하고 있었다. 한참 지나서 부인이 말했다.

"저는 바다에 들어갈 수 없지만, 조카딸에게는 아주 좋아요."

눈먼 소녀는 고개를 끄덕였다.

"몸에 아주 좋은 것 같아요."

소녀의 목소리는 노래하는 듯했다. 그러나 에르빈은 생각하고 있
었다. 소녀의 목소리는 슬픔에 차 있다고.

헨케는 계속 이야기를 하고 있었다. 부인과 그는 소리 내어 한번
웃기도 했다. 그러나 헤드비히는 함께 웃지 않았다. 에르빈은 헨케의
귀에 가만히 소곤거렸다.

"그녀 자신이 얼마나 아름다운가를 이 소녀에게 한번 보여주고 싶
어……."

헨케는 어깨를 움츠렸다. 부인에게는 들리지 않은 것 같았다. 부인
은 손을 들어 바다를 가리켰다. 멀리 진한 녹색 수평선을 헤치며 뤼
겐 섬으로 가는 새하얀 큰 기선이 달리고 있었다.

헨케가 시계를 들여다보고 말했다.

"뤼겐 섬으로 가는 기선이군. 벌써 여섯 시가 됐네요."

부인은 지친 노인의 목소리로 꿈을 꾸듯이 말했다.

"저물어가는 바다 빛깔이 정말 아름답군요."

헨케는 하품을 했다.

에르빈은 기선을 바라보았다. 그리고 기다렸다. 그러나 소녀는 말

이 없었다. 소녀에게는 기선이 보이지 않는 것이다. 부인이 말했다.

"조금 으스스해지는군요."

부인과 소녀는 작별 인사를 했다. 에르빈은 정중하게 머리를 숙였다. 부인과 소녀가 돌아간 뒤에 두 친구는 말없이 그 자리에 남아 있었다. 헨케가 두 손을 비비며 말했다.

"정말 으스스하군."

에르빈은 언제까지나 바다를 바라보고 있었다.

넓은 해면은 은회색으로 물들어 있었다.

그는 서러운 목소리로 헨케에게 말한다기보다 오히려 자기 자신에게 말했다.

"소녀는 다른 바다의 다른 배를 보고 있어. 다른 세계를 보고 있는 거야. 그래서 목소리가 그처럼……."

구름의 화가

그들은 또다시 완전히 영락하고 말았다. 모든 의미에서 그들은 쓸모없는 자, 배신자, 배신당한 자들이다. 이제는 스스로 살아 나갈 수밖에 다른 도리가 없다. 그래서 위를 향해서도 아래를 향해서도 경멸하는 생각밖에 가지고 있지 않다.

이런 감정에서 남작(男爵)이 말한다.

"이런 찻집에는 이제 올 수가 없어. 신문도 없고, 서비스도 없고, 아무것도 없어."

다른 두 사람도 그와 완전히 의견이 같다.

그러나 그들은 작은 대리석 탁자를 둘러싸고 언제까지나 앉아 있다. 탁자는 이들 세 사람이 자기에게 무슨 용무가 있는지 알 수가 없다. 그들은 쉬고 싶은 것이다. 그저 쉬고 싶을 뿐이다. 시인(詩人)이 그것을 명석하게, 더구나 의성적(擬聲的)으로 표현한다. 그는 반 시간이나 지나서 말한다.

"시시하군."

다른 두 사람은 이에 대해서도 역시 같은 의견이다.

그들은 계속 기다리고 있다. 무엇을 기다리는지는 모른다.

화가(畵家)의 한쪽 다리가 흔들흔들하기 시작한다. 그는 한참 동안 심각한 표정으로 그것을 바라본다. 그러다가 그 운동의 의미를 깨닫고서 천천히 감정을 실어 말한다.

"우둔이여, 우둔이여, 나의 즐거움이여……."

그러나 이제 일어서기에 알맞은 시각이다. 그들은 한 사람씩 차례차례 나간다. 옷깃을 세우고. 날씨가 꼭 그런 것이다. 울음을 터뜨리고 싶은 심정이다.

그런데 어떻게 한다지? 한 가지 길밖에 없다. 다섯 시와 여섯 시 사이에 블라디미르 루보브스키를 찾아가는 것이다. 저녁 어스름이 내리는 거리를. 물론이지. 그럼, 가야지. 공원가(公園街) 17번지, 아틀리에로.

블라디미르 루보브스키를 만나려면 그의 그림 사이를 지나가지 않으면 안 된다. 그의 그림이란 모두가 담배 연기이다. 아틀리에 전체가 기발한 연기로 가득 차 있다. 만약 이 짙은 안개 속에서 길을 잃지 않고 최단거리로 낡은 침대까지 도달할 수 있다면, 그것은 행운이라 하지 않을 수 없다. 블라디미르는 그 침대에 살고 있다. 날이 새거나, 날이 지거나.

오늘도 물론 그는 침대 위에 있다. 그는 일어서지 않는다. 세 사람의 '배신당한 자'를 유유히 기다리고 있다. 그들은 그를 가운데 두고 둘러앉는다. 그들은 저마다 나름의 자세로 어디선가 초록빛 샤르트뢰즈〔성 부르노 파의 수도원에서 만들어진 리큐어〕와 담배를 찾아낸다. 물론 그들은 사양하지 않고 손을 내민다. 언제나 희생적으로 헌신하고 있는 사람의 표정을 하고서. 더구나 담배는 맛이 썩 좋다. 그렇지, 당연하지…… 이 비참한 인생을 위해서 아무리 괴로운 일이라도 견뎌내고 있으니까.

시인이 몸을 뒤로 기대고 말한다.

"그렇지 않으면 졸렬한 작품이야, 인생이라는 것은. 무슨 딜레탕트〔예술이나 학문을 직업이 아니라 취미 삼아 하는 사람〕를 위한……. 안 그래?"

블라디미르 루보브스키는 대답하지 않는다.

다른 사람들은 그저 기다리고만 있다. 은은한 향기가 풍기는 어스름 속에서 이상하게도 기분이 좋다. 아무것도 해서는 안 된다. 가만히 있는 것이 좋다. 그러자 어스름이 상냥하게 안아서, 요람처럼 흔들어주기 시작한다…….

"자네는 어떤 식으로 하고 있지, 루보브스키, 테레빈유 냄새가 전혀 안 나지 않나?"

화가가 겉치레로 말한다. 그리고 남작이 보충한다.

"그것보다도 말이야, 어딘가 꽃을 꽂아두었나?"

대답이 없다. 블라디미르는 여전히 그의 구름 뒤에 있다.

그러나 세 사람은 끈기 있게 기다린다. 시간도 넉넉하고 샤르트뢰즈도 있다.

그들은 잘 알고 있다. 기다릴 것. 올 것은 결국 올 것이다.

이윽고 대답이 온다.

연기, 연기, 연기, 그리고 부드럽고 차분한 말. 그의 말은 세계를 맴돌고, 사물들은 멀리에서 찬양한다. 구름이 사물들을 높이 끌어 올린다. 모두가 은밀한 승천(昇天)이다.

이를테면 이렇다.

연기. "그래서 인간은 신에게서 점점 눈을 떼는 거야. 점점 더 차가워지고 날카로워지는 빛 속에서, 저 높은 곳에서 신을 찾으려는 거지." 연기.

"그러나 신은 어딘가 다른 곳에서 기다리고 있어. 모든 것이 밑바닥에서 기다리고 있는 거야. 깊은 곳. 뿌리가 있는 곳. 따스하고 어두운 곳에서……." 연기.

시인이 이리저리 방 안을 걷기 시작한다. 갑자기.

세 사람은 어딘가 사물들의 그늘에 숨어 있을 신을 생각한다. 어딘지 알 수 없다.

한참 지나서.

"불안…… 한가?" 연기. "왜?" 연기.

"우리는 언제나 신의 위쪽에 있는 거야. 과일처럼 말이야. 누군가가 아름다운 접시로 받쳐 들고 있는. 과일은 이파리 속에서 금빛으로 반짝이고 있지. 과일은 익으면 밑으로 떨어지는 거야……."

그때 화가가 무서운 기세로 연기의 장막을 찢는다.

"하느님……."

그는 이렇게 말한다. 그러나 침대 위에는 키 작은 창백한 사람이 기이한 큰 눈을 하고 앉아 있을 뿐이다. 그 눈은 배후에 영원한 슬픔을 담고서 밝게 반짝이고 있다. 여성적인 쾌활함이 깃들어 있다. 두 손이 놀라울 만큼 차갑다.

화가가 어색하게 그 앞에 서 있다. 자기가 무엇을 하려고 했는지 잘 알 수가 없다.

다행히 남작이 다가온다.

"그것을 꼭 그려야 해, 루보브스키……"

무엇을 그려야 하는지 남작 자신도 잘 모르지만, 아무튼 그는 되풀이한다.

"정말이야, 루보브스키."

그가 의식적으로 그런 것은 아니지만, 약간 패트런〔미술 용어로 예술가를 보호한 애호자를 일컫는 말〕이 하는 말처럼 들린다.

블라디미르는 그동안에 먼 길을 걷고 있었다. 두려움에서 막연한 놀라움을 거쳐, 마침내 그는 미소에 도달한다.

그리고 꿈을 꾸듯이 나직하게 말한다.

"그래, 내일 그리지." 연기.

이제 세 사람은 더 아틀리에에 있을 이유가 없다. 팔꿈치로 서로 쿡쿡 찌른다. 모두 함께 나온다.

"잘 있게, 루보브스키."

나와서 다음 길모퉁이에 이르자, 그들은 필요 이상으로 힘을 주어서 악수를 한다. 서로 빨리 헤어지고 싶은 것이다.

그들은 서로 멀리 헤어진다.

아늑한 작은 찻집. 아무도 없고, 램프가 윙윙거리고 있다. 시인은 어디선가 온 편지 봉투에 시를 쓰기 시작한다. 쓰는 속도가 점점 빨라지고, 글씨가 점점 작아진다. 얼마든지 시가 써질 것 같다.

6층에 있는 화가의 아틀리에에서는 내일의 작업을 위한 준비가 한창이다. 휘파람으로 노래를 부르며 그는 이젤의 먼지를 불어 날린다. 오래된 먼지다. 그 위에 새 캔버스를 세운다. 사람의 이마처럼 훤하다. 그 둘레를 화환으로 장식하고 싶다는 생각이 든다.

남작만은 아직도 가는 길이다.

"열 시 반에, 올림피아 극장의 사이드…… 도어로!"

그는 마차의 마부에게 이렇게 부탁하고는 천천히 계속 걸어간다. 휴식을 취하고 옷을 갈아입기에는 아직도 시간이 넉넉하다.

블라디미르 루보브스키를 생각하고 있는 사람은 아무도 없다.

블라디미르는 방문을 닫고, 완전히 어두워질 때까지 기다리고 있었다. 그러다가 작은 침대의 한쪽 구석에 쪼그리고 앉아서, 얼음처럼 차가운 하얀 손으로 얼굴을 가리고 운다. 조용히 소리도 없이, 어떤 노력이나 흥분도 없이.

문득 그 무엇이 다가온다.

그것은 그가 아직 누구에게도 말하지 않은 것, 유일한 것, 그에게만 속하는 것…… 그의 고독이다.

노인

페터 니콜라스는 일흔다섯 살이다. 많은 것을 잊어버렸다. 서러웠던 추억도, 즐거웠던 추억도. 주(週)도, 달도, 해도. 다만 하루하루에 대해서는 아직도 어렴풋이 느낄 수 있었다. 시력이 약했다. 날로 약해갔다. 해가 지는 것은 바랜 보랏빛으로, 해가 뜨는 것은 시든 장미처럼 아른아른할 뿐이지만, 밤낮이 바뀌는 것은 느낄 수 있었다. 도대체 이 밤낮의 교대가 귀찮았다. 그런 데 마음을 쓴다는 것은 쓸데없는 어리석은 일이라고 생각했다.

봄도 여름도 그에게는 별로 가치가 없었다. 요컨대 늘 추위를 느꼈다. 그렇지 않은 때는 별로 없었다. 그러나 그럴 때에도 그것이 난롯불 때문에 따스한지, 햇볕 때문에 따스한지 전혀 개의치 않았다. 다만 햇볕 쪽이 훨씬 값싸게 먹힌다는 것은 알고 있었다. 그래서 갠 날에는 빠짐없이 마을의 공원으로 아장아장 걸어 나간다. 그리고 보리

수 밑에 있는 벤치에 앉는다. 자리는, 양로원에서 오는 페피와 크리스토프라는 두 노인의 사이였다.

매일 벤치에서 만나는 양쪽의 두 노인은 페터보다 나이가 많았다. 페터 니콜라스는 자리에 앉으면 먼저 기침을 하고 나서 턱으로 인사를 한다. 그러면 오른쪽과 왼쪽이 전염이나 된 듯이 기계적으로 고개를 끄덕인다. 그리고 페터는 지팡이를 모래에 꽂고 굽은 손잡이에 두 손을 올려놓는다.

잠시 후 그 두 손 위에 둥근, 깨끗이 면도한 턱을 올려놓고서 왼쪽의 페피를 바라본다. 차근차근 자세히 바라본다. 빨간 머리가 문적문적한 목덜미에서 시든 듯 축 늘어져 있다. 그 빛이 차츰 퇴색되어가는 것 같았다. 넓적하게 자란 하얀 수염 밑이 지저분하게 노랗다. 몸을 구부리고 두 무릎에 팔꿈치를 괴고 앉아 있다. 포갠 두 손 사이로 모래 위에 이따금 가래를 내뱉는다. 거기에는 벌써 작은 늪이 치솟아 있다. 페피는 평생 동안 술을 너무 많이 마셔왔다. 마신 술의 이자를 할부로 대지에 지불해야 하는, 그런 형벌을 받고 있는 것 같았다.

페터는 페피에게 아무런 이상이 없음을 알자, 손등에 올려놓은 턱을 오른쪽으로 약간 돌린다. 크리스토프는 마침 콧물을 흘린 참이었다. 그 콧물을 고딕풍의 가는 손가락으로 조심스럽게 해진 저고리에서 튕겨내고 있다. 거짓말처럼 말라 있다. 페터는 지금도 무엇에 놀라는 일이 종종 있었다. 그럴 때 이 말라빠진 크리스토프가 이 나이가 되기까지 신체 그 어디도 부러뜨리지 않고 잘도 견뎌왔다고 생각했다. 크리스토프는 목덜미와 발목에 굵고 단단한 막대기가 받쳐져 있는 고목과 같다. 페터는 크리스토프를 보면 곧잘 그런 고목을 상상하는 것이었다. 크리스토프는 이제 기분이 개운하다. 트림을 한다. 그것은 만족의 표시이든가, 아니면 소화불량의 표시였다. 그리고 또 크리스토프는 아래위에 이가 전혀 없는 턱을 우물우물 움직이며 노상 무언가를 씹고 있었다. 아래위 입술이 엷은 것은 그래서 닳았기 때문인지도 몰랐다. 늘어진 위장도 이제는 잠시나마 소화를 시킬 수 없게 된 것 같았다. 그래서 크리스토프는 씹는 일을 잠시라도 중단할 수가 없었던 것이다.

페터 니콜라스는 턱을 정면으로 돌린다. 짓무른 눈으로 초록빛 잔디를 바라본다. 하얀 여름옷을 입은 어린아이들이 눈에 성가시다. 강렬한 빛의 반사처럼 초록 풀숲 앞에서 이리저리 뛰놀고 있는 것이다.

페터는 눈을 내려 감는다. 잠든 것이 아니다. 크리스토프가 입을 우물거리고 있는 것이 어렴풋이 들린다. 그때마다 턱수염이 손등을 스치는 소리도 들린다. 그리고 페피가 가래를 내뱉는 커다란 소리도 들린다. 페피는 때때로 강아지나 어린아이들이 바짝 다가오면, 가래를 머금은 소리로 꾸짖어댄다. 멀리 떨어진 길에서 자갈을 긁는 소리가 들린다. 사람들이 지나가는 발자국 소리가 들린다. 그러는 사이에 근처에서 열두 시를 알리는 소리가 들린다. 페터는 헤아리지 않는다. 헤아릴 수 없을 만큼 많이 치면 정오라는 것을 알 수 있다. 마지막 시계 소리와 함께 귀여운 목소리가 귓전에 울린다.

"할아버지…… 점심."

페터 니콜라스는 지팡이에 기대어 몸을 일으킨다. 그러고는 열 살짜리 소녀의 금발 머리 위에 한 손을 올려놓는다. 그러면 소녀는 언제나 머리카락 위에 앉은 시든 이파리처럼 그 손을 집어 들어 키스를 한다. 할아버지는 왼쪽에 한 번, 오른쪽에 한 번 고개를 끄덕인다. 그러면 왼쪽과 오른쪽도 따라서 기계적으로 고개를 끄덕인다. 양로원에서 온 페피와 크리스토프는 페터 니콜라스가 작은 금발 소녀에게 이끌려 저쪽 풀숲 그늘로 사라지는 것을 언제나 바라보고 있다.

페터 니콜라스가 앉아 있던 자리에, 때때로 소녀가 버리고 간 불쌍한 풀꽃이 두어 송이 처량하게 남았던 적이 있다. 그러면 야윈 크리스토프는 그 고딕풍의 손가락을 머뭇머뭇 그쪽으로 내민다. 그리고 나중에 양로원으로 돌아가는 길에 그 꽃을 무슨 진기한 것, 소중한 것처럼 들고 간다. …… 빨강 머리 페피는 경멸하듯이 가래를 내뱉고, 크리스토프는 부끄러워서 페피의 눈을 피한다.

그러나 양로원에 도착하면 페피가 앞서서 방으로 들어가, 무슨 우연한 일처럼 컵에 물을 담아 두 사람이 기거하는 방 창가에 올려놓는다. 그리고 가장 어두운 구석에 앉아서, 크리스토프가 불쌍한 풀꽃 두어 송이를 창가에 꽂을 때까지 기다리고 있다.

새하얀 행복

　보험회사 사원인 테오도어 핑크는 빈을 떠나 리비에라로 향했다. 도중에 여행 안내서를 보니, 한밤중에 베로나에 도착하여 접속 열차를 두 시간이나 기다리지 않으면 안 되었다. 이것은 생각지도 않았던 일로서, 결코 그의 기분을 좋게 하는 것이 아니었다. 그는 담배에 불을 붙였다. 그러나 한 모금 빨아보고는 견딜 수가 없어서 커다랗게 곡선을 그리며 창밖으로 내던져버렸다. 그는 점이 되어 날아가는 희미한 담뱃불을 쫓아, 핼쑥하게 생기가 없는 3월의 풍경을 바라보았다. 깊은 골짜기에는 아직 녹지 않은 눈이 남아 있어서 때 묻은 방석처럼 보였다. 창밖의 풍경도, 바로 옆 좌석에 놓여 있는 통속소설도 똑같이 그를 지루하게 했다.

　그는 병을 앓고 있는 동생이 니차에서 보내온 편지를 시무룩하게 꺼냈다. 이번으로 열 번째다. 갈겨쓴 차분치 못한 글을 읽어감에 따라, 죽을 날이 가까운 병자의 글씨라는 것을 점점 더 절실하게 느낄 수 있었다. 그래서 지금 서둘러 가고 있다고 생각하니, 자꾸만 마음이 무거워졌다. 그는 나이가 일곱 살이나 아래인 동생을 각별히 사랑하지는 않았다. 병적이고 나약한 점에 반발을 느끼고 있었던 것이다.

그리고 감정이 극도로 날카로운 점이 섬뜩하고 서름하게 여겨졌다. 그는 앞으로 갖가지 흥분과 고생이 많을 나날을 생각하니 두렵기만 했다. 동시에 육친에 대한 동정심도 금할 수 없었다.

'어쩌면 그에게 다행한 일인지도 모르지. 병든 몸이고 보면.'

몇 번이고 같은 말을 마음속으로 되풀이하며 간신히 안타까움을 달래보려 했다. 그러다가 어느덧 잠이 들고 말았다.

마구 흔들려서 손발이 아파지고 잠에 지친 몸으로 그는 베로나-베키아에서 기차를 내렸다. 그곳에서 내리는 다른 손님은 한 명도 없었다. 말 없는 안내원을 따라 그는 이등 대합실로 갔다. 안내인은 높은 유리문 앞에 그를 남겨두고 사라져버렸다. 테오도어 핑크는 팔꿈치로 문을 밀고, 실내의 어둠에 눈이 익기를 기다렸다. 이윽고 맞은편 플랫폼으로 나가는 아치형 문이 희미하게 눈에 비치고, 대합실 중간에 네 다리가 달린 울퉁불퉁한 괴물 같은 물체가 보였다. 수하물을 쌓아올린 탁자였다. 마침내 핑크는 사방 벽에 붙어 있는 벤치를 알아볼 수 있었다. 그는 못 다 잔 잠이나 자려고 가까이 있는 벤치로 다가갔다. 손으로 벤치를 더듬으며 몸을 굽히려 할 때, 바깥에서 누군가가 제등을 들고 지나갔다. 한 줄기 빛이 흘러들어 잠자고 있는 남자의 수염으로 덮인 얼굴을 언뜻 비추었다. 핑크는 김이 빠져서 욕설을 내뱉었다. 그의 목소리가 생각보다도 크게 홀에 울렸다. 그에 대답이나 하듯이 구석구석에서 신음 소리, 기지개 켜는 소리, 벤치가 삐걱거리는 소리, 의미도 없는 무슨 잠꼬대 등이 들려왔다. 새로 온 사람은 한동안 마법에 걸린 듯 우뚝 서 있었다. 벌써 많은 사람들이 여기서 자고 있구나, 하고 그는 생각했다. 그는 벽을 따라서 걸어갔다. 제일 어두운 구석 가까이에 빈자리가 있는 것을 손으로 더듬어서 찾아냈다. 그 자리에 털썩 주저앉았다. 그러나 앉은 채로 다리를 뻗어 보지도 않았다. 오른쪽에도 왼쪽에도 사람이 누워 있다는 것을 알았다. 그 사람들의 몸에 닿는 것이 싫었다. 그는 꼼짝도 않고 있었다. 이마에 땀이 솟아났다. 무거운 눈꺼풀이 서서히 아래로 내려왔다. 그러나 그때마다 곧 놀란 듯이 눈을 떴다. 거북하기 짝이 없는 장소에 몸을 두고 있는 것이 답답하기만 했다. 이따금 마룻바닥 위로 갈매기가 날아가듯이 빛이 스쳐 갔다. 조금 전에 들어왔던 문이 삐걱거렸을 때 핑크는 깊이 숨을 쉬었다. 입구의 불그스레한 흐릿한 빛 속에 사람 모습이 두서넛 그림자처럼 떠올랐다. 새로운 여행자가 홀 안으로 들어온 것이다. 사람들이 들어서자 문이 닫혔다. 핑크는 그 모습들을 눈으로 열심히 쫓았다. 그러나 그들은 말없이 짙은 어둠 속으로 소리도 없이 녹아 들어갔다. 다만 벤치의 삐걱거리는 소리가 그들이 어딘가에 자리를 잡았다는 것을 알려줄 뿐이었다. 주위는 다시 고요해졌다. 그러나 핑크는 매우 피로해서 오히려 신경이 곤두섰다. 들려오는 갖가지 소리를 하나하나 따져보았다. 어쩐지 모두가 서름하고 적의에 차 있는 것 같았다. 많은 사람들이 모두 그를 둘러싸고 점점 가까이로 밀어닥치는 것 같았다. 주위의 어둠이 동물적인 육체를 가지고 몰려왔다. 그는 견딜 수가 없어서 황급히 성냥불을 켰다. 여전히 캄캄하고 커다란 공허뿐이었다. 그는 안도의 숨을 내쉬었다. 그러나 마음을 가라앉히기 위해 몇 번이고 똑같이 성냥불을 켰다. 마침 새 성냥이 바작바작 다시 타올랐을 때, 구석 쪽에서 하나의 목소리가 울려왔다.

"어머, 눈이 부시는군요."

핑크는 나직한 아름다운 목소리에 귀를 기울였다. 그러고는 아주 무의식적으로 타다 남은 짧은 성냥개비로 목소리가 들려온 쪽을 비추어 보았다. 깊숙하게 베일을 쓴 여자의 얼굴이 얼핏 보인 것 같았다. 그때 불이 꺼졌다. 그는 다시 어둠에 싸여 목소리를 기다렸다. 이윽고 목소리가 들려왔다.

"모르는 많은 사람들과 한방에서 하룻밤을 지낸다는 것은 무서운 일이에요. 그렇지 않으세요? 밤이 되면 사람들이 모두 기이하게 보여요. 각자의 비밀이 그들 자신보다 크게 부푸는 모양이에요. 무서운 일이에요. 하지만 불빛은 눈이 부셔요."

핑크는 이 상냥한 낮은 목소리가 그의 불안한 마음을 잘 나타내 주었다고 생각했다. 그러나 마지막 한마디는 무슨 양해를 구하는 것 같이 들렸다. 갑자기 그에게서 섬뜩한 생각이 모조리 사라졌다. 그는 젊고, 더구나 아름다우리라고 생각되는 여인이 옆에 앉아 있다는 것을 알았다. 그리고 이내 지루한 대기 시간을 가벼운 모험으로 그럭저럭 보낼 수 있겠다는 기대에 가슴이 저절로 부풀어 올랐다.

그는 무의식중에 코밑수염을 매만지고는 캄캄한 구석 쪽으로 공손하게 허리를 굽혔다.

"역시 남쪽으로…… 니차로 여행하십니까?"

"아뇨, 전 고향으로 돌아가는 길이에요."

"아직 3월인데요? 독일은 아직도 몹시 춥지요. 혹시 몸이 안 좋아서 남쪽에 있지 않으셨는지요?"

"네, 전 몸이 좋지 않아요."

그녀는 우수에 잠긴, 그러나 차분한 목소리로 말했다. 핑크는 놀라고 당황한 나머지 입을 다물었다. 그의 눈은 어둠 속을 살펴보았으나 아무것도 보이지 않았다. 공기가 무겁고 가슴이 답답했다. 누군가 꿈을 꾸고 있는지 끙끙거리는 소리가 들렸다. 그리고 바깥에서는 벨 소리가 귀뚜라미 소리처럼 울리고 있었다.

무슨 대답이라도 해야겠다고 생각하여 핑크가 말했다.

"저는 몸이 나쁘지 않지만, 동생이 좋지 않습니다. 니차에 있습니다만, 상당히 좋지 않습니다. 그래서 가는 길입니다."

어둠 속에서 목소리가 들려왔다.

"그러세요? 그렇다면 데리고 가시는 게 제일 좋겠어요. 몸에 지장이 좀 있더라도요. 그곳의 초봄은 모든 게 서럽기만 해요. 사는 것도, 죽는 것도……."

테오도어 핑크는 움찔했다. 몸이 좋지 않다는 여인은 힘없는 목소리로 말을 이었다.

"지치고 병든 사람은 집에 있는 것이 제일 좋아요."

보험회사 사원은 그녀가 필시 아직 젊을 것이라고 생각했다.

"기후도 고려해야지요, 아가씨……."

그는 이렇게 대답하고는, 자기 자신이 멍청하고 졸렬하고 무모하다고 생각했다.

그녀는 그 말을 듣지 못한 것 같았다. 말을 이었다.

"저도 집으로 돌아가고 있어요. 꽃은 피어 있었지만 서럽기만 하고, 그리고 혼자서……."

"아직 무척 젊으신 것 같은데, 아가씨."

핑크는 말을 가로막았다. 그러고는 이런 말을 한 자기 자신에게 다시 화가 났다.

"네, 저는 젊어요."

그녀는 서슴없이 대답했다. 그는 그녀가 미소 짓는 것을 느꼈다.

"하지만 그렇기 때문에 오히려 혼자 있기를 좋아해요. 집에서도 저는 대개 혼자 있어요."

테오도어 핑크는 '고향이 어디시죠?' 하고 묻고 싶었지만, 그녀가 말을 멈추지 않아 물을 수가 없었다. 그녀의 목소리는 부드러워지면서 점점 몽상적으로 들려왔다. 멀리에서 울려오는 듯했다. 그녀는 꿈을 꾸고 있었다.

"새하얀 방을 가지고 있어요. 벽이 밝아서, 바깥은 잿빛으로 흐린 날에도 햇살이 조금은 남아 있는 것 같아요. 바깥은 흐린 날이 많아요. 하지만 제 방은 언제나 밝아요. 창문에는 새하얀 무명 커튼이 있고, 그 뒤에 새하얀 꽃만 잔뜩 놓여 있어요. 작은 꽃이에요. 제 방에서는 완전히 피어나는 법이 없어요. 향기도 강하지 않고요. 하지만 모든 것에서 그 향기가 풍겨요. 제 손수건도, 제 베개도, 제가 즐겨 읽는 책도. 매일 아침 아가테 수녀님이 와서 살짝 미소를 짓습니다. 그분은 제 방에 올 때마다 언제나 미소를 짓고 있어요. 그리고 새하얀 수녀 두건을 쓰고 제 침대 옆에 앉지요. 그분의 손에 닿으면 장미의 연한 꽃잎 같은 느낌이 들어요. 그분은 세상일을 하나도 몰라요. 저도 모르고요. 그래서 서로 마음이 맞는 모양이에요. 어쩌다가 드물게 태양이 따스하게 비치는 날이면 저희들은 창가에서 바깥을 내다보지요. 소리가 나는 것, 커다란 것, 이러한 것은 저희들에게서 멀리 떨어져 있어요. 바다도 숲도 마을도 사랑도. 일요일에 종소리가 울리면 마치 무슨 추억처럼 들린답니다. 옛날의 다정한 사람들이 제 방문을 두드립니다. 마치 교회에 가는 것처럼 찾아옵니다. 꽃을 들고, 발자국 소리를 죽이며, 나들이옷을 입고…….”

소리 하나 없이 고요했다. 바깥에서 울리던 벨 소리도 어느덧 멎어 있었다. 테오도어 핑크는 어둠 속을 뚫어지게 바라보았다. 그는 목소리를 기다리고 있었다. 그리고 이런 생각을 했다. 이 여인은 아름다운 은방울 같은 목소리로 이렇게 똑같이 말을 계속할 것이다. 더 많은 것을 들려줄 것이다. 마치 고해(告解) 같다. 그러나 나는 이해할 수가 없다. 이 벤치에 앉아 있는 많은 사람 중에는 이해할 수 있는 사람이 한 사람쯤 있을지도 모른다. 그러나 나는 이해할 수가 없다. 이 여인이 무서워진다. 이렇게 생각하며 테오도어 핑크는 벤치가 삐걱거리지 않도록 조용히 일어서서, 문이 있는 쪽으로 더듬어 갔다.

그는 밖으로 나서며 조심스럽게 문을 닫았다. 그는 쫓기는 사람처럼 희미한 복도를 달려갔다. 잠에 취한 철도 직원 옆을 지나서 출구 쪽으로 달려갔다. 이윽고 높다란 문이 보였다.

그는 자신이 시내를 향해 캄캄한 낯선 보리수 가로수 길을 달려 내려가고 있다는 것을 알지 못했다. 여전히 생각할 뿐이었다.

'나는 이해할 수가 없다.'

그는 새벽의 첫 번째 우편마차가 자신을 지나쳐 정거장으로 달려가는 것을 보고 비로소 걸음을 멈추었다. 모자를 벗었다. 아침 바람이 머리 위의 보리수 노목 가지를 살며시 흔들어, 차갑고 작은 꽃송이를 그의 이마에 하늘하늘 날려 보냈다.

묘지기

산 로코의 늙은 묘지기가 죽었다. 새 사람을 구한다는 고시가 매일같이 나돌았다. 그러나 3주일, 혹은 그 이상이 지나도 나서는 사람이 없었다. 그동안 산 로코에는 사망자가 하나도 없었기 때문에 급히 서둘 필요가 없을 것 같았다. 그래서 천천히 기다리기로 했다. 그러자 5월의 어느 날 저녁, 그 일을 맡겠다는 낯선 사나이가 마침내 나타났다. 그를 맨 처음 본 사람은 시장의 딸 지타였다. 그는 그녀의 아버지 방에서 나와(그녀는 그가 오는 것은 보지 못했다) 곧장 그녀에게로 다가왔다. 어둑어둑한 복도에서 그녀를 만나게 되리라고 예기하고 있었다는 듯.

"시장의 따님인가?" 그가 나직한 목소리로 물었다. 말 한마디 한마디에 귀에 선 억양을 붙여서.

지타는 고개를 끄덕였다. 그러고는 낯선 사나이와 나란히 깊숙한 한쪽 창가로 갔다. 창문으로 어슴푸레한 빛과 저문 거리의 고요가 흘러들었다. 그곳에서 그들은 서로를 주의 깊게 바라보았다. 지타는 낯선 사나이의 모습을 정신없이 바라보았다. 그래서 그녀가 선 채로 그를 바라보는 동안 그 역시 자신을 바라보고 있으리라는 것을 나중에야 깨달았을 정도다. 그는 키가 크고 후리후리한 몸매에 외국 스타일의 검은 여행복 차림이었다. 금발 머리카락이 귀족처럼 다듬어져 있었다. 전체적으로 어딘가 귀족 같은 인상을 풍겼다. 교사나 의사인지도 몰랐다. 이러한 그가 묘지기가 되다니, 무슨 까닭이 있을 것 같았다. 자기도 모르게 그녀는 악수를 청했다. 그는 어린아이처럼 그녀에게 두 손을 내밀었다.

"힘든 일이 아니니까"라고 그는 말했다.

그녀는 그의 두 손을 쳐다보고 있었지만, 그의 입술에 감도는 미소를 느낄 수 있었다. 그녀는 따스한 햇살에 감싸이듯이 그 미소에 싸여 서 있었다.

그들은 현관까지 함께 걸어 나왔다. 거리는 벌써 저물고 있었다.

"여기서 먼가?"

낯선 사나이가 물었다. 그는 거리 끝까지 이어 붙은 집들을 바라보았다. 거리에는 사람 하나 보이지 않았다.

"아뇨, 그렇게 멀지 않아요. 제가 모셔다 드리죠. 길을 모르실 테니까요."

"길을 알고 있나?" 낯선 사나이는 정색을 하며 물었다.

"잘 알고 있어요. 어릴 때부터 곧잘 다니던 길인걸요. 일찍 돌아가신 어머니한테 가는 길이거든요. 어머니는 저쪽 교외에 쉬고 계셔요.

그곳도 가르쳐드리죠."

두 사람은 다시 묵묵히 걸어갔다. 두 사람의 발자국 소리가 둘러싸인 정적 가운데 하나가 되어 울렸다. 갑자기 검은 옷의 사나이가 말했다.

"몇 살이지, 지타?"

"열여섯." 소녀는 이렇게 말하면서 약간 몸을 폈다. "열여섯이에요. 그리고 매일매일 조금씩 많아지죠."

낯선 사나이는 미소를 띠었다.

"그러면" 하고 말하며 그녀도 미소를 지었다. "아저씨는 몇 살이시죠?"

"너보다도 훨씬, 훨씬 많지, 지타, 갑절이나. 그리고 매일매일 자꾸만 늙어가지."

그러는 사이에 그들은 묘지 입구에 다다랐다.

"저기 아저씨가 살 집이 있어요. 시체실 옆에."

소녀는 이렇게 말하며 입구 문의 격자 살 너머로 묘지의 한쪽 끝을 가리켰다. 댕댕이덩굴로 덮인 조그마한 집이 있었다.

"그래, 그래, 여기군."

낯선 사나이는 고개를 끄덕였다. 그리고는 천천히 구석구석까지 자신의 새 터전을 휘둘러보았다.

"전에 있던 묘지기는 아마도 늙은 분이었겠지?"

그는 이렇게 물었다.

"그래요, 아주 늙은 분이었어요. 할머니와 함께 여기 살았죠. 할머니도 나이가 아주 많았어요. 할아버지가 돌아가시자 곧 떠나버렸어요. 어디로 갔는지는 알 수 없어요."

낯선 사나이는 "그래?"라고만 말했을 뿐 전혀 다른 생각에 잠겨 있는 것 같았다. 그러다가 갑자기 지타를 돌아보았다.

"이젠 돌아가야지, 너무 늦었어. 혼자서 무섭지 않나?"

"아뇨, 언제나 혼자인걸요. 하지만 아저씨는 무섭지 않으세요, 이런 변두리에서?"

낯선 사나이는 머리를 저었다. 그러고는 소녀의 손을 가볍게 힘주어 쥐었다. "나도 언제나 혼자지." 나직이 말했다.

그때 소녀가 갑자기 숨을 죽이며 소곤거렸다.

"저 소릴 들어보세요."

두 사람은 묘지의 가시나무 울타리에서 울기 시작한 나이팅게일 소리에 귀를 기울였다. 그러고는 서서히 부풀어 오르는 울음소리에 완전히 휩싸였다. 노랫 소리의 기쁨과 동경에 젖어드는 듯했다.

이튿날 아침, 산 로코의 새 묘지기는 일을 시작했다. 그는 자기 일에 대해 아주 색다른 견해를 가지고 있었다. 그는 묘지 전체를 완전히 개조하여 커다란 정원으로 만들어 나갔다. 오래된 무덤에서 명상적인 슬픔이 사라지고, 마구 피어난 꽃가지와 나달거리는 덩굴에 묻혀 무덤이 보이지 않게 되었다. 그리고 지금까지 그대로 버려진 채비어 있던 중앙 통로 저편의 잔디밭에는 반대편 무덤들과 나란히 조그마한 화단이 많이 들어섰다. 이리하여 묘지의 좌우가 균형을 이루게 되었다.

마을에서 온 사람들은 자신들의 옛 무덤을 단번에 찾을 수가 없었다. 언젠가는 한 노파가 오른쪽의 아무것도 없는 화단 옆에 꿇어앉아운 적도 있었다. 그러나 이 노파의 기도가 건너편 저쪽, 맑은 아네모네 꽃 속에 누워 있는 아들의 귀에 들리지 않은 것은 아니었다.

어떻든 이 묘지를 보고 난 산 로코의 사람들은 이제 가혹한 죽음에 대하여 그다지 괴로워하지 않게 되었다. 누군가가 죽으면 (이 기억할 만한 봄철에는 대개가 노인이었다) 묘지까지의 길이 여전히 멀고 허망하기는 했지만, 묘지에 이르기만 하면 무엇인가 조촐하고 조용한 축제 같은 것이 되어버렸다. 갖가지 꽃이 사방에서 모여들어 이내 캄캄한 묘혈을 메워버렸다. 마치 대지가 꽃이라고 말하기 위하여, 수천수만의 꽃을 부르기 위하여 검은 입을 벌렸다고 생각될 만큼.

지타는 이러한 변화를 모두 지켜보았다. 그녀는 거의 언제나 이곳 낯선 사나이에게 와 있었다. 그녀는 일을 하는 그의 곁에 서서 무엇인가를 묻고, 그가 대답했다. 삽 소리 때문에 번번이 중단되는 그들의 대화에는 흙을 파는 리듬이 번져 있었다.

"멀리 북쪽에서 왔지." 낯선 사나이는 물음에 대답했다. "어떤 섬에서." 그러고는 몸을 굽혀 잡초를 뽑았다. "바다에서 말이야. 다른 바다에서. 너희들의 바다와는 전혀 다른 바다지. 밤이 깊으면, 때때로 이곳 바다의 숨소리가 내 귀에 들려오지. 이틀 이상이나 가야 볼 수 있는데도 말이야. 하지만 그런 바다가 아니지. 내가 있던 곳의 바다는 잔인한 잿빛 바다지. 바닷가에 사는 사람들을 서럽고 말이 없게 만드는 바다. 봄이 되면 끝없는 폭풍우를 몰고 오지. 풀 한 포기도 자랄 수 없게. 5월도 부질없이 지나가버리지. 그리고 겨울엔 온통 얼어붙어 섬사람들을 모두 죄수로 만들어버리지."

"섬엔 사람이 많이 살고 있나요?"

"별로 많진 않지."

"여자도?"

"물론."

"그리고 아이들도요?"

"그래, 아이들도 있지."

"죽은 사람은요?"

"죽은 사람은 아주 많지. 바다가 많이많이 싣고 오거든. 밤중에 시체를 싣고 와선 해변에다 두고 가지. 그것을 발견한 사람도 놀라지는 않지. 고개를 끄덕일 뿐이야. 미리 짐작이라도 한 것처럼. 우리 고장에 한 노인이 있었는데, 잿빛 바다가 어떻게나 많은 시체를 가져오는지 산 사람이 발 붙일 곳이 없어졌다는, 작은 섬의 이야기를 들려주었어. 그러니까 산 사람이 시체에 포위당한 거지. 아마도 그것은 한갓 이야기에 지나지 않을 거야. 아니면 그 노인의 기억이 잘못되었든가. 난 그것을 믿지 않아. 난 생명이 죽음보다 강하다고 믿고 있어."

지타는 잠시 동안 말이 없다가 입을 열었다.

"하지만 우리 어머닌 죽었어요."

낯선 사나이는 일손을 멈추고 삽에 몸을 기댔다.

"그래, 나도 죽은 여인을 한 사람 알고 있어. 그러나 그녀는 죽기를 원했었지."

"그래요." 지타가 정색을 하고 말했다. "죽기를 원한다는 것, 나도 알겠어요."

"대부분 사람은 죽기를 원하고 있어. 그래서 살고 싶어하는 소수의 사람도 함께 죽는 거야. 일일이 물어볼 수 없으니까 한꺼번에 끌고 가는 거지. 나는 넓은 세상을 걸어왔어. 지타, 나는 많은 사람들과 이야기해보았어. 그리고 그들의 마음에 물어보았지. 그러나 죽기를 원치 않는 사람은 하나도 없었어. 물론 말로는 그 반대를 얘기한 사람도 몇몇 있었지. 그의 마음속에 깃든 두려움이 그렇게 말하게 하는 것 같아. 그러나 인간이란 무슨 말을 하는지 알 수 없거든. 말 뒤에 그들의 의지가 있어. 의지는 말을 하지 않지. 그 의지는 떨어져가는 거야, 죽음을 향해서 떨어져가는 거야. 열매가 나무에서 떨어지듯이. 그것을 도저히 막을 수는 없지."

이렇게 여름이 왔다. 작은 새들이 눈을 뜨면서 시작되는 새로운 나날, 매일같이 교외의 북쪽에서 온 낯선 사나이 곁에서 언제나 지타를 발견할 수 있었다. 집에서는 지타를 붙들어두려고 타이르고, 꾸짖고, 매질을 하고, 또 벌주기도 해보았다. 그러나 이 모두가 소용이 없었다. 지타는 유산처럼 낯선 사나이의 소유가 되어 있었다.

어느 날 시장이 그를 호출했다. 몸집이 거대한 시장의 목소리는 사뭇 위협적이었다.

"당신 따님은 무척 외로운 아입니다, 비놀라 씨."

낯선 사나이는 자신을 향한 갖은 비난에 대하여 약간 허리를 굽히며 조용히 말했다.

"그 아이가 제게로, 또 어머니 곁으로 오는 것을 막을 수가 없습니다. 제가 무엇을 준 적도, 약속한 적도 없습니다. 한 번이라도 오라고 한 적이 없습니다."

그는 공손한 태도로 떳떳이 말했다. 말을 마치자 그는 나가버렸다. 더는 덧붙일 말이 없었기 때문이다.

이제 이 교외 정원은 꽃으로 가득했다. 꽃들이 주위의 산울타리에까지 가득 번지면서 그가 애쓴 보람이 나타났다. 그는 간혹 조금 일찍 일을 끝내고 집 앞 작은 벤치에 앉아, 장중하게 저물어가는 저녁을 고요히 바라보곤 했다. 그럴 때 지타는 묻고, 낯선 사나이는 대답했다. 이따금 긴 침묵이 흐르고, 그 사이사이에 주위의 사물들이 그들에게 나직이 속삭여왔다.

"오늘은 사랑하는 아내를 잃은 사나이의 이야기를 하지."

언젠가 이러한 침묵이 흐른 뒤, 낯선 사나이가 말을 시작했다. 깍지 낀 그의 두 손이 가늘게 떨리고 있었다.

"가을이었어. 그는 아내가 죽는다는 것을 알고 있었어. 의사들도 그렇게 말했었지. 물론 의사가 잘못 아는 수도 있지. 하지만 아내 자신이 그들보다 훨씬 먼저 그렇게 말하고 있었어. 그녀의 말은 거짓이 아니었어."

"그녀는 죽기를 원했나요?"

낯선 사나이가 잠시 사이를 두는 동안에 지타가 물었다.

"그렇지, 죽기를 원했지, 지타. 그녀는 삶이 아닌 다른 무엇을 원했지. 그녀의 주위엔 언제나 너무 많은 사람이 있었어. 그녀는 혼자 있고 싶었던 거야. 그렇지, 혼자 있고 싶었지. 소녀 적에 그녀는 너처럼 혼자가 아니었어. 그러나 결혼을 하자, 그녀는 자신이 혼자라는 것을 알았어. 그러나 그녀는 혼자 있고 싶어하면서도 그것을 몰랐지."

"남편이 좋지 못한 분이었나요?"

"남편은 좋은 사람이었어, 지타. 그는 그녀를 사랑하고, 그녀도 그를 사랑했으니까. 그러나 지타, 그들은 서로의 마음이 닿지 않았던 거야. 인간이란 서로가 엄청나게 멀리 격절(隔絶)되어 있어. 서로 사랑하는 사람일수록 가장 멀리 격절되어 있는 거야. 그들은 자신들이 가진 모든 것을 서로 상대방에게 던져주지. 그러나 주어지는 것은 하나도 받아들이지 않거든. 그러니까 그것들이 두 사람 사이 어딘가에 떨어져서 산더미처럼 쌓이지. 서로를 보려고 해도, 또 가까이 가려고 해도 결국은 그것이 장해가 되는 거야. 아니, 그의 죽은 아내 이야기를 하기로 했었지. 그러니까 그녀가 죽은 것은 아침이었어. 밤새 잠을 이루지 못한 남편은 옆에 앉아서 그녀가 죽어가는 것을 지켜보고 있었어. 그녀가 갑자기 몸을 쳐들고 머리를 세웠어. 그녀의 삶이 전부 얼굴에 모여든 것 같았어. 삶이 모여들어 그녀의 표정에 수천수만의 꽃처럼 되어 있었어. 그러자 죽음이 나타나서 그것을 단번에 쥐어뜯어버렸어. 연한 점토 같은 것을 잡아떼듯이. 그녀의 얼굴이 잡아 늘인 듯 길고 뾰족하게 뒤에 남았어. 눈을 뜬 채로였지. 아무리 감기려고 해도 자꾸만 다시 뜨는 거야. 알맹이가 죽어버린 조가비처럼. 아무것도 볼 수 없는 두 눈이 뜬 채로 있는 것을 보다 못한 남편은 뜰로 나가서, 철 늦은 딱딱한 장미 봉오리 둘을 따다가 누름돌처럼 눈꺼풀 위에 얹었어. 그제야 눈이 감겼지. 그는 앉아서 언제까지나 죽은 얼굴을 바라보았어. 가만히 들여다보면 볼수록 더욱더 분명히, 삶의 자잘한 물결이 얼굴의 온 가장자리에 밀려와서는 천천히 다시 물러가는 것을 느낄 수 있었어. 그는 희미하게 생각해냈어. 언제였는지 어느 아름다운 순간에 그녀의 얼굴에서 이러한 삶을 본 적이 있다고. 그는 이것이 그녀의 가장 신성한 삶이었다는 것을 알고 있었어. 그리고 또 자신이 그 신성한 삶의 신뢰를 얻은 사람이 되지 못했다는 것도. 죽음이 그녀에게서 이 삶을 앗아 가지는 못했어. 죽음은 그녀의 표정에 모여든 갖가지 꽃들에 눈이 팔렸는지도 모르지. 죽음은 꽃들을 앗아 갔어. 그녀의 옆얼굴의 상냥한 윤곽과 함께. 그러나 그녀의 내면에는 또 하나의 다른 삶이 숨어 있었어. 조금 전까지는 내면의 삶이 말 없는 입술에까지 밀려들었었지. 지금은 다시 물러서서 소리 없이 내면으로 흘러들어, 파열된 그녀의 심장 부근 어딘가에 모여드는 것 같았어.

죽은 아내를 사랑했던 사나이는, 어쩔 수 없이 서로 사랑했던 사나이는 죽음에서 벗어난 이 삶을 자신의 소유로 하고 싶은, 말할 수 없는 동경을 느꼈어. 그는 이것을 받아들일 유일한 사람이 아니었을까. 그녀의 꽃과 책과, 그리고 그녀의 체취가 가시지 않은 옷의 상속인인 그가. 그러나 그는 그녀의 몸에서 사정없이 사라져가는 이 따스함을 어떻게 막을지, 어떻게 붙들어둘지, 무엇으로 길어내야 할지를 몰랐어. 그는 죽은 아내의 손을 쥐려고 했어. 손은 헛되이 벌어진 채 핵(核)이 빠지고 없는 과일의 껍질처럼 이불 위에 놓여 있었지. 균일하고 말 없는 차가움이었어. 그것은 하룻밤을 이슬에 젖었다가 아침 바람에 급속히 차갑게 말라붙는 어떤 물체의 느낌이었어. 그때 갑자기 죽은 아내의 얼굴에서 무엇인가가 움직였어. 남편은 긴장하여 그쪽을 보았어. 사방은 고요했어. 왼쪽 눈 위에 올려둔 장미 봉오리가 갑자기 흔들리고 있었어. 그리고 또 오른쪽 눈 위의 장미가 조금씩 커지고, 더욱더 커져가는 것을 보았어. 아내의 얼굴은 이미 죽음과 친숙해 있었으나, 장미꽃은 다른 또 하나의 삶을 쳐다보는 눈처럼 피어 있었어. 이윽고 날이 저물었어. 소리 하나 없는 하루해가 저물자, 남편은 떨리는 손으로 두 송이의 커다란 진홍 장미를 들고 창가로 갔어. 그는 스스로의 무게에 흔들리고 있는 장미꽃 속에 그녀의 삶을, 그가 일찍이 받아들이지 못했던 그녀의 넘쳐흐르는 삶을 안고 있었던 거야."

낯선 사나이는 두 손에 머리를 얹은 채 앉아 있었다. 아무 말도 하지 않았다. 그가 몸을 움직였을 때 지타가 물었다.

"그리고요?"

"그리고 그는 떠났지. 그 밖에 무슨 도리가 있었겠니? 그러나 그는 죽음을 믿지 않았어. 그가 믿은 것은 인간이 서로 가까워질 수 없다는 것, 산 사람도, 죽은 사람도 서로의 마음이 닿을 수 없다는 것뿐이었어. 이것이 인간의 불행이야. 죽음은 불행이 아니지."

"그래요, 저도 알고 있어요, 서로가 도울 수 없다는 것을."

서러운 목소리로 지타가 말했다.

"귀여운 흰 토끼 한 마리를 기른 적이 있어요. 정말 온순한 토끼였어요. 제가 잠시라도 떨어져 있으면 안 될 만큼 절 따랐어요. 그런데 멍이 들었어요. 목덜미가 몹시 부어올랐어요. 꼭 사람처럼 괴로워했어요. 조그마한 눈으로 절 쳐다보며 어떻게 해달라고 애원하는 거예요. 제가 어떻게 해주리라고 믿는 것 같았어요. 하지만 결국에는 그것도 그만두었어요. 그리고 제 무릎에 안겨 죽어갔어요. 혼자서 말이에요. 제게서 백 마일이나 멀리 떨어져 있는 듯이."

"짐승에게 정들여서는 안 되는 거야, 지타. 정말이야. 죄를 짓는 셈이야. 마음대로 약속하고선 지킬 수가 없으니까 말이야. 이러한 관계에서 우리가 할 수 있는 역할이란 언제나 그 신뢰감을 배반하는 일

뿐이지. 인간과의 관계에서도 마찬가지야. 다른 점이 있다면, 인간은 양쪽이 다 죄를 짓는다는 것이지. 그러면서도 서로가 사랑하고 있다고 하거든. 서로가 죄를 짓고 있으면서 말이야. 지타, 그 이상의 것은 아냐."

"그건 그래요. 그렇지만 그것만으로도 대견하죠."

지타는 말했다.

그러고 나서 두 사람은 손을 잡고 묘지를 이리저리 거닐었다. 이와 같은 두 사람의 사이가 조금이라도 변하리라고는 생각하지 않았다.

그러나 사태가 달라졌다. 8월이 왔다. 그 어느 날, 마을 거리는 열병에 걸린 듯 답답하고, 불안하고, 바람 한 점 없었다. 낯선 사나이는 창백하고 근엄한 얼굴로 묘지 입구에 서서 지타를 기다리고 있었다.

"안 좋은 꿈을 꾸었어, 지타." 그녀에게 말했다. "집으로 돌아가. 그리고 내가 오라고 할 때까지 와서는 안 돼. 아마도 몹시 바빠질 것 같아. 잘 가."

그러나 그녀는 그의 가슴에 몸을 내던지고 울기 시작했다. 그는 울고 싶을 만큼 울게 그냥 내버려두었다. 그러고는 그녀가 돌아가는 모습을 언제까지나 바라보고 있었다. 그의 예감은 틀리지 않았다. 진지한 일이 시작되었다. 매일같이 둘 혹은 셋씩 장례 행렬이 밀려왔다. 많은 시민들이 따라왔다. 화려하고 장엄한 장례식이었다. 향연(香煙)과 노랫소리가 그치지 않았다. 그러나 낯선 사나이는 누구의 입에서도 말이 나오기 전에 마을에 페스트가 침입했다는 사실을 알고 있었다. 하루하루가 살인적인 염천 아래서 타는 듯한 더위를 더해갔다. 밤이 와도 더위는 조금도 가시지 않았다. 일을 하고 있는 사람들의 손 위에, 사랑하는 사람들의 마음 위에 놀라움과 불안이 그늘져 내렸다. 모든 손이, 모든 마음이 마비되고 말았다. 집안에는 큰 잔칫날이나 한밤중처럼 정적이 깃들었다. 그러나 교회는 당황한 사람들의 얼굴로 가득 차 있었다. 갑자기 종소리가 울리기 시작했다. 마을의 종이란 종이 모두 깜짝 놀라 한꺼번에 울리기 시작한 것이다. 부서져라 마구 소리를 질렀다. 사나운 짐승이 종 치는 밧줄에 매달려 물고 늘어지는 것 같았다. 종소리는 숨도 쉬지 않고 마구 울려 퍼졌다.

이런 무서운 나날에도 일을 하고 있는 것은 묘지기 한 사람뿐이었다. 일이 많아짐에 따라 그의 팔에 힘이 올랐다. 그의 몸에서 일종의 기쁨이 솟아나는 듯했다. 순환이 잘 되어가는 피의 기쁨이었을지도 모른다.

그러나 어느 날 아침, 그가 짧은 잠에서 깨어나 보니 지타가 서 있었다.

"편찮으세요?"

"아니, 아무렇지도 않아."

그리고 나서 그는 그녀가 두서없이 황급히 지껄이는 말을 조금씩 알아들었다.

그녀는 산 로코의 사람들이 지금 이곳으로 오고 있다고 말했다. 그들은 그를 죽이겠다는 것이었다. 왜냐하면…….

"모두 아저씨가 페스트를 불러들였다고들 해요. 비어 있는 묘지 반대편에 언덕을 만들었죠? 그게 무덤이라는 거예요. 그리고 아저씨가 무덤에서 시체를 부른다는 거예요. 자, 달아나세요, 네, 빨리요!"

이렇게 애원하며 지타는 무릎을 꿇었다. 높은 탑에서 몸을 내던질 때 같은 격정이 서려 있었다. 묘지로 향한 길에는 벌써 한 떼의 검은 무리가 보였다. 그것이 부풀어 오르며 점점 가까이로 몰려왔다. 뿌옇게 먼지가 일었다. 왁자지껄한 소음 속에서 서너 마디가 또렷이 들려오게끔 되었다. 위협하는 목소리였다. 지타는 뛰어오르듯 벌떡 일어섰다가 다시 꿇어앉았다. 낯선 사나이를 끌듯이 데려가려고 했다.

그러나 그는 돌처럼 서 있었다. 선 채로 그녀에게 집에 들어가서 기다리라고 명령했다. 그녀는 그의 말에 따랐다. 문 뒤에 숨어서 쪼그리고 앉았다. 두근거리는 심장 소리가 목덜미에서 울렸다. 그리고 두 손에서, 온몸에서 울렸다.

그때 돌이 하나 날아왔다. 다시 하나. 둘 다 울타리에 떨어지는 소리가 들렸다. 지타는 더 참을 수가 없었다. 그녀는 문을 열고 달려 나갔다. 마침 날아오는 세 번째 돌을 향하여. 세 번째 돌이 그녀의 이마를 쳐 깨뜨렸다. 낯선 사나이는 쓰러진 그녀를 일으켜 어둑어둑한 집 안으로 안고 들어왔다. 군중은 고함을 지르며 낮은 울타리 바로 가까이까지 몰려왔다. 낮은 울타리로는 막아낼 수 없었다. 그러나 바로 그때, 뜻하지 않은 무서운 일이 일어났다. 테오필로라는 땅땅한 서기가 갑자기 바로 옆에 있던 비콜로 상티시마 트리니타 가(街)의 대장장이에게 몸을 기댄 것이다. 서기는 몸을 비틀거렸다. 부릅뜬 눈이 아주 야릇하게 뒤틀려 올라갔다. 그와 동시에 셋째 줄에 있던 소년이 흐느적거리고, 그 뒤에 있던 여인이 비명을 올렸다. 여인은 임신 중이었다. 여인은 마구 비명을 질렀다. 사람들은 이 비명 소리를 잘 알고 있었다. 사람들은 무서움에 미칠 것처럼 서로 밀치며 달아났다. 몸집 좋은 건강한 대장장이도 몸을 떨며 팔에 매달린 서기를 뿌리쳤다. 그를 내던지듯이 마구 뿌리쳤다.

집 안에서는 침대에 누워 있던 지타가 다시 정신을 차렸다. 그러고는 바깥에 귀를 기울였다.

"다들 가버렸어."

들여다보듯 몸을 굽히며 낯선 사나이가 말했다. 그녀는 이제 그를 볼 수가 없었다. 그러나 그녀는 다가온 그의 얼굴을 가만히 쓰다듬었다. 다시 한 번 그의 얼굴을 생각해내려는 듯이. 그녀는 그들이 오랫동안 같이 생활해온 것처럼 느껴졌다. 낯선 사나이와 그녀가. 몇 년이나, 몇 년이나. 갑자기 그녀가 말했다.

"시간이란 별것 아니군요. 그렇죠?"

"그럼, 지타, 시간이란 별것 아냐." 그는 말했다.

그는 그녀가 하는 말의 의미를 잘 알고 있었다. 이리하여 그녀는 죽었다.

그는 그녀를 위해 중앙 통로의 막다른 곳, 맑고 깨끗한 자갈밭에 무덤을 팠다. 이윽고 달이 떴다. 그는 은으로 된 모래를 파고 있는 것 같았다. 그는 그녀를 꽃 위에 눕혔다. 그리고 갖가지 꽃으로 묻었다.

"귀여운 아가."

이렇게 말하고서 그는 한참 동안 말없이 서 있었다. 그러나 그는 묵묵히 서 있는 것이, 생각에 잠기는 것이 갑자기 두려워져서 다시 일을 시작했다. 아직도 묻지 않은 관이 일곱이나 있었다. 오늘 하루 동안에 운반되어 온 것이다. 따라온 사람도 별로 많지 않았다. 그중 하나, 특별히 큰 참나무 관에는 시장 지안-바티스타 비뇰라 씨의 유해가 안치되어 있었는데도.

모든 사태가 달라졌다. 체면이나 품위 같은 것은 전혀 통용되지 않았다. 많은 산 사람이 죽은 사람 하나를 데리고 오는 대신, 이제는 언제나 한 사람이 짐수레에 서너 개씩 관을 싣고 왔다. 빨강 머리의 피포가 그 일을 업으로 삼았다. 낯선 사나이는 공지가 얼마나 남았는지 살펴보았다. 무덤을 열다섯 개쯤 팔 공지가 남아 있었다. 그는 다시 일을 시작했다. 처음에는 그의 삽 소리가 밤의 정적을 깨뜨리는 유일한 소리였다. 그러나 나중에는 마을에서 죽음의 비명 소리가 들려왔다. 이제는 아무도 삼가는 사람이 없었기 때문이다. 이제 페스트는 비밀이 아니었다. 병에 감염되든가, 아니면 그 불안에 싸이는 것만으로도 비명을 지르고, 소리치고, 마구 뒹굴었다. 죽을 때까지. 어머니가 자식을 두려워했다. 남의 일 따위는 본 체도 하지 않았다. 완전히 암흑에 휩싸인 듯 자포자기한 사람들은 술자리를 벌이고, 술 취한 작부들이 휘청거리기만 해도 창밖으로 내던져버렸다. 병에 걸리지 않았나 하는 불안 때문에.

그러나 낯선 사나이는 조용히 일을 했다. 그는 믿고 있었다. 이곳, 사방을 둘러싼 울타리 안에서 그가 주인인 한, 그가 여기에서 정리하고 무덤을 파는 한 적어도 마을 밖, 적어도 이 아름다운 꽃들과 화단 안만은 부조리한 우연에 하나의 의미를 줄 수가 있고, 우연한 악을 평화로운 주위의 토지와 화해시키고 조화시킬 수가 있는 한 상대는 승리를 거둘 수 없을 것이다. 그리고 지칠 날이, 물러설 날이 올 것이다. 이러한 생각을 하면서 그는 두 개의 무덤을 팠다.

그때 웃음소리와 지껄이는 소리에 뒤섞여서 삐걱거리는 수레바퀴 소리가 들렸다. 수레에는 시체가 넘칠 만큼 쌓여 있었다. 빨강 머리

피포는 자신을 도와줄 인부를 구한 것 같았다. 그들은 아무렇게나 마구 시체 더미를 헤쳐 저항하는 듯한 시체 하나를 끄집어내더니 울타리 너머 묘지로 던졌다. 이어서 또 하나. 낯선 사나이는 묵묵히 삽을 움직였다. 그러자 나이 어린 소녀의 몸뚱어리가 피에 엉킨 나체로 머리카락이 흐트러진 채 그의 발목에 굴러 떨어졌다. 묘지기는 비로소 바깥 어둠을 향하여 위협적인 소리를 질렀다. 그는 다시 일을 시작하려고 했다. 그러나 술에 취한 인부들은 그런 것쯤 아랑곳하지 않았다. 빨강 머리 피포는 몇 번이고 모습을 나타내고 납작한 이마를 드러내며, 울타리 너머로 시체를 던졌다. 묵묵히 일을 하고 있는 묘지기의 주위에 무수한 시체가 산더미처럼 쌓였다. 시체, 시체, 또 시체. 삽이 점점 무거워졌다. 죽은 사람들의 손이 삽을 잡고 방해하는지도 몰랐다. 낯선 사나이는 일손을 멈추었다. 이마에 땀이 흐르고 있었다. 그의 가슴속에서 무엇인가가 격렬하게 다투고 있었다.

이윽고 그는 울타리로 다가갔다. 그때 피포의 빨간 둥근 머리가 다시 떠올랐다. 그는 크게 삽을 쳐들어 내리쳤다. 감각이 있었다. 삽을 당겨서 보았다. 꺼멓게 젖어 있었다. 그는 커다란 곡선을 그리며 삽을 내던졌다. 그러고는 고개를 숙였다. 그는 그대로 자신의 정원에서 나와 밤의 어둠 속으로 걸어 나갔다. 한 사람의 패배자로서. 너무 일찍, 너무나 일찍 온 사람으로서.

대화

　그림이 걸려 있을 법한 홀이다. 묵직한 액자에 끼워진 깊고 몽상적인 그림이다. 아마도 조르조네〔르네상스 시대의 베네치아파 화가〕 또는 티치아노〔베네치아파의 대표적 인물〕의, 이를테면 파리스 보르도네〔16세기 이탈리아의 화가〕의 짙은 보라색 초상화 같은 것. 그리고 꽃이 있는 것도 알 수 있다. 크고 이상한 꽃이다. 깊고 차가운 청동 접시에 누워서 하루 종일 짙은 향기를 노래하듯 내뿜고 있다. 한가로운 꽃이다.

　그리고 한가한 손님이 둘, 셋, 또는 다섯 사람쯤. 커다란 난로의 불꽃이 노상 기지개를 켜고는 주위 사람들의 수를 헤아리려고 한다. 그러나 그때마다 잘못 헤아리고 만다.

　난로 바로 앞에 흰옷을 입은 공주(公主)가 기대듯 앉아 있다. 그 옆에는 모든 불빛을 한 몸에 모으려고 하는, 커다란 사모바르〔러시아 전래의 주전자〕가 있다. 공주의 모습은 천성적인 흥에 못 이겨, 혹은 변덕으로 단번에 폭풍처럼 내리갈긴 거친 채색 소묘 같다. 천재가 갖는 무슨 초조감에서 빛과 그림자로 묘사된 장렬한 소묘이다. 오직 입술만이 약간 정성스레 그려져 있다. 다른 부분은 모두 이 입을 위해서만 존재하는 것 같다. 그것은 마치 몇백 페이지에서 단 한 페이지, 이 미소의 고요한 비가(悲歌)를 쓰기 위하여 만들어진 책과도 같다.

그녀 옆에 자리 잡은 빈 신사가 폭넓은 고블랭 의자에서 앞으로 약간 몸을 구부리고,

"공주 전하"라고 말하고는 또 무어라고 중얼거렸으나, 그것은 그 자신에게도 하찮게 생각된다. 그러나 아무 의미도 없는 그 부드러운 말은 둘러앉은 사람들의 위를 지나서 일종의 온기처럼 퍼진다. 그리고 누군가가 감개무량한 듯이 말한다.

"독일어로 말하는 것은 침묵하는 것과 마찬가지야."

그러고 나서 잠시, 거기에 그림이나 그 밖의 물건이 있다는 것을 생각해낼 만한 시간의 여유가 있다. 이윽고 난로 옆에 서 있던 생캉탱 백작이 묻는다.

"저 마돈나를 보셨습니까, 헬레나 파블로브나?"

공주는 이마를 숙인다.

"그것을 사시지 않으시겠습니까?"

"좋은 그림이지요."

빈 신사는 이렇게 말하고 화사한 여자의 손 같은 자신의 손을 들여다본다.

그때 어딘가 어둠 속에 앉아 있던 독일 화가가 황급히 끼어든다.

"그렇지, 그것은 주변에 걸어둘 만한 그림이지. 거실이라든가 그런

곳에."

그의 말이 다 사라지자 헬레나 파블로브나는 몸을 굽히고 말한다.

"아뇨." 그러고는 서러운 듯이, "그 그림에는 제단이라도 설치해야 제격일 거예요."

그녀의 말은 무엇을 찾고 있는 사람처럼 방 안 깊숙한 곳까지 더듬으며 들어간다. 사이. 공주가 약간 불안스러운 몸짓을 하며, 그 말에 덧붙이듯이 묻는다.

"카지미르, 저 마돈나를 사야 할까요?"

멀리에서 성량이 풍부한 슬라브 사람의 목소리가 놀란 듯이 들려온다.

"제게 물으셨습니까?"

사이.

그러자 헬레나 파블로브나가 용서를 구한다.

"당신은 예술가가 아닌가요?"

대답.

"때로는, 헬레나 파블로브나, 때로는……."

만약 이때 은시계가 울리지 않았다면 독일 화가가 답했을 것이다.

"그러나"라고.

그런데 은시계가 불시에 길게 시간을 알렸다. 그래서 그는 단념했다. 특히 생캉탱 백작이 이렇게 말했기 때문에.

"그런데 베네치아는 이번 겨울이 처음이십니까, 헬레나 파블로브나?"

"네. 하지만 옛날에도 지금과 달랐다고는 생각되지 않습니다만."

"정말 이상합니다. 이곳의 옛 궁전이 우리에게 무엇인가를 토로해 줄 때는 감동을 느끼게 됩니다. 그런 건물에는 많은 추억이 깃들어 있습니다. 그래서 때로는 그런 추억을 우리 자신도 그들과 나누어 가지고 온 듯 여기게 되는 것입니다. 그렇지 않습니까?"

빈 신사는 이렇게 말하고 눈을 감는다.

그래서 헬레나 파블로브나가 그의 말을 보충해서 다음과 같이 말하는 동안 띠고 있는 미소가, 그의 눈에는 보이지 않는다.

"옳은 말씀이에요. 특히 이런 점에서 동감이에요. 어릴 때 이곳에 없었다고는 도저히 생각되지 않는다는 거예요. 말하자면 이런 거예요. 좁은 거리나 정원 같은 데 있을 때, 저는 곧잘 누군가를 살며시 불러 세우고 이런 말을 하지 않고는 견딜 수가 없을 것 같은 때가 있어요. '어렸을 때 저는 여기서 늘 놀았지요'라고. 그리고 또 '이 교회에 기도하러 왔었지요'라든가, '이 그림을 보러……'라든가 그것이 사실은 모두 거짓말이거든요."

그러자 카지미르의 목소리가 서러운 듯 다가온다.

"그런데도 아무도 부르지 않으셨군요, 헬레나."

"어머, 누가 제 말을 믿었겠어요, 카지미르."

사이.

생캉탱 백작이 생각에 잠긴 나직한 목소리로 말한다.

"그런 경우에는 거짓말을 해도 좋지 않을까요?"

"그저 동경심에서 그렇게 말해보는 것이지요."

빈 신사가 지지를 표명한다.

"너무나 아름다워서……"라고 생캉탱 백작은 말한다.

"물론 누구에게도 해가 되지 않으니까."

독일 화가는 이렇게 말하고는 갑자기 일어선다.

그때 카지미르가 말하기 시작한다.

"본래 사람이 무심코 자신의 과거라고 생각하고 있는 것은 거짓이지요. 백작 당신은 자신이 방데 지방에서 소년 시절을, 응석을 부리던 소년 시절을 보냈다는 것을 지금도 믿고 계십니까? 당신이 철들기 시작한 무렵에 당신을 둘러싸고 있던 것이 빈이었다고 생각하고 계십니까? 그리고 당신이 곧잘 말씀하시는 저 평탄한 고장이 정말로 온갖 옛 이야기의 배경이었다고 진실로 생각하고 계십니까? 어떻습니까, 이 궁전, 이 거리, 그리고 당신 고향의 평야 따위는 오히려 당신들이 깊은, 마음이 깃든 생활을 영위하던 저 나라의 국경이 아니었을까요? 어떻습니까, 당신들의 영지는 다른 것이 시작되는 곳에서 끝난 것이 아닐까요? 현실의 등불을 느끼게 되었을 때, 언제나 당신들의 태양은 저물어간 것이 아닐까요? 이를테면 당신들의 아버지가 당신들에게 하신 말씀 하나하나에 당신들의 내부에 있는 은밀한 모습이 죽어간 것이 아닐까요? 그리고 사물들. 사물들은 그것이 당신들만의 소유가 아니고, 누구라도 그것에 손을 댈 수 있고 마음대로 이용할 수 있도록 아무 데나 놓여 있는 것이라고 당신들이 깨닫는 순간 가치 없는 것이 되어버리지 않았을까요? 그것을 잘 생각해보십시오. 사람은 자기가 가지고 있는 진짜 황금을 모두 서서히 지폐로 바꿔버리는 것이 아닐까요? 어떻습니까? 그리고 결국에 가서는 현물 대신 어음만 갖게 되는 것입니다. 그러고는 오늘이나 내일 무서운 공황이 오면 거지가 될 수밖에 없습니다. 그렇지 않습니까?"

사이.

이윽고 헬레나 파블로브나가 말한다.

"당신이 황금을 모두 바꿔버렸다고는 생각되지 않는데요, 카지미르."

"모르지요, 헬레나 파블로브나. 그럴지도 모르지요. 그러나 이 황금은 세상에는 통용되지 않는 것입니다. 유통되지 않는 돈입니다. 화폐를, 그것도 잔뜩 갖고 있어야 합니다."

그의 말은 독일 화가의 신경을 곤두서게 한다.

"그건 그렇지요……" 하고 그는 말한다.

"흔히 듣는 말이지요, 그것은. 당신들 슬라브인은 염세주의자지요. 구원할 수 없는 염세주의자요. 우리는 그것을 벌써 극복했지요. 우리는 인생을 사랑합니다. 우리의 예술은 그 한가운데서 태어나는 것입니다."

그는 두어 걸음 창가로 걸어가서 조금 목소리를 낮추어 덧붙인다.

"여러분은 나에게 찬동하리라고 믿습니다만. 백작, 우리에게 인생에 대해서 여러모로 가르쳐준 것은 프랑스 사람이니까요. 그렇지요? 그리고 빈의 여러분도……."

"네, 그렇지요."

화사한 손의 신사가 천천히 대답한다.

"그것은 사실입니다. 우리 빈 사람들은 무엇이든 다 가진 듯한 얼굴을 하고 싶어합니다. 인생도 예술도, 그리고……."

그러나 생캉탱 백작은 자기 차를 홀짝홀짝 마시며, 질 좋은 그 찻잔을 흘린 듯이 바라보느라고 대답을 하지 않는다. 그가 찻잔을 탁자에 놓자 노래하는 듯한 음향이 잠시 남는다.

그러나 독일 화가는 화가 치민다. 그는 무시당했다고 느끼고 어떻게든 자기의 생각을, 주장을 관철해야겠다고 생각한다. 그래서 말하기 시작한다.

"그러므로 당신들 폴란드 사람에게는 참다운 의미에서의 예술이라는 것이 없습니다. 문학이나 뭐 그런 것이라면 몰라도. 세계고(世界苦)에서 아름다운 시를 만들 수도 있을 것입니다. 그리고 감상적인 음악 같은 것도. 그렇지, 쇼팽이나 차이코프스키 같은 것을, 물론. 그러나 나는 그런 것은 잘 모릅니다. 그림에 관해서라면, 물론 근대의 그림에 관해서지만……."

"아니, 베레시차긴(러시아의 화가)을 보십시오."

화가는 그 말을 받아들이지 않는다.

"그렇다면 초상화를 보십시오. 지금 빈에는 포흐발스키(폴란드의 화가)가 있습니다."

빈 사람은 상대방의 난폭한 주장을 달래려고 안간힘을 쓴다. 이러한 경우 그는 부드러운 공기를 그 자리에 펼치고 싶어한다. 그 때문에 그의 손이 떨리고 있다.

그러나 벌써 카지미르가 말을 시작하고 있다.

"저분이 하는 말은 사실입니다. 우리에게는 예술이 없습니다."

"당신들의 〈판 타데우스〉를 잊지 마십시오."

생캉탱 백작이 주위를 환기시킨다.

"나도 마침 그것을 생각하고 있었습니다. 그리고 러시아의 위대한 사람들도, 또 테트마예르(폴란드의 시인)나 병(病)을 그처럼 아름답게 표현한 저 섬세한 젊은 시인들을. 보십시오, 나는 많은 사람들을 생각하고 있습니다. 그러나 결국 우리는, 여러 가지 예술을 가졌지만 참다운 예술은 하나도 갖고 있지 않다는 것을 알게 됩니다. 아마도 독일에서는 사정이 다르겠지요, 나는 잘 모릅니다만. 그러나 그렇다고 한다면 독일 사람들은 대단히 행복한 것입니다."

공주는 난로에서 눈을 돌렸다. 그녀의 눈동자는 어둠 속을 찾아 헤맨다.

그리고 독일 화가는 느낀다. 또 시답잖은 대화가 시작될 모양이라고. 정말 섬뜩하다, 이런 재치 있는 대화는. 가만히 있기만 하면 만사가 분명한 것을.

그래서 그는 문제를 더 확대하지 않으려고 입을 다문다.

그런데 곤란하게도 빈 신사가 묻고 만다.

"그것은 무슨 뜻입니까?"

이것으로 끝났으면 그래도 좋았을 것이다. 그러나 그는 물론 또 묻는다.

"그것은 무슨 뜻입니까?"

카지미르는 금세 대답하지 않는다. 그사이에 헬레나 파블로브나는 양손을 깍지 낄 여유가 생긴다.

그리고 다시 어둠 속에서 부드러운 목소리만이 울려온다. 때때로 생각난 듯이 발자국 소리가 들린다. 그것은 폴란드 사람이 각별히 불안한 말을 방 안으로 맞아들이려고 말과 함께 걷고 있는 듯한 느낌이다. 대체로 다음과 같다.

"이것은 전에도 이야기한 적이 있습니다만, 즉 예술은 유년 시절과 같다는 것입니다. 예술이란 세계를 이미 존재하는 것으로는 생각하지 않고, 새로운 세계를 하나 창조해내는 것입니다. 그렇다고 해서 현존하는 것을 파괴한다는 것은 아니고, 다만 이미 완성되어 있는 그 무엇을 인정하지 않는다는 것입니다. 존재하는 것은 가능성 그 자체이며, 소망 그 자체입니다. 그리고 그것이 갑자기 충족되고, 여름이 오고, 태양을 갖게 됩니다. 논의에 의해서가 아니라 필연적으로 이루어지는 것입니다. 결코 완성되는 것이 아니며, 결코 천지창조의 일곱째 날을 가질 수가 없습니다. 결코 이것으로 만사가 만족스럽다고 보지 않는 것입니다. 불만은 청춘의 것입니다. 신(神)은 처음부터 나이가 너무 많았다고 나는 생각합니다. 그렇지 않다면 신은 엿새째 밤에 창조를 중단하지 않았을 것입니다. 천 번째 날까지도 창조를 계속했을 것입니다. 아니, 오늘날까지도. 이것이 내가 신에게 승복하지 않는 이유입니다. 신도 힘을 다 써버렸다는 것입니다. 인간의 창조와 함께 그의 책이 완성되었다 해서 붓을 내던지고는 다만 판(版)이 거듭되기를 기다리고 있을 뿐입니다. 신이 예술가가 아니었다는 것은 슬픈 일입니다. 신도 역시 예술가가 아니었다는 것, 이 생각을 하면 울고 싶습니다. 아무것도 할 용기가 나질 않습니다."

이때 은시계가 맑은 소리로 망설이듯이 떨며 울린다.

그 소리가 다 끝날 때까지 모두 기다리고 있었다.

그 후에 폴란드 사람이 저도 모르게 목소리를 낮추어 말한다.

"가령 노래 한 곡이나 잘 알고 있는 그림 한 폭, 그리고 시 한 수를 생각해보십시오. 그것들은 모두가 독자적인 가치와 의미를 지니고 있습니다. 그것을 처음 만들어낸 사람과 그것을 다시 만들어낸 사람,

즉 예술가와 참다운 감상자에게는 말입니다. 그 까닭은 이렇습니다. 이를테면 조각가는 자신을 위해서, 오직 자신만을 위해서 조각상을 만드는 것입니다. 그러나(이것은 그의 작업 이상의 일이라고 할 수 있겠습니다만) 동시에 그는 그 창작물이 다른 것과 나란히 존재할 공간을 세계 속에 만들어내는 것입니다. 그리고 이 공간 내부의 모습을 자신의 힘으로 재창조할 수 있는 사람만이 그것을 실제로 정신 속에 소유할 수 있는 것입니다."

난롯불이 어두워지기 시작한다.

금빛 격자 뒤에서 굵은 소나무 장작이 무너져 흐트러진다.

환상의 궁전이 무너져 내리는 것 같은 착란이 일어난다.

어둠과 함께 폴란드 사람은 점점 낮아지는 목소리로 다가온다. 무엇을 조르지 않으면 안 될 때의 어린아이처럼 그 목소리가 수줍고 아름답다.

"그러므로 이들 노래와 시와 그림은 다른 것과는 다른 데가 있습니다. 아무쪼록 그것을 좋게 보아주셔야 합니다. 그것들을 존재한다고는 할 수 없습니다. 그때그때마다 형성되는 것입니다. 그러므로 그것들은 한없는 기쁨을 주는 것입니다. 그러한 힘을, 또 다른 무엇에서도 얻을 수 없는 저 한없이 풍족한 의식을 주는 것입니다. 그러므로 그것들이 우리를 높이 쳐들어주는 것입니다. 그렇습니다. 그렇게 해주는 것입니다. 그것들은 우리의 마음을 높이 신이 있는 데까지 높여주는 것입니다."

생캉탱 백작은 한마디쯤 끼어들 여지를 만들려는 듯이 몸을 움직인다.

빈 신사도 하마터면 말을 할 뻔한다. 그는 긴장해서 자신의 손바닥을 읽고 있다.

그러나 카지미르는 그 무엇도 모르고 있다. 그리고 독일 화가가 흑단(黑檀)으로 만든 작은 코끼리에 손가락을 얹어서 걸음마를 가르치려고 열중하고 있는 것도 모르고 있다. 슬픈 장난이다. 시골에서 비 오는 날에 심심풀이로 할 법한 장난이다.

그러는 사이에 카지미르는 벌써 다시 시작하고 있다. 이제는 그의 검은 두 눈이 생생하게 빛나고 있는 것을 볼 수 있다.

"헬레나 파블로브나, 이제는 제발 직접 말씀해주십시오. 결국은 덧없는 이야기가 아닌지요? 언제나 오직 신이 있는 곳까지입니다. 결코 신을 통과하지도, 신을 초월하지도 못합니다. 마치 신이 바위이기나 한 것처럼. 그러나 신은 말하자면 하나의 정원입니다. 혹은 하나의 바다, 하나의 숲입니다. 무척이나 큰 숲입니다."

그러자 모두 이 숲 속의 소리에 가만히 귀를 기울인다. 공주는 몸을 앞으로 크게 내밀어서 폴란드 사람 쪽으로 기울인다. 마치 그의 모든 말을 자기 혼자서 차지하려 하는 것 같다. 한마디로 빠짐없이…… 다음 말도 역시.

"그처럼 슬퍼지지 않으려면, 헬레나, 어떻게 하면 좋겠습니까? 어처구니없이 슬퍼지지 않으려면 말입니다. 이번에는 헬레나, 당신이 나에게 그것을 말해주셔야 합니다. 당신은 이렇게 말할 것입니다. 저에게는 들립니다. 헬레나, 아마도 당신은 말할 것입니다. 내가 말하는 것보다 더 융성하게, 더 아름답게 말할 것입니다. 신이 중단한 곳, 신이 지쳐버린 곳에서 시작하지 않으면 안 된다, 그곳에서 계속하지 않으면 안 된다고. 자, 헬레나, 그곳은 어디입니까? 인생 속에서입니다. 인간이 사는 곳에서입니다. 그러나 군중 속이 아니고 영원에서 다가오는 한 사람의 인간에서입니다. 이제는 어떤 곤궁에도 시달리지 않고, 아무런 근성도 없고, 마음껏 살 수 있기에 필요한 만큼의, 어떤 다른 것 모두를 가져다주는 한 사람의 인간에게서입니다. 왜냐하면 헬레나, 그것은 단순히 인간이 인간을 찾아가는 덧없는 방문과 같아서는 안 되기 때문입니다. 더구나 세계는 무심하게 그 옆을 지나갑니다. 그것은 하나의 축제여야 합니다. 한없는 환호여야 합니다. 그 만남의 장면을 당신은 생생하게 보셨을 것입니다. 헬레나, 이렇습니다. 두 장군이 언덕 위로 다가옵니다. 환하게 빛나는 대지입니다. 아마도 예루살렘이든가 이집트, 아니면 갠지스 강변일 것입니다. 두 사람 모두 한 무리의 사람들을 이끌고 있습니다. 그리고 이 한 무리의 사람들은 각기 세계의 반쪽을 의미하고 있습니다."

그때 헬레나 파블로브나가 몸을 일으킨다. 벌떡, 조용히. 두 인간이 서로 마주 보고 서 있다. 두 사람의 왕이었다. 잠시 동안은 이곳이 예루살렘이나 갠지스 강변처럼 생각된다. 그리고 금빛 격자 뒤의 불길도 높이 타올라서 주위에 가득히 밝은 빛을 던진다.

생캉탱 백작은 난로 옆의 자리를 떠나서 조용히 물러가려 하고 있었다. 빈 신사가 천천히 일어났다. 그리고 독일 화가까지도 문득 지금이 일어서기에 적당한 순간이라고 깨달았다. 그의 놀라움은 무척이나 큰 것이었다. 바로 지금까지 예술에 대해서 이야기하고 있지 않았는가. 정말 멋있는 일이다. 그래서 그는 홀가분한 마음으로 다시 자리에 앉았다. 뭔가 말을 해야 한다고 그는 생각한다. 어떻게든 빨리 말을 해야 한다. 무엇이든 생각이 나는 것을. 그는 몹시 긴장한다.

아무것도 생각나지 않는다. 생각나는 것은, 방금 15분 동안 가르친 불쌍한 작은 흑단 코끼리밖에 없다. 그러나 갑자기 코끼리 이야기를 꺼낼 수는 없다. 어떻게 한다지. 이때 생캉탱 백작이 프랑스어로 이렇게 말하는 것이 들려온다.

"용서하십시오, 헬레나 파블로브나, 이만 물러가야겠습니다."

그때 우아한 추시계가 이 동양인을 도와준다. 완전히 물러갈 동안 수없이, 언제까지나 시간을 친다. 그래서 아무도 말을 할 수 없었다.

카지미르도 말을 하지 않았다. 그의 얼굴은 보이지 않는다. 창백한지 어떤지도 알 수 없다. 그러나 그의 눈은 틀림없이 피곤할 것이다. 느낌으로 알 수 있다. 그의 손은 떨리고 있다. 그리고 무겁다.

그는 공주 앞에 깊이깊이 몸을 숙인다. 그러고는 자기가 좋아하는 장소에 두 번 다시 돌아오지 않을 사람처럼 떠난다. 한 걸음, 한 걸음 망설이며 무척 진지한 눈초리로 주위의 것들을 바라본다. 하나하나 주의 깊게, 모두가 어떤 모양인가를 머리에 새겨두려고 하는 것처럼.

헬레나 파블로브나는 불 꺼진 난로 앞에 혼자 남아 있다. 가만히 귀를 기울인다. 들리는 것은 오직 작은 은시계 소리뿐이다. 그것은 마치 차츰 빨라져가는 시간의 걸음을 헐떡이며 뒤쫓아가는 소리를 내고 있다.

공주는 난로 위로 손을 뻗어서 작고 고풍스런 금방울을 집어 든다. 그 손잡이에는 무늬가 섬세하게 아로새겨져 있다.

헬레나 파블로브나는 불을 켜라고 명령할 것이다. 수많은 불을.

어느 사랑 이야기

헤르만 홀처는 자신의 기다랗고 좁은 방 안을 서성거리며 벌써 30분 동안이나 줄곧 지껄이고 있다. 에른스트는 그동안 낡은 학생용 소파에 누워서 그를 바라보고 있다. 이따금 머리를 약간 들고는 상대편의 말을 귓전으로 흘리며 먼 곳을 바라본다. 들어도 별로 재미가 없기 때문이다. 그에게는 언덕에라도 오르는 듯한 발걸음으로 똑같은 장소를 오락가락하는 어깨가 넓은 금발의 청년이 훨씬 중요한 모양이다. 그는 상대에게 이렇게 말해보고 싶은 것이다.

잠시 걸음을 멈추어주게, 자네의 턱을 좀 더 자세히 보고 싶다네. 그리고 자네의 입 모양도⋯⋯.

물론 그런 말을 하지는 않는다. 그러나 말을 하지 않더라도 헤르만 홀처는 걸음을 멈추고 좁은 창문 앞을 막아서서, 그 검은 등으로 하늘과 굴뚝과 일요일 오후의 경치를 가리고 만다. 그의 등 뒤에서 방 안이 어두워진다. 그는 말한다.

"시험 따위는 깨끗이 악마가 물어 가라지. 정말 신경질이 나는군. 자네들과 경쟁이나 시작하지, 에른스트. 내가 신경질을 내게 되면 조심하라고. 난 철저히 하니까 말이야. 무슨 일이든. 그렇게 되면 내게 자네들이 난쟁이 같아 보이지."

이렇게 말하고는 얼른 뒤돌아 온다. 그의 너털웃음과 함께 밝은 빛이 담배 연기 자욱한 다락방에 왈칵 뛰어든다.

에른스트는 놀란 듯이 몸을 일으킨다. 그는 무척 후리후리하다. 유행하는 옷을 입고 있다. 그는 자신의 왼손을 천천히 살펴보고 나서, 다음에 오른손을 살펴본다. 마치 여러 해 만에 다시 만나기나 한 것처럼 열심히.

홀처는 벌써 다시 서성거리고 있다.

"홀름 씨 집의 가정교사가 될 가망이 있나 없나 오늘 중으로 회답이 있을 거야. 만사가 이 일에 달려 있어. 거기서 보수를 못 받게 되면 결혼 같은 것은 생각도 할 수 없지."

에른스트는 시끄럽게 소리를 내며 몸을 움직인다. 홀처는 무슨 말이라도 하는가 하고 그쪽으로 돌아선다. 그러나 그가 얻는 것은 알쏭달쏭한 말 한마디뿐이다.

"그래, 정말……."

다시 전처럼 걷기 시작한다. 그는 걸으며 말을 이어간다.

"그렇게 되면 겨우 안정되리라고 생각해. 그래야만 어떻게 좀 더 나은 일을 시작할 수 있지. 근심거리가 없어져야지."

사이…… 그리고.

"헬레네도 알고 있어……."

사이.

"물론 우리는 어느 교외에 살게 되겠지……."

그는 잠시 바로 창문 앞에 와 있다.

에른스트의 얇은 입술은 말하기를 거부하고 있다. 말을 안으로 삼켜버리자, 그 힘에 떠밀리듯이 청년은 벌떡 일어선다. 잠시 동안 멍하니 서 있다. 이윽고 두어 걸음 친구 쪽으로 다가선다. 바로 옆까지 왔을 때 홀처가 말한다.

"저것 좀 들어보게."

애수 어린 슬라브 민요가 연기처럼 안마당에서 들려온다. 마치 그 노래가 많은 지붕들과 탑 너머 저쪽의…… 어딘가 먼 곳을 바라보려고 발돋움을 하고 있는 것 같다.

에른스트는 저도 모르게 얼굴을 들고 눈을 감는다.

"뭔지 알겠나?" 홀처는 웃으며 말한다.

사이.

이윽고 에른스트는 꿈꾸는 듯한 어조로 희미하게 말한다.

"향수……."

홀처는 그를 흔든다.

"시골 출신의 작은 계집애가 밑에서 그릇을 씻고 있어. 언제나 그릇을 씻으며 노래를 하지. 언제나 똑같은 노래를 멍청하고 얼빠진 목소리로 말이야. 언제나 오후 세 시 반이야. 보라고……. (그는 시계를 내보인다.) 정각이지? 여기서는 하루의 시간이 모두 이런 식으로 계산되지. 시계를 두고 와도 안심이야. 손풍금장이, 땜장이, 채소 장수, 넝

마 줍는 여자. 이런 것들이 나의 시간이지. 그동안에 공부를 해야지. 게다가 아가씨와 만날 약속도 있거든. 보게…… 귀엽지, 안 그래?"

헤르만 홀처는 두어 번 키스를 던진다. 그의 만족스러운 미소로 보아, 키스가 안마당에 떨어지기 전에 누군가가 받아들였다는 것을 알 수 있다. 그는 갑자기 방 안으로 들어선다.

"그러니까 결혼을 해야지, 될 수 있는 대로 빨리."

에른스트는 거부하는 듯한 몸짓을 한다.

헤르만 홀처는 그것을 알아차리고, 잠시 동안 그를 쳐다보다가 탁자에서 담배를 집어 든다.

"피우지 않겠나?"

"아냐, 그만두겠어."

홀처는 기분 좋게 담배에 불을 붙인다. 그리고 공중에 그려진 그 무엇을 지우기나 하듯이 사용한 성냥개비를 강하게 흔들며 말한다.

"흠?"

에른스트는 창문 너머로 바깥을 내다본다. 자잘한 아래쪽 앞니로 금발의 코밑수염을 괴롭히고 있다.

사이.

헤르만 홀처는 다시 서성거리고 있다. 마구 담배 연기를 뿜어댄다. 갑자기 걸음을 멈춘다. 그 연기를 꿰뚫듯이 그의 목소리가 들려온다.

"이 색조를 보게. 빨강인가, 초록인가? 아니, 왜 그래?"

에른스트가 다가선다. 상대의 차분한 둥근 어깨에 올려놓은 그의 손이 우스꽝스러울 만큼 연약해 보인다. 그는 자신의 구두를, 특히 왼쪽 구두를 보며 말한다.

"자네가 나를 오해하지는 않으리라고 믿네만, 헤르만……."

홀처는 불안해진다.

"새삼스럽게 무슨 말이지? 그만둬. 난 살인 같은 것을 한 적이 없어. 그러니까……."

에른스트는 눈을 든다. 두 눈에 침통한 빛이 가득하다.

"혹시 했단 말인가?" 홀처는 웃는다.

그러자 에른스트는 창문까지 물러간다. 그 초라한 향수 어린 노래가 다시 들려온다. 끊어질 듯 이어지는 불안정한 가락 사이사이에 에른스트는 천천히 말을 끼워 넣는다.

"나쁘게 받아들이지 말게, 헤르만. 하지만…… 자네는…… 그녀를 못 쓰게 만들 거야……." 사이.

헤르만 홀처는 담배를 입에서 떼어 탁자 가장자리에 조용히 내려놓는다. 가느다란 연기가 방 한가운데에서 꼿꼿이 피어오른다. 무의식중에 두 사람의 눈이 이 느릿하고 조용한 움직임을 뒤쫓는다. 이윽고 홀처는 의자 하나를 두 손으로 잡아서 들어 올리려고 한다. 그것을 갑자기 밑으로 떨어뜨린다. 쾅하는 소리와 함께 외치듯이 말한다.

"자네 돌았나?"

"제발 조용히 얘기하자고……."

에른스트의 목소리가 약간 떨리고 있다.

그러나 홀처는 아직 그렇게 흥분하고 있지는 않다.

"내가…… 그녀를…… 못 쓰게 한다……."

그는 또박또박 말을 잘라가며 되풀이한다. 이 말을 암기라도 해야 하듯. 몇 번이고 처음부터 시작한다.

"내가 그녀를……."

"헤르만……." 상대편이 간청하듯 말한다.

"내가 그녀를……."

그러다가 홀처는 갑자기 웃음을 터뜨린다. 온 집 안에 다 들릴 만한 큰 소리로. 그의 입에서 웃음이 겨우 가시자, 그는 숨을 헐떡이며 가까스로 말한다.

"자네는 이유를 말해주겠지……?"

에른스트는 이것을 기다리고 있었다. 그는 낮은 목소리로, 이미 준비가 다 되어 있다는 듯이 말하기 시작한다. 얼굴을 숙이고 있어 눈은 보이지 않는다.

"자네는 자네가 헬레네와 알게 되었을 때의 일을 기억하고 있겠지? 그것은 내 집에서 곧잘 열리던 저 즐거운 야회의 어느 날 밤이었어. 그러니까 자네에게 즐거운 밤이었다는 뜻이지만, 나와 헬레네에게는 그것이 이별의 파티였다고 해도 좋아. 그러나…… 아냐, 그래서 어떻든 슬펐던 거야. 자네는 그것을 몰랐나? 나는 잘 기억하고 있어. 마지막에는 우리 두 사람도 어찌 된 일인지 알 수 없게 되고 말았어. 그렇게 됐어. 인생은 정말 빠른 것이지……."

홀처는 참을 수 없다는 몸짓을 한다.

"잠깐만 기다리게, 헤르만. 그날 밤의 일을 얘기할 필요가 있어. 그날 밤에……."

에른스트는 두어 걸음 다가가서 홀처의 침착하지 못한 눈길을 잡으려고 한다.

"자네는 나에게 물은 적이 없었어. 나와 헬레네가 본래 어떤 관계인지…….”

훌처는 흥분해서 그의 말을 막는다.

“하지만 그것은 나와 아무런 관계가 없는 일이지…….”

에른스트는 미소 짓는다.

“그럴지도 모르지. 그래도 더 말해두고 싶은 것이 있어…….”

훌처는 소파에 몸을 내던진다. 용수철이 모두 삐걱거린다. 이 삐걱
거리는 소리가 잠시 공중에 떠돈다.

에른스트는 다시 자신의 왼쪽 구두를 정신없이 바라보고 있다. 그
러다가 이야기한다.

“말하자면 그날 밤 나는 일종의 약혼 피로연이라는 생각으로 자네
들 모두를 불렀던 거야…….”

소파의 용수철이 불안한 소리를 낸다.

“왜냐하면 나와 헬레네를 결합한 것이 단순한 우정과는 다르다는
것을 분명히 깨달았기 때문이야. 여러모로 생각한 끝에 나는 그녀와
결혼하기로 결심했지. 우리 집에서 나올지도 모를 반대를 생각하지
않은 것은 아니야. 이 한 걸음을 내딛음으로써 나의 앞길을 좁히는
결과가 될지 모른다는 것도 잊지는 않았어. 이 같은 사정이 결국은
장애가 되지 않는다고 나는 생각했어. 그러나 마지막 순간에, 자네가
그때 내 방에 들어오기 30분 전쯤 일이었지만…….”

소파 쿠션에 힘이 주어진다.

에른스트는 그쪽을 바라본다. 훌처는 조용히 누워 있다.

그래서 에른스트는 하던 말을 이어서 끝낸다.

“그때 내가 생각지도 않던 장애가 나타났어.”

사이.

"…… 그래서 자네들이 왔을 때 이미 난 그것을 알고 있었어. 그리고 헬레네는……."

갑자기 헤르만이 벌떡 일어나서 살피는 듯한 눈을 상대편에게 돌린다.

"그녀가 거절했단 말인가?"

"험." 에른스트는 뭔가 덧붙이고 싶은 어조로 애매하게 말한다. 그는 생각한다. 창문을 여는 것이 좋을지도 모르겠다. 잠시 동안이라도. 어느새 저녁 어스름이 방 안에 스며들어 두 사람을 휩싸고 있다. 그제야 비로소 에른스트는 담배에 불을 붙이고 이리저리 서성거리기 시작한다. 그 걸음걸이는 헤르만과 전혀 다르다. 천천히, 무엇인가를 기대하고 있는 듯이 몸을 흔들며 걷고 있다. 분명히 그는 무거운 짐을 푼 것처럼 한숨을 돌리고 있다. 그래서 그는 잠시 후에 가벼운 어조로 말을 꺼낸다.

"9월이라! 날이 무척 빨리 저무는군!"

사실 완전히 어둡다. 홀처가 두 손에 머리를 묻고 소파 끝에 앉아 있는 것도 겨우 알아볼 정도이다. 그는 자세를 바꾸지 않는다. 그래서 그가 이렇게 묻는 말도 먹먹하게 울린다.

"난 모르겠어. 그것이 나와 무슨 관계가 있지? 이런 때 나는 어떻게 해야 하지?"

에른스트는 걸음을 멈춘다. 그러자 고요가 갑자기 무척이나 무거워진다.

홀처는 얼굴에서 두 손을 떼고 소리친다.

"내가 그녀를 못 쓰게 한다? 왜?"

"진정해, 진정하게……." 에른스트는 달랜다.

그러나 홀처는 뛰어오르듯이 일어선다. 그는 갑자기 꿈속에서 손발이 마비된 사람 같은 몸짓을 한다. 팔을 뻗는다. 관절을 시험해본다. 그리고 자신의 목소리에 귀를 기울이듯이 말한다.

"왜?"

에른스트 역시 약간 흥분해서 간청하듯이 말한다.

"그녀의 얼굴을 한번 보게나, 헤르만. 얼굴이 얼마나 창백한가. 저래서는 병이 날 거야. 자네도 알 수 있겠지. 자네는 그녀를 괴롭히고 있어."

그러나 홀처는 그의 어깨에 손을 얹는다. 그리고 이렇게 말하며 손에 힘을 준다.

"자네는 무슨 말을 하고 있는지 자네 스스로도 모르고 있어. 나는 헬레네를 위해서라면 내가 할 수 있는 무엇이든 다 해왔어. 알겠지, 가능한 것은 무엇이든 말이야. 나는 무턱대고 빈말을 하지 않아. 그녀도 그런 것을 바라지 않고. 그런데 왜 내가 그녀를 괴롭히지?"

에른스트는 어떻게 대답해야 할지 모른다.

홀처는 천천히 말을 계속한다.

"우리는 서로 친구 사이지. 그것뿐이야. 그러니까 당연한 일이지. 내가 근래에 그녀를 가끔 소홀히 한 적이 있다면, 그것은 일 때문이야. 그녀 역시 아기라도 낳고 집안일에 쫓기게 되면 나를 소홀히 하겠지. 다 그런 거야."

사이.

에른스트의 담뱃불은 이미 꺼져 있다. 그는 불안한 손놀림으로 검은 나들이옷의 단추를 채운다. 손이 몹시 희다. 이윽고 다시 홀처의 목소리가 들려온다. 그 목소리는 점점 침착해지고, 점점 명랑한 우월감을 더해간다.

"어쨌든 그녀의 안색이 안 좋아 보인다고는 생각되지 않아. 요즘 여자들은 모두가 그렇지. 틀림없이 좋아할 거야. 그 점은 안심해도 돼."

사이.

"하지만 이것이 자네들이 쓰는 방법이지. 무엇이 어떻든 간에 센세이션이지. 파란이 일어나야 되고. 꼭 서커스를 구경하는 기분이지. 당장에라도 누군가의 모가지가 부러지지 않나 하고 기다리고 있지. 알고 있다고. 그런데 누구나 모두 자네들의 이런 방법에 늘 걸려든단 말이야."

"사태는 그리 간단하지가 않은 것 같아."

에른스트는 경멸하듯이 말한다.

"그렇겠지. 자네들이 사태가 복잡해지기를 바라고 있기 때문이지."

"아니, 바라고 있다니…… 하필이면 바라고 있다니……."

에른스트는 이렇게 말하고는 아무것도 보고 싶지 않다는 듯이 목표도 없이 먼 곳을 바라본다.

"자, 그러니까 이제 원상으로 돌아간 셈인가."

홀처는 이제 거의 들떠 있다. 그는 램프에 불을 켜고는 친구 앞에 허리를 굽힌다.

"지극히 귀한 가문에서 태어나신 분에게 아뢰옵니다. 소인은 홀처라고 하옵니다. 이 이름을 글자 그대로 받아들여주옵소서. 죽은 제 아비는 곧 '나무꾼 영감'이었습니다(홀처(Holzer)는 '나무꾼'이라는 뜻). 아랫마을로 왕림하시면 그에 대한 풍문을 듣게 되시리이다. 대부분 사람들이 그 어깨가 넓은 농부, 나무꾼 농부를 기억하고 있을 테니까요. 이렇게 말씀드리는 이놈도 소원대로 그 피를 얼마간 이어받고 있사옵니다. 강직한 떡갈나무 같은……."

에른스트는 눈부신 램프의 노란 불빛에 기분이 상한 것 같다.

"이제 돌아가야겠네."

홀처가 웃는다.

"좋을 대로. 그러나 이 수업에 어떻게 결말을 짓게 한마디 해주게. 자네 생각으로는, 지금 같은 경우 나는 어떻게 하면 좋지……?"

에른스트는 아무 말도 듣지 않으려는 몸짓을 한다.

"말해주게. 자네 배후에는 문화 전체가 버티고 있지 않나 생각해보라고."

이렇게 말하고 그는 아직 망설이고 있는 상대편의 손에서 모자를 다시 받아 들고는 어투를 바꾸어서 달래듯이 말한다.

"사실은 에른스트, 친구로서 말이야, 자네는 나에게 충고를 해주었어. 그것이 아무리 기묘한 것이라 하더라도 나는 자네에게 감사하고 있어. 그러나 틀림없이 도움이 될 말도 갖고 왔겠지. 위험한 재앙에 대한 특효약이라는 것을 말이야. 자네들 현대인은 모두가 의사이니까."

에른스트는 미소 지으려고 애쓴다.

"나는 그것을 꼭 들었으면 해. 나더러 어떻게 하란 말인가, 에른스트? 나더러 어떤 말을 하라는 거야?"

그러자 에른스트는 다시 정색을 한다. 그는 두어 걸음 물러서서 황급히 대답한다.

"말을 하다니? 험. 내 생각에 자네는 그저 듣기만 하면 돼……."

헤르만은 이제 웃지 않는다.

"자네 말을 이해할 수가 없어……."

"그렇다면 말하지. 우선 무엇보다도 헬레네의 심정을 들어보아야 해……."

사이.

"헬레네는 자네에게 무엇인가 할 말이 있을 줄로 아네만…… 이전의…… 일을……."

사이.

"그래?"

홀처는 짧게 말하고 상대편을 방문까지 배웅한다.

그때 헬레네가 들어온다. 두 사람과 마주친다.

"어머!"

그녀는 에른스트를 알아보고 소리를 지른다. 홀처는 웃음을 터뜨린다.

"놀랐나? 옛 친구?!"

"네."

헬레네는 간신히 말하고는 에른스트의 옆을 빠져나간다.

그때 헤르만은 갑자기 어떤 생각이 떠오른다.

"자네, 그렇게 바쁘지 않지?"

물음치고는 이상하게 단정적인 말투다. 에른스트는 무의식중에 걸음을 멈춘다. 그의 눈앞에서 헤르만이 처녀의 손을 잡고서 램프의 불빛이 환하게 원을 그리고 있는 곳으로 데리고 간다. 그것이 그에게는 무척 잔인하게 여겨진다. 이윽고 헤르만의 말소리가 들린다.

"안색이 좋지 않다고? 안색이 좋지 않다고, 헬렌?"

사이.

"램프의 불빛 탓인지도 모르지. 기분 나쁜 빛깔이니까. 그러나 어디 나쁜 데는 없겠지?"

사이.

"이분 말씀으로는……."

헬레네는 도망이라도 치려는 듯이 몸을 움직인다. 에른스트는 문득 자신은 이 자리와 전혀 관계가 없는 방관자라는 생각이 든다. 그는 편안하게 여기 앉아서 일이 되어가는 것을 끝까지 지켜보려고 생각한다. 그러자,

"이분 말씀으로는, 내가 당신을 못 쓰게 만들어버린다는 거야."

사이.

에른스트는 생각한다. 이 장면은 너무 장황하군. 좀 더 멋있게 부탁하네.

사이. 그리고 큰 소리로,

"그게 정말이야?"

심한 울음소리.

에른스트는 두어 걸음 앞으로 나선다. 이것으로 끝이라고 느낀다.

돌아가도 되겠지. 더는 아무 일도 일어나지 않겠지.

그러나 그것은 잘못이다. 더 계속되는 것이 있다. 헤르만 홀처의 너털웃음이다. 그것이 끝나자,

"어린애로군, 자네들은. 정말 어린애야, 두 사람 모두. 헬레네도, 그리고 거기 계신 분도. 모두 함께 여기 있어서 천만다행이야. 그렇지 않다면 자네들이 각각 어떤 감상적인 일을 저지를지 모르겠어. 난 그렇게 생각돼. 자, 오늘은 함께 있도록 하지. 그리고 뭔지는 모르지만, 하여튼 무슨 축하연이라도 열자고. 이제 곧 알게 될 테니까."

사이.

헬레네는 아직 눈물이 가시지 않은 눈으로 헤르만에게 몸을 굽혀서 뭐라고 속삭인다. 그는 얼른 알아듣지 못한다.

이윽고 웃음을 터뜨린다.

"우리 둘만? 맙소사! 어린애 장난도 아니고! 그럴 수 없지. 내가 지금부터 하는 말은 에른스트도 들어주었으면 해. 모자를 내려놓게나, 이 사람아."

에른스트가 그런 기색을 보이지 않자 홀처는 덧붙인다.

"내 간청이라니까."

그래도 아무 소용이 없자 마지막 수단을 꺼낸다.

"헬레네도 그러기를 바란다네, 그렇지?"

그러자 생기 없는 나직한 "네" 하는 대답. 주위에 고요가 감돈다.

천천히 에른스트는 다가간다. 그는 몹시 피로해 보인다. 홀처는 자신의 마음을 달래려고 생각한다. 기분 나쁜 빛깔이다, 램프라는 것은……

그러고는 처녀를 자기 무릎 위로 끌어당겨서 희롱한다.

"귀여운 아가씨, 나를 좋아하나? 내가 너를 못 쓰게 하는 것은 아니겠지?"

그러자 이 작은 금발의 처녀는 그의 목에 매달린다. 너무 격렬해서 그를 놀라게 한다. 잠시 동안 그는 처녀가 울고 있다는 것을 느낀다. 그러나 각별한 이유가 있는 눈물은 아닌 것 같았다. 그가 그 귀여운 얼굴을 억지로 쳐들자 반짝이는 행복의 입김이 그에게로 밀어닥쳤기 때문이다. 이것은 그의 기억에 없는 일이다.

에른스트는 갑자기 창가로 가서 시커먼 굴뚝을 헤아리기 시작한다. 바깥이라도 내다보며 어떻게든 기분을 돌려야겠다고 생각한다. 그러나 한마디 한마디가 또록또록 들려온다.

"조금만 더 참으라고. 오늘이라도 훌름 씨 댁에서 통지가 오면 우리는 결혼할 수 있어. 시험이 끝나는 대로 곧."

사이.

"그것이 좋겠지?"

행복스러운 웃음소리.

"그렇다면 앞날을 위해서 오늘 축하연을 열자고."

사이.

"자네도 함께 해주겠지, 에른스트?"

그러고는 전혀 대답을 기다리지 않는다.

"한 가지 더 축하할 것이 있어. 바로 자네의 문화야, 에른스트. 우리는 세 사람의 현대인이야. 편견이 없는 세 사람이지, 안 그래? 우리 여기서 결의하자. 과거는 존재하지 않는다고. 지나간 일을 우리는 깨

끝이 거절한다."

에른스트는 두 사람에게로 급히 다가간다. 거기에 구제해야 할 무엇이 있는 것처럼. 그러나 계속 들려온다.

"과거를 논하는 자는 거짓말을 하는 자이다. 끝."

헬레네는 얼굴이 새파랗다.

헤르만은 그것을 모르고 있다. 방금 누군가가 밖에서 초인종을 누른 것이다. 그는 황급히 문을 열러 간다. 홀름 씨 집에서 왔을지도 모른다. 헬레네는 문 앞에서 간신히 그에게 따라붙는다. 그녀의 입술이 달아오른다. 이것이 마지막 노력이다.

그러나 홀처는 귀를 막고 큰 소리로 웃는다.

그녀는 그의 손을 놓는다. 손을 놓는다. 그리고 천천히 램프 쪽으로 돌아온다. 아주 차분하게.

에른스트는 탁자 맞은편에 서 있다. 램프가 그들 사이에서 노래하듯 기묘한 소리를 낸다.

헬레네는 그를 서럽고 절망적인 눈으로 한번 쳐다본다. 에른스트는 어깨를 약간 으쓱한다. 알아볼 수 없을 정도로. 이야기는 이것뿐이다.

마지막 사람들

낮 동안의 햇살은 무엇인지 알 수 없는 육중한 가구가 늘어서 있는 작은 셋방에 정이 붙지 않아서 언제나 당황하고 만다. 그러나 저녁이 되면, 어슴푸레한 빛이 모든 것을 이해하게 된다. 그 빛은 이 방의 의자와 장롱과 초상화에 깃들어 있는 것이 과거 그 자체라는 것을, 그리고 계단을 셋 올라간 곳에 있는 좁은 이 방이 아무 죄도 없이 서름한 과거를 떠맡고 있다는 것을 알고 있다. 얼굴의 표정만은, 조상의 누군가로부터 어떤 이름을, 어떤 감정을 이어받기는 했지만, 마음이 약해서 이제는 더 이상 그것을 지탱하지 못하는 그런 사람처럼. 두 창문이 빨간 저녁 햇살을 불러들인다. 저녁 햇살은 지붕들을 넘어서 기다리고 있는 사물들에게로 살며시 찾아든다. 사물들은 말없이 햇살을 맞는다. 그중에서도 특히 반갑게 맞는 것은 장식 다리가 달린 가느다란 서랍장이다. 그것은 작은 제단처럼 장식을 번쩍거리며 저녁 햇살을 향해 미소 짓는다.

마리 홀처는 이 서랍장 앞에 서 있다. 그녀는 서랍장 위에 커다란 가지 돋친 촛대와 나란히 놓여 있는 작은 세밀화를 하나하나 손에 들고, 저녁 햇살에 찬찬히 비추어 보고 있다. 그녀의 젊고 밝은 얼굴이 진지하고 사색적으로 보인다. 잠시 동안 그녀는 바로 옆의 창가에 앉아 있는 검정 옷을 입은 부인에게로 얼굴을 돌린다. 부인은 앞쪽을 바라보고 있지만 그 커다란 눈동자에는 아무것도 비치지 않고 있다. 그래서 마리 홀처는 부인을 조용히 지켜볼 수가 있다. 마치 한 폭의 초상화를 바라보듯이. 이미 젊지는 않지만 나이를 알 수 없는 얼굴. 슬픈 추억에 가늘게 떨면서, 눈에 보이지 않는 커다란 고뇌를 지그시 참고 있는 듯한 아름다운 입. 보기에도 묵직한 머리카락. 무엇보다 상냥하고 차분한 모습에서 풍기는 품위. 검은 옷의 어깨 근처에 감도는, 그 무엇을 참고 있는 듯한 안정감. 아무렇게나 걸치고 있는 평상복도 품위 있어 보인다.

이때 두 창문 사이에 숨은 듯이 걸려 있는 기다란 시계가 떨리는 소리로 엄숙하게 여섯 시를 알린다. 그 소리는 하나하나 다른 음색으로 울린다. 마리 홀처는 그 소리를 다 듣고 나서, 여운이 사라지고 중단되었던 고요가 다시 돌아오기를 기다리고 있다. 이윽고 그녀는 말한다.

"특이한 그림이에요."

그러고는 다시 한 번 서랍장 위 그림을 하나 집어 들며 되풀이 해 말한다.

"특이한 그림이에요."

106

그러자 창가의 부인이 놀란 듯이 반문한다.

"무슨 말을 했나요, 마리?"

처녀는 우선 세밀화를 제자리에 돌려놓고 대답한다.

"무슨 말을 했느냐고요? 아뇨, 별로. 그저 이상할 뿐이에요."

부인은 황혼이 물든 하늘을 흘긋 바라보며 나직하게 묻는다.

"도대체 무엇이 말이에요, 마리?"

"댁에만 오면 언제나 이상한 기분이 들어요. 다른 데서는 느끼지 못한 경건한 기분이 들어요. 언제나 처음 온 것 같은 생각이 들어요. 놀라움을 금할 수 없어요."

사이.

그녀는 젊은 처녀다운 동작으로 두 팔을 높이 머리 뒤로 돌려서 머리를 받친다. 얕은 꿈을 꿀 때처럼. 온몸의 감각을 다하여 깊이 꿈에 잠기는 사람처럼. 눈을 감은 채 그녀는 말을 계속한다.

"더구나 그것이 이곳에, 도시 한가운데, 멋없고 하찮은 사람들이 살고 있는 이 소란하고 평범한 셋집 위층에 있는 거예요. 사람들의 머리 위에 이런 이상한 곳이 있는 거예요. 이것을 머리 위에 이고 있으면서도 사람들은 모르고 있어요."

그녀는 팔을 내린다.

"그래요, 말코른 부인. 이런 곳이 있다는 것을……."

"도대체 무엇이 말이에요, 마리?"

"모두가 다. 여기에 있는 초상화들과 여러 가지 물건, 그리고 부인. 그리고 하랄트…… 그래요, 하랄트도요."

말코른 부인은 조용히 고개를 흔든다.

"고독한 사람들이란 그렇게 유별나게 보이는 것인지……."

"고독한 사람들? 네, 그럴지도 몰라요. 하지만 꼭 그렇다고만은 할 수 없어요."

마리 홀처는 다른 한쪽 창문으로 다가간다. 그리고 말한다.

"이 집 분들은 조금도 고독하지 않아요. 많은 사람들과 함께 살고 계시는 거예요. 다만 그것이 우리, 지금도 살아 있는 우리가 아니라는 것뿐이에요. 댁에는 이처럼 많은 초상화가 있어요. 어느 분의 초상인지 여러 번 가르쳐주셨지요. 이 슬픈 부인들과 훌륭한 남자 분들. 이미 세상을 떠난 분들이라는 것도 알고 있어요. 2백 년 전에 돌아가신 분들, 그전에 돌아가신 분들도 계시지요. 지금은 모두 편안하게 계시죠. 하지만 부인께서는 이분들이 단순한 초상화에 지나지 않는다고 생각하시나요?"

처녀의 이 물음이 불러일으킨 가벼운 불안에 질리기라도 한 듯이 말코른 부인은 일어서서 마리에게로 다가온다. 그리고 한 손을 마리의 어깨 위에 올려놓는다. 처녀는 부인의 다른 한 손을 부드럽게 쓰다듬으며 말한다.

"이렇게도 우아하고 새하얗군요. 부인의 생명으로 많은 사람들이 살아가고 있는 것 같아요."

사이.

"여기 있는 초상화의 사람들 모두가……."

마리가 두려운 듯이 방 안을 가리키는 몸짓도 이제는 거의 알아볼 수 없다. 벌써 그처럼 어두워져 있다. 그 침묵 속으로 바깥에서 돌풍이 불어닥친다.

그러나 이때 마리 홀처는 커다란 목소리로 어조를 바꿔 말한다.

"몸을 소중히 하셔야 해요, 말코른 부인. 어머, 이렇게 말씀 올리는 것을 용서해주세요. 저는 때때로 부인의 언니보다 나이가 많은 것 같은 생각이 들어요."

"이처럼 젊은데?"

말코른 부인은 미소 지으며 마리의 이마에 키스를 한다.

"네, 저는 젊어요. 그것을 기쁘게 생각해요. 온몸에 힘이 넘치는 것 같아서 갖가지 일을 해보고 싶어요."

이렇게 말하는 그녀의 두 손에 억누를 수 없는 충동이 일어난다. 너무나도 느린 주위의 움직임을 당장에라도 도와주고 싶다는 듯이. 문득 말코른 부인은 생각난다.

"하랄트도 늘 하는 말이었어요. 자기 몸에는 힘이 넘치고 있다고."

"정말이에요! 그분의 그 힘이 우리 두 사람을 만나게 하고 결합한 거예요. 서로가 힘을 느낀 거예요."

마리는 숨도 쉬지 않고 말한다.

"바로 그때였어요. 제가 처음으로 하랄트의 연설을 그 집회에서 들었을 때였어요. 그분이 말하기 전에도 여러 사람이 이야기를 했어요. 저는 지금도 잘 기억하고 있어요. 문제가 된 것은 노동을 할 수 없는 사람과 그 가족을 위해서 원조 단체를 조직하자는 것이었어요. 다른 사람들은 매정하고 업신여기는 말투로 논하고 있었어요. 그 사람들을 보면, 풍족한 사람들이어서 생활의 고통 따위는 말로만 알고 있을 뿐이라는 것을 곧 알 수 있었어요. 모두 신물이 났지요. …… 바로 그때 그분이 나온 거예요! 폭풍이 이는 것 같았어요. 불꽃에 눈이 번쩍 뜨이는 것 같았어요. 이제 몇몇 불쌍한 사람들을 구제하자는 것은 문제가 아니었어요. 어떻게든 새로운 세대를 위한 장(場)을 우리 한 가운데 만들려는 것 같았어요."

마리 홀처는 깊이 숨을 내쉰다. 그리고 어둠 속에 무엇을 설정하는 듯한 몸짓을 하고, 행복스러운 반짝이는 눈으로 그것을 바라본다.

"말코른 부인, 제 눈에는 그분의 그때 모습이 늘 떠오른답니다. 그분은 거인처럼 보였어요. 정말 거인처럼. 그분의 목소리는 결단을 못 내리는 사람들의 머리 위에 칼날처럼 떨어졌어요. '믿음이 옅은 사람들이여.' 그분은 외치듯이 말했어요. '믿음이 옅은 사람들이여!' 그때였어요. 그분의 신념이 저를 엄습해왔어요. 그 신념은 순진한 아이들이 갖는 신념이었어요. 아니면 순교자가 갖는 신념이었어요. 그분은 두 손을 높이 쳐들었어요. 무슨 눈부신 것을 홀 가득히 내미는 것처럼. 우리의 검은 그림자가 갑자기 무거워져서 어디론가 떨어져버렸어요. 우리는 그저 서 있기만 했어요. 그분의 빛에서 나오는 빛, 그분의 심장에서 울리는 고동 소리……."

너무나 큰 환희에 휩싸여 마리는 적당한 말을 찾고 있다. 그래서 열심히 듣고 있는 말코른 부인이 두 손에 얼굴을 묻는 것도 모르고 있다. 마침내 마리는 다시 말을 이어간다.

"…… 이윽고 모두가 퇴장할 때, 저는 곧장 앞으로 나아갔어요. 팔꿈치와 주먹으로 마구 밀치며. 저를 막으려는 자가 있었다면 저는 아마도 그 사람을 목 졸라 죽였을 거예요. 가까스로 그분에게로 갔어요. 그분은 조금도 피로한 기색이 보이지 않았어요. 다만 조금 전보다 차분하고 침울해 보였어요. 저는 아무 말도, 한마디도 할 수가 없었어요. 울음이 목구멍까지 솟아올랐어요. 현기증이 났어요. 저는 손을 내밀어 그분을 잡으려고 했어요. 그러나 형체 없는 것을 더듬는 듯한 느낌이었어요. 그러자 그분이 제 손을 잡고 두 손으로 따뜻하게 감싸주었어요. 그대로 가만히 손을 쥐고 있었어요. 그리고 묻는 거예요. '나를 도와주려는 거지요?' 그제야 저는 마음껏 울 수가 있었어요. 그때까지 한 번도 없었던 일이에요. 제 어머니가 돌아가셨을 때도 그렇게 울지는 않았어요. 그러나 이번만은 달랐어요. 그것으로 마음이 후련해졌어요."

이때 격렬한 흐느낌 소리가 그녀의 말을 막는다. 그녀는 어머니와도 같은 심정으로 울고 있는 부인에게로 다가가서, 울먹이는 두 어깨에 살며시 팔을 돌리고는 달래듯이 말한다.

"어머…… 하지만 그것은 기쁜 일이 아닌가요, 말코른 부인?"

그녀는 부인의 긍정하는 몸짓을 느낀다.

"그러니까 부인……."

"하지만 불안한 일이기도 해요."

말코른 부인은 이렇게 말하고 눈물을 거둔다.

"어째서죠?"

"그 아이가 전에는 그렇지 않았어요. 언제나 내 곁에 있었어요. 전에는 집에 있기를 좋아했어요……."

"네, 그러니까 부인."

마리는 어색한 목소리로 급히 말한다.

"그러니까 부인께서는 마음을 넓게 가지셔야 해요. 그분은 많은 사람을 위한 재산을 가지고 계신 거예요. 누구나 그분의 그 무엇을 필요로 하고 있어요. 그분은 모든 사람의 영혼이에요. 아시겠어요?"

"알겠어요."

말코른 부인은 꾸중 들은 어린아이와 같은 대답을 한다.

"그분은 우리 누구보다도 풍요로워요. 그분이 백 사람에게 자선을 베푼다 해도, 부인에게서는 아무것도 가져가지 않을 거예요. 아시겠어요?"

"알겠어요." 전번과 같은 대답이다.

"그분은 왕이에요……."

"하지만 그 아이는 나를 피하고 있어요."

마리가 그 말을 막으려는 몸짓을 하는데도 상냥한 부인은 완강히 주장한다.

"그래요, 그래요, 그렇고말고요. 그 아이는 나를 피하고 있어요, 마리. 나도, 이 방도, 그리고……."

"하지만 부인……."

말코른 부인은 크게 출렁거리는 처녀의 가슴에 얼굴을 대고, 자신을 부끄러워하듯이 탄식한다.

"아, 그 아이는 왜 나를 싫어할까?"

"어머나, 무슨 말씀을 그렇게 하시죠, 말코른 부인? 하랄트가 부인을 어떻게 이야기하는지 아세요? 꿈 이야기를 하듯이, 동화를 들려주듯이 그렇게 이야기해요. 어렸을 때 들은 후로 아름다운 것을 대할 때마다 늘 생각나는, 몇 번이고 생각나는 가장 아름다운 동화처럼."

마리의 목소리는 무척이나 상냥하고 부드럽다.

"정말?" 말코른 부인은 머뭇머뭇 눈물에 젖은 눈을 든다.

"소중히 간직해둔 보석 이야기를 하듯이…… 축제일의 이야기를 하듯이."

"좀 더, 좀 더 이야기해줘요."

"저는 오래전부터 부인을 좋아했어요. 하랄트가 부인께로 저를 데려오기 전부터. 부인을 알게 되기 훨씬 전부터. 왜 그런지 아시겠어요?"

참을 수 없다는 듯이, 행복한 듯이 우아한 부인은 묻는다.

"그 아이가 나의 어떤 점을 이야기했지요?"

"모든 것을 다. 그분이 어렸을 때의 일, 하루하루가 어떠했는가, 저녁이면 부인이 무슨 책을 읽어주셨는가, 어떤 옷을 입고 부인께서 교회에 가셨는가……."

"안으로 레이스가 달린 검은 옷이겠지, 그렇죠?"

"맞았어요. 가끔 길을 거닐며 그 이야기를 꺼냈어요. 그래요, 갑자기 말이에요. 그럴 때의 그분 목소리는 여느 때와는 완전히 달랐어요. 따스하고……."

"그렇죠? 이상한 목소리가 될 때가 있죠?"

"네. 어딘가 멀리서 들려오는 듯한……."

사이.

"그래요, 마리. 하랄트는 그런 목소리였어……. 그 서먹서먹하고, 본 일도 없고, 위태로운 것에 홀리기 전에는. 그런 것을 나는 도무지 알 수가 없어요……."

"그분은 어른이 된 거예요, 부인. 사명을 지니게 된 거예요. 의무를. 인생 속에 뛰어든 거예요, 말코른 부인."

"그래, 인생 속으로……."

말코른 부인은 서러운 듯이 고개를 끄덕인다.

"그분의 일은 근심하지 마셔요. 그분은 그것을, 인생을 짊어진 사람 가운데 한 분이에요. 조금도 위험하지 않아요. 그분은 인생을 망토처럼, 보랏빛 망토처럼 몸에 걸치고 있는 거예요……."

"인생을?"

부인은 의아스러운 듯이 묻는다.

"네, 그래요. 새 시대의 인생을. 격심하게 시시각각으로 무슨 새로운 것을 형성해가는 인생을. 봄날의 폭풍과도 같은 서두름. 하루에도 수없이 변하는 하늘. 하지만 부인께서는 모르실 거예요. 가까스로 인생의 한가운데 섰을 때, 사람들이 인생을 얼마나 사랑하게 되는가를. 인생 그 자체와 어떻게 하나가 되어버리는가를……."

"직접 그것을 체험해보았나요, 마리?"

"네, 말코른 부인. 저는 완전히 인생의 한가운데 있는 거예요. 운명이 저를 그 한가운데로 던져 넣은 거예요. 이미 제 어머니가 돌아가셨을 때부터. 운명과, 그리고 동경……."

"동경? 무엇에 대한?"

"힘에 대한 동경이에요."

"힘?"

"네, 자기 자신을 이겨내는 힘, 그리고 고뇌를 이기는 힘이에요."

사이.

"마리는 어머니를 사랑했지요?"

"물론이에요. 하지만 우리는 아주 가난했지요. 그것을 서로 이야기할 틈도 없었어요. 아마도 어머니는 그것을 모르셨을 거예요."

사이.

마리 흘처는 불안이 스며드는 것을 느낀다. 그래서 절대로 슬퍼하지 않기로 맹세한 사람처럼 황급히 말한다.

"이제 불을 켤까요?"

"네, 그래요, 마리. 하랄트가 돌아올 시간도 지났고."

"어머, 그분이 얼마나 바쁜지 아시면서."

"그래도 여섯 시 반이 아녜요?"

마리는 뒤에 있는 서랍장 위 램프에 불을 켜고, 밤이면 가족이 모여 앉게 되어 있는 소파 앞의 탁자로 그것을 옮긴다.

"오다가 누구를 만났는지도 모르죠."

위로하듯이 말하지만, 램프 위로 수그린 그녀의 얼굴에는 근심하는 기색이 보이지 않는다.

"혹시 도서관에서 무엇을 대출해 오는지도 모르고요."

그녀는 그의 귀가가 늦어지는 변명을 또 하나 생각해낸 것이 기쁜 모양이다.

그러나 말코른 부인의 생각은 다르다.

"이 책들, 이 많은 두꺼운 책들!"

말코른 부인은 한탄한다.

마리는 웃는다.

"하지만 이것은 옛날부터 그분이 정열을 쏟던 거예요."

"그것도 늦게까지 읽고 있어요. 매일 밤 한 시, 두 시까지."

"그분은 두 가지 인생을 살고 있는 거예요. 앞을 향한 인생과, 뒤를 향한, 깊숙이 과거에 파묻힌 인생을. 그래서 그분은 그처럼…… 그처럼 폭이 넓은 거예요…….”

말코른 부인은 여전히 램프 빛의 둘레 속에 들어가려 하지 않는다. 어딘가 어둑한 곳에, 가구 그늘에 서 있다. 그녀는 지금의 해명을 듣지 못한 것 같다.

“나는 곧잘 문 앞까지 살금살금 가서 문틈으로 들여다보곤 하죠. 늘 불이 켜져 있어요. 감히 말을 걸 수도 없고, 언제나 귀만 기울이고 있어요…….”

“네, 그래요. 그분은 소리 내어 읽기를 좋아하거든요.”

마리는 적당히 말하고서 창문의 커튼을 닫는다. 그래서 방 안은 완전히 밤이 된다. 램프의 불빛이 차분하게 원형을 그린다.

그러나 이때 말코른 부인이 비밀을 밝히듯이 속삭인다.

“그 아이가 기침을 하는 거예요.”

“그것은 날씨 탓일 수도 있어요.”

“아녜요, 그렇지가 않아요. 벌써 오래됐어요. 그것도 엄청나게 깊은 곳에서 기침이…….”

마리도 놀라며 어쩔 줄 모른다. 그러나 물론 순간적인 일이고, 곧 뿌리치듯 말한다.

“그것은 나쁜 습관이에요, 말코른 부인. 모든 일을 언제나 나쁜 면에서만 본다는 것은.”

그녀는 어떻게든 빨리 무슨 농담 같은 것을 해야겠다고 생각한다.

“부인께서도 5, 6백 명의 사람이 모인, 열기와 먼지로 후덥지근한 홀에서, 그것도 두 시간이나 세 시간 동안 이야기를 해야 한다고 생각해보세요……."

말코른 부인이 비로소 밝은 곳으로 나온다.

"정말 그렇게 생각하나요, 마리?"

"물론이에요, 말코른 부인. 잘 생각해보세요. 그러나 그렇게 해서 마음이 놓이신다면, 의사의 진찰을 한번 받아보라고 제가 그분에게 권해보지요."

"친절하게도……."

"아녜요, 그것으로 마음이 놓이신다면. 하지만 그분을 설득하기가 쉽지는 않을 것 같아요. 아마 그럴 거예요. 그분은 자신의 일로 시간을 쓰는 것을 싫어하니까요. 그러나 제가 어떻게 할 수 있을 것도 같아요."

"마리가 하는 말이라면 그 아이도 들을 거예요."

"어머, 우리는 그저 친구 사이예요. 서로 마음이 맞는 거죠. 하지만 그분은 무슨 일에서나 저보다 훨씬 높은 곳에 있는 것 같아요."

사이.

"그래서 이따금 아주 불안해질 때가 있어요."

"불안?"

"그분은 무엇이든 민감하게 느끼거든요. 우리가 많은 사람 속에 섞여 있을 때 어디서나 아무 뜻이 없는 한마디 말, 눈짓, 동작이 있을 수 있어요. 저는 그것을 거의 느끼지 못하지만, 그분을 보고 있으면 곧 알게 돼요. 무슨 일이 있었다는 것을. 그 말씨나 눈짓, 동작이 중대한 것이었던 거예요. 무슨 결정적인……."

"그것은 무슨 뜻이죠, 마리?"

"그분으로서는 당연한 것이죠. 그분은 완전히 성숙해 있으니까요. 그분은 여러 세기에 걸친 발전을 거쳐온 거예요. 그분의 휘하에는 장군들과 사제들이 있어요. …… 아마 국왕마저도. 서로 어깨를 딛고 서 있고, 그 정상에 그분 하랄트가 서 있는 거예요. 그러므로 널찍한 토대의 무척 미세한 동요도 그분에게 곧 전해지는 거예요……."

여기서 마리 홀처는 완전히 어조를 바꾸어서, 서슴없는 목소리로 자신에 대한 이야기를 시작한다.

"제 할아버지는 농부였어요……."

그녀는 조심성을 깨끗이 잊은 듯이, 시계가 일곱 시를 치는데도 상관없이 말을 계속한다. 모든 것을 다 말해야만 비로소 가슴이 후련해질 것처럼 숨도 쉬지 않고.

"그러니까 저는 겨우 어제 태어난 것과 같아요. 그만큼 대지에, 점토에 가깝죠. 말하자면 원료에 가까운 거죠. 저는 아직 미숙해요. 문화라는 점에서 아직 미숙해요. 제게는 건강과 힘이 있어요. 하지만 제 건강은 전시용 건강 같고, 제 힘은 오만하고 이기적인 것 같아요. 어딘가 높은 곳으로 오르려고 할 뿐이에요. 어떻게든 올라가야 하는 거예요. 그래요, 그런 거예요. 그러나 하랄트는 남을 도와줄 수가 있어요. 정말 그렇게 할 수 있어요. 남들을 높여줄 수가. 그분은 정상에 있어요. 언제나 정상에 있었어요. 그분의 도움은 성숙해 있어서 조금도 무리한 점이 없고, 아름답기만 해요……."

그러나 말코른 부인은 얼른 일어서서 마리 옆을 급히 지나간다. 아직도 계속되는 마리의 말 옆을. 조금 전부터 그녀는 하랄트가 돌아왔음을 알고 있었던 것이다. 이윽고 마리에게도 그가 다가오는 발자국 소리가 들린다.

"다녀왔습니다, 어머니. 늦었죠? 안녕, 마리, 오래 기다리셨군요. 뜻밖의 일들이 이것저것 또 생겨서……."

하랄트는 이렇게 단숨에 말한다. 목소리에 안정감이 없다. 그는 어머니의 음울한 포옹에서 몸을 떼고 마리에게 서류 가방을 건네준다.

"이것 좀 받아주지, 마리. 나중에 이것을 훑어보아야 해, 오늘 중으로. 청원에 관한 거야……. 그래, 나중에 당신도 알게 되겠지만……."

문득 하랄트는 자기가 선 채로, 자신의 젖은 망토를 어머니가 어깨에서 벗겨주는 대로 내맡기고 있다는 것을 깨닫는다. 그는 놀란 듯이 몸을 뺀다. 어머니의 우아한 손을 보호해주려는 듯이.

"비가 오나?"

말코른 부인이 근심스럽게 묻는다.

"안개예요, 굉장히 짙은 안개. 세 발자국 앞이 보이지 않을 정도예요. 옷에도 허파에도 마구 스며든다니까. 이 가을이 빨리 지나가줘야지."

마리 홀처는 그사이에 재빨리 가방 속에 든 것을 훑어본다. 그녀는 차분하고 영리한 눈을 하랄트에게 돌린다.

"오늘도 연설을 하셨나요?"

"응, 학생 클럽에서."

"그래서?"

"응?"

"어땠나요?"

하랄트는 추위로 곱은 두 손을 바라보고 있다.

"여느 때와 같지. 당신도 알다시피. 여기 온 지 오래되었나?"

말코른 부인이 황급히 끼어든다.

"이 아가씨가 있어서 정말 즐거웠어. 줄곧 네 걱정만 했단다, 하랄트."

"네, 어머니. 잘 아시죠, 저는 제 시간을 제 마음대로 쓸 수가 없어요."

하랄트의 목소리와 몸짓에는 아직도 홀에서의 여운이 남아 있다. 그것을 이 작은 방에 조화시키기가 힘들다. 그래서 마리에게 몸을 돌리고 말한다.

"그럼 그것을 곧 훑어보기로 할까……?"

홀처 양은 하랄트의 어머니가 실망하는 것을 눈치채고 그를 만류해보려고 한다.

"아뇨, 하랄트. 지금 겨우 만났잖아요. 당신의 눈이 이 지겨운 서류에 한번 쏠리면, 오늘은 다시 저를 쳐다보지 않을 게 아녜요? 제게도 당신의 눈을 요구할 권리가 있어요, 안 그래요?"

"그래, 알았어, 마리."

하랄트는 모두 자기를 괴롭히려고 미리 계획을 짜둔 것같이 생각된다.

"모두가 나에게 권리 가지고 있지. 그렇지. 누구나…… 모두가 다……."

말코른 부인은 몹시 놀란다.

"이리 와서 난로 앞에 앉으렴. 온통 젖었을 텐데."

"네, 네, 난로 앞에요. 언제나 난로 앞이지. 되도록 난로나 지키며 집에 붙어 있으라는 거지…….”

그러나 하랄트는 속으로 부끄러워하며 얼른 어머니 곁으로 다가
간다.

“죄송해요, 어머니. …… 속에서 다시 심술궂은 울화통이 터진 거
예요. 사람들 앞에서 억지로 참아오던. 마리는 알고 있지만 아무것도
아녜요. 그렇지? 언제나 이렇게 터진단 말이야. 하필이면 이런 때 터
지다니.”

그는 말코른 부인을 그녀가 언제나 즐겨 앉는 램프 옆 의자로 상
냥하게 모시고 간다. 그의 목소리가 뜻밖에도 다정스럽다.

“눈이 빨갛군요, 정말 새빨개요. 일을 너무 많이 하신 거 아녜요?
무슨 일을 하셨죠? ……이 자수의 도안이 무섭게 빨갛군요……. 이
런 빛깔이라야 하나요? 마치 핏빛 같아요……. 도대체 무엇이 되지
요?”

말코른 부인은 이처럼 많은 행복을 믿을 수가 없다.

“식탁보…….”

그녀는 감동에 떨리는 낮은 목소리로 말한다.

“그렇군요.”

하랄트는 이렇게 말하지만, 벌써 다른 생각으로 가득 차 있다. 그
는 마리에게 몸을 돌리고 말한다.

“중요한 것은 오늘 중으로 일을 끝내는 거야. 일이 밀려서 마음속
에 햇빛이 들 여지도 없을 정도야. 바깥과 마찬가지야. 어디를 보나
불행투성이지. 육체적 불행에는 곤궁, 가난, 질병……. 정신적 불행에
는 거만, 편견, 그리고 사욕. 게다가 이 불행에서 전혀 벗어나려고 하

지 않는 타성. 무섭고, 답답하고, 어찌할 수 없는 타성! 이러한 지난날의 무거운 멍에에 매달려서 모두가 살아가고 있는 거야. 진실로 괴로워할 줄도, 진실로 기뻐할 줄도 모르고. 무의미하고 불쾌한 고통과, 불안정하고 흠칫흠칫한 거짓 행복. 그래도 모두 그것에 매달려 있지. 그들을 거기에서 떼어내려고 해도 그들은 완강히 거절하는 거야. 갑자기 그들을 그 가련한 습관에서 풀어놓아보라고……. 그들은 추방이라도 당한 듯 과거의 흑사병 소굴로 다시 돌아가고 싶어하지. 결국은 아무리 노력을 해보아도 소용이 없어."

어색한 침묵이 흐른 후에,

"그래도 나는 이 성실한 의지, 겸손한 힘을 잃고 싶지는 않아. 지배하려고 하지 말고, 오히려 언제나 봉사를 하는 거야. 아무리 작은, 아무리 하찮은 일이라 하더라도 그것을 피해서는 안 돼. 다만 그것이 앞을 가리키는 길이라면. 마리, 당신은 알고 있겠지, 내가 얼마나 굳게 이 목표를 확신하고 있는가를. 얼마나 적극적으로 확신하고 있는가를. 알고 있겠지, 당신만은. 얼마나 깊은 곳에서 나의 확신이 솟아나는가, 이것도 당신은 알고 있겠지? 당신 자신도, 이런 것을 느낀 적이 있지?"

"네, 매일매일 느끼고 있어요."

"그리고 나를 믿어주겠지?"

"네, 태양을 믿듯이."

하랄트는 감사하다는 듯이 그녀에게 손을 내민다. 그리고 묻는다. "그것은 꽃을 믿는다는 말인지, 아니면 열매를 믿는다는 말인지?"

"양쪽 다. 꽃을 믿고, 다음에 열매를 믿는다는 거예요, 하랄트."

"꽃을, 그다음에 열매를? …… 그러려면 시간이 걸리지, 마리. 많은 시간이……."

"우리는 아직 젊어요."

"…… 그리고 인내심도……."

"인내심은 당신이 가지고 계시니까."

"확신을 가질 수 있나?"

"당신이 사랑을 가지고 있기 때문이에요, 하랄트."

두 사람은 입을 다문다. 이윽고 하랄트는 마음이 홀가분한 듯 길게 숨을 내쉰다.

"고마워, 마리."

그러고는 다시 쾌활해지려고 한다.

"그래서…… 참, 어머니. 그 식탁보라는 것을 보여주시지 않겠어요? 어머니가 정성을 들인."

말코른 부인은 미소를 지으며 사양하려고 한다. 그러나 결국 식탁보는 램프의 불빛 아래 천천히 펼쳐진다.

"아니, 이것은……."

하랄트는 자수가 다 펼쳐지기도 전에 감탄사를 연발한다.

"봐요, 마리. 우리는 이것저것 많이 지껄이고 있었지만 무엇을 했는지 내보이라고 한다면…… 글쎄? 곤란해지겠지. 그러나 어머니는 한마디 말씀도 없이 어느새 이런 것을 만드셨어. 이런 멋있는 것을. 그런데도 단순한 식탁보라니. 단순한 식탁보라. 그렇게는 도저히 생각되지 않는군. 나는 또 무슨…… 뭔가 훨씬 화려한 것이 되리라고만 생각하고 있었지."

마리는 그것이 알고 싶다.

"이를테면 어떤?"

"이를테면…… 그렇지, 옷이라든가……."

"옷이라고요! 당신이 계신 곳에서는 이런 옷을 입나요?"

홀처 양은 장난스러운 웃음을 터뜨린다.

하랄트는 고개를 든다.

"내가 있는 곳? 내가 있는 곳? 참으로 신기하게 들리는군. 내가 있는 곳이라니. 이런 말을 처음 해보는 것 같아. 이것은 새로운 발견이야, 더구나 지극히 단순한. 발견이라는 것은 모두 단순한 것이지만……. 신이 계시는 곳, 인간이 있는 곳, 당신이…… 있는 곳, 그것과 똑같이 내가 있는 곳인가…… 내가 있는 곳. 그렇지. 그런데 도대체 내가 무슨 말을 하려고 했지? 무슨 말을 하고 있었지?"

그러다가 그는 어머니에 대한 애정이 생각났다.

"그렇지. 어머니, 이 식탁보를 왜 만드시는 거죠? 무슨 축제라도 있나요?"

말코른 부인은 서러운 눈으로 그를 쳐다본다. 마리 홀처가 그 자리를 얼버무린다.

"무슨 축제든 상관없어요. 무슨 일이든 축하할 수 있으니까요. 봄이 찾아오는 첫날이라든가, 첫눈이 내린 새하얀 날이라든가. 특별히 축하할 일이 없더라도, 이 식탁보가 완성되면 그것을 축하해도 되는 거예요. 안 그래요?"

그러나 두 사람은 그녀의 재미있는 제안을 전혀 듣지 않고 있었던 것 같다. 그만큼 그 자리의 두 사람은 심상치 않게 조용하다. 하랄트가 생각에 잠긴 채 조용히 묻는다.

"꽤 오래 걸리겠죠, 이런 것을 만드는 데는?"

"부지런히 하기만 하면……."

말코른 부인은 한숨을 내쉰다. 그러나 하랄트는 더욱 생각에 잠겨든다.

"내가 한다면……." 그는 미소 짓는다. "아마 언제까지나 완성되지 않겠지. 앉아서 어두운 색깔의 실만 골라 자수를 하다가, 그 색깔 속에서 길을 잃고 말겠지. 캔버스 속을 어디까지나 멀리 헤매겠지. 더 어두운 쪽으로. 마치 숲 속으로 들어가듯이. 어디라는 목표도 없이. 끝나는 것이 무서워지겠지."

지금 하랄트는 자신의 말에 놀라서 근심스레 듣고 있는 두 사람에게서 멀리 떨어져 있다. 두 사람은 이제 그를 이해하지 못한다. 그러나 그는 그들에게서 점점 멀리로 떨어져 나간다. 감고 있는 눈의 높이보다 더 높이 그는 두 팔을 든다.

"…… 그러니 나에게는 그 같은 축제에 대한 동경이 있어. 단 한 번뿐인, 평소와는 다른 시간에 대한. 빨강과 장미, 향기와 황금, 반짝이는 빛, 전례 없이 반짝이는 빛에 대한. 눈이 부셔서 아무것도 볼 수 없는…… 영원히. 그러나 그런 장엄한 한 해가 있었다는 기억. 말로 다 할 수 없는 사치를 누렸다는 감정. 나는 간혹 사람들을 내쫓아버리고 싶을 때가 있어. 모두 집으로 돌아가서 제일 좋은 옷을 입고, 조부모 때부터 전해오는 궤를 열어서 덤덤한 냄새가 나는 숄이나 금단추처럼 얽힌 무늬의 묵직한 브로치 따위를 모조리 달고 오면 어때. 그리고 창가 화분에 있는 꽃도 한번 사용해보면 어떤가. 그것을 아이들

손에 쥐여주면 아이들은 미소 짓는 것을 배우게 되지. 그러고서……
다시 오라고. 모두 다시 오라고 말하며."

그러나 하랄트의 두 손은 꿈꾸는 듯한 아름다운 환상의 몸짓에서
힘없이 떨어진다. 그는 피로하고 실망한 목소리로 말을 이어간다.

"…… 그러나 그들이 정말 다시 왔다 한들, 모두가 따분한 나들이
옷으로 가장하고, 길이가 너무 짧은 바지를 입고, 주름이 닳아버린
장뇌(樟腦) 냄새가 나는 뻣뻣한 숄을 걸치고 왔다 한들, 결국은……
서로가 할 말이 없고, 갑자기 함께 놀게 된 낯선 아이들처럼 그렇게
서먹서먹하게 행동할 수밖에 도리가 없지……."

사이.

그리고 그는 아무 말이 없다. 침묵에 익숙지 못한 마리 홀처가 도
취된 듯이 말한다.

"당신은 처음에는 왕처럼 말씀하시다가 차츰 시인처럼……."

"그러나 나는…… 그 어느 쪽도 아니거든……."

하랄트는 문득 잠에서 깨어난 것처럼,

"아마도 우리 가문에 왕이 있었지요, 어머니? …… 그렇게 전해지
고 있지요. 아득한 옛날에, 아마도 천 년쯤 전에……."

마리는 난간이 없는 높은 탑 위에 서 있는 듯 눈을 감는다.

"천 년이나……."

"그렇지. 우리 집 이름을 가만히 뇌어보라고. 지금도 오래된 명문
의 이름이 그 속에서 울리고 있지. 둔탁하고 침울하게, 마치 물속에
가라앉은 교회의 종소리처럼……."

하랄트는 한 역사의 중심에 있는 것처럼 말을 계속한다.

"…… 이윽고 커다란 파도가 왕좌를 엄습하여, 마지막 왕을 망각의 세계로 앗아 가버렸어. 그러나 거기에 그의 자손들이 살아남았지. 말하자면 골짜기의 아이들이지. 그리고 아득한 훗날에, 중세 때의 일이지만, 그들 가운데 하나가 다시 나타나서 권력과 영토를 얻게 돼. 그렇죠, 어머니? 물론 옛날과는 다른 왕국이고, 이름도 조금 애매하지. 더구나 작은, 종속적인 왕이었어. 그 뒤에 잠시 동안 그들은 그 지위를 지키고 있었어. 그리고 역사에도 몇 번 이름이 나타나지. 30년 전쟁 무렵에. 그러나 하찮은 분쟁과 적의에 가득 찬 항쟁 때문에 급격히 쇠퇴하고 무력해져서 명문의 이름을 잃고 말았어. 아득한 옛날 이교도의 왕 시대에까지 거슬러 올라가는 이름을……. 그리고 나는…… 나는 바로 이름을 잃어버린 후에 태어난 거야."

아무도 말을 하지 않는다. 그사이에 시계가 고색창연한 소리로 부드럽게 시간을 알릴 뿐이다. 여덟 번째를 알렸을 때 하랄트는 문득 생각난다.

"시인처럼이라고……. 누가 그런 말을 했지? 마리, 당신인가? 그러나 당신이 처음은 아냐. 당신이 말하기 훨씬 전에 어떤 목소리가 그렇게 말했어. 나의 내부 깊은 곳에서 시인이라고. …… 나의 의식과는 전혀 관계없는 일이야. 사람의 힘이 미치지 못하는 깊숙한 곳에서의 일이지. 다른 힘이 작용하는 저 어둠에서였어. …… 예술가라는 것, 젊다는 것. 그것이 마치 같은 것인 양. 알겠지?"

갑자기 그 충동이 그의 의지를 부수어버리는 것처럼,

"두 분은 내가 예술가이기를 바라시나요?"

사이.

"어떻게 생각하세요, 어머니?"

"예술가가 되면 내 곁에, 집에 있어주겠니?"

"글쎄요. 알 수 없죠. 아마도.. 예술가는 모든 것을 자신의 내부에 간직하고 있겠죠. 아마도 자기 내부에 없는 것은 하나도 없게 되겠죠. 아마도……. 마리, 당신도 내가 예술가가 되는 게 좋겠어?"

"예술가가 된다고요? 당신은 이미 예술가예요, 하랄트."

"당신은 잘못 생각하고 있어, 분명히. 당신은 모든 것을 너무 낙관하는 것 같아. 무엇에 대해서나 너무 밝게만 보려고 해. 당신의 내부에는 밝은 빛이 넘치고 있어. 나는 결코 예술가가 아냐. 어쩌면 예술가가 될 수 있었는지도 몰라. 예술가가 된 적은 없지만, 만약 예술가가 되었더라면 언제까지나 예술가 행세를 할 수 있었는지도 모르지. 하지만 이제는 너무 늦었어."

그는 몹시 흥분해서 마리에게로 다가간다.

"당신은 조금 전에, 나에게는 사랑이 있다고 했어. 마리, 그럴까? 과연 나는 사랑을 갖고 있을까? 나는 사랑을 낭비하지 않았을까? 두 손 가득히 뿌리고 만 것이 아닐까? 사랑을 탕진하는 것이 2, 3년 전부터 지금 이 순간에 이르기까지의 내 생활이 아니었을까? 몇백 명의 사람들이 매달려 있는 나의 사랑을 내가 마음대로 할 수 있을까? 비록 내가 그것을 그들에게서 돌려받고 싶다 해도…… 나는 이 사랑을 도대체 어디에다 쓸 수 있을까? 몇백 명의 떨리는 손자국이 남아 있는 사랑. 지치고, 늙고, 시들어버린 사랑을. 아직 한창때가 지나지도 않았는데 결실된 것이 하나도 없어. 아냐, 나는 처음부터 사랑을 성숙시키지 않았던 거야. 나는 굶주린 사람들에게 설익은 열매를 던

128

져주었어. 자, 자, 여기 있다, 하며. 그러니까 그들은 배를 채울 수 없었고, 건강해질 수도 없었지. 왜 그때 당신은 나에게 손을 내밀었을까, 마리? 그때는 아직 시간이 있었어. 그때는 아직도 나의 소중한 것을 구제할 수 있었어. 그리고…… 힘을 축적할 수도. 당신을 책망하려는 게 아냐, 절대로. 다만 나를 '예술가'라고는 부르지 말아주었으면 해. 당신이 그렇게 부른다면 조롱하는 것과 같아……."

이렇게 말하고서 그는 가볍게 기침을 시작한다. 그것을 빤히 쳐다보는 말코른 부인의 두 눈에 불안한 그늘이 진다. 그러나 마리 홀처는 조금도 신경을 쓰고 있지 않다. 대답을 해야겠다는 의무감만을 느끼고 있다.

"당신은 흥분하셨어요, 하랄트. 당신의 말은 옳지 않아요. 당신은 훌륭히 승리한 거예요. 그렇게 마음이 흔들려서는 안 돼요. 당신은 자신이 원하는 바를 알고 있었어요. 그것을 제가 새삼스럽게 말해야 하나요?"

그녀는 하랄트가 피하려는 듯한 몸짓을 하는데도 개의치 않는다.

"제가 가진 모든 것은, 저의 확신까지도 당신 덕분에 있는 거예요. 그것을 제게 준 것은 당신이었어요. 말하자면 이것이 제 재산이에요. 그것을 다시 돌려달라고 하셔도…… 그리 쉽게는 돌려드릴 수 없어요."

하랄트는 기침이 치밀어 오르는 것을 느낀다. 그래서 황급히 매정한 목소리로 말한다.

"굉장한 소리를 하는군, 마리."

"당신이 한 말이에요. 당신에게 돌려드렸을 뿐이에요. 모두가, 저

'믿음이 옅은 사람들이여!'라는 말도. 당신은 결실의 여름을 기다릴 수 없나요? 설익은 열매가 아니라……. 당신은 씨앗을 도처에 뿌렸던 거예요. 그러므로 당신은 도처에서 수확을 기다려야 해요."

홀처 양은 대답을 기다린다. 만사를 다시 좋게 할 수 있는 한마디 대답을. 그러나 하랄트는 고개만 끄덕일 뿐이다. 이제는 아무래도 좋다고 생각하는 모양이다. 그는 치밀어 오르는 기침을 두려워하고 있는 것이다. 어머니는 줄곧 그를 지켜보고 있다.

마리는 온 힘을 다해서 다시 한 번 말한다. 그녀의 말은 따스하고 자연스럽다.

"힘을 내세요, 하랄트. 당신의 말은 옳지 않아요. 생각해보세요. 언젠가 바로 이렇게 말한 적이 있어요. '나는 예술가가 되었으면 해. 그러나 지금은 아직 예술의 시대가 아냐'라고……."

"내가 그런 말을……? 미안하게 됐군."

이 말이 거의 조소하는 듯이 울린다.

그러나 마리 홀처는 굴하지 않는다.

"남을 돕는 생활도 열 곱절이나 뜻이 있는 생활이 아닐까요? 우리는 매우 자랑스러운 의미를 지니고 있는 게 아닐까요? 그것이 우리를 풍요하게 해주지 않을까요? 우리는 우리가 가야 할 길을 알고 있지 않나요, 하랄트? 우리는 승리자가 아닐까요? 하랄트, 당신은 우리를 믿지 않으세요?"

그는 마리 홀처가 내민 손을 그저 보고만 있다. 그는 그 옆을 그냥 지나쳐, 근심스럽게 기다리고 있는 어머니에게로 다가간다. 걸어가며 천천히 말한다.

"나는…… 피곤…… 해……."

홀처 양은 그가 안락의자에 쓰러지듯 묻히는 것을 본다. 그러나 그에게로 몸을 구부린 상냥한 부인이 그를 완전히 가려버리고 만다. 그녀는 더 말하지 않는다. 만약 무슨 말을 한다 해도 누구도 듣지 못할 것이다. 하랄트가 심하게 기침을 하고 있기 때문이다.

겨울 동안 병을 앓아보지 못한 사람은 참으로 적적할 것이다, 봄이 찾아오면. 병이 회복되고 있는 사람이 아니면, 이 계절의 느낌을 실감하지 못하지 않을까? 하랄트는 이런 생각을 하며 언제까지나 하늘을 바라보고 있다. 하늘은 이른 봄날의 오후, 흐렸다 개었다 하면서 창문 너머로 드높이 흘러간다. 그의 눈빛이 반짝이고 있다. 그러나 그저 그런 눈으로만 바라보고 있는 것이 아니다. 해맑간 얼굴 전체로 바라보고 있다. 입술을 덮고 있는 마구 자란 수염 밑에 꽃이 피어나듯 미소가 아련히 떠올라 있다. 한마디 말과 함께 누군가가 꺾어 가기를 기다리고 있는 그런 모습이다. 그러나 하랄트는 말이 없다. 말코른 부인이, 환자 곁으로 다가갈 때 누구나 그러하듯 조용히 방으로 들어와서 묻는다.

"아니, 혼자 있니? 마리는 벌써 돌아갔니?"

그는 고개만 끄덕일 뿐이다. 이윽고 애매한 어조로 말한다.

"저것 좀 보세요."

익숙해진 간호인의 동정심으로 말코른 부인은 창가로 다가가지만 각별히 눈에 띄는 것도 없다. 하랄트가 설명한다.

"구름이에요……. 이상한 모양을 하고 있지요. 구름을 본 지도 꽤 오래됐어요. 어렸을 때는 가끔 보았지만 그 뒤로 오랫동안 본 적이 없어요…….”

그러고는 잠시 후에 어머니의 물음에 대답한다.

“마리는 처음부터 올 필요가 없었던 거예요. 제가 돌아가게 했어요. 자고 싶다고 했지요. 그러나 실은 피곤할 뿐이에요, 그녀와 만나는 것이. 언제까지나 옛날이야기를 들려주는 것이. 하류 계급의 이야기를 꺼내니까요. 저는 벌써 반년 동안이나 그 사람들을 만나지 않았어요. 반년이나. 그동안에 아무 일도 없었던 모양이에요. 잘은 모르지만 마리의 말로는…….”

“그 사람들은 네가 없어서 아무 일도 못 하고 있단다…….”

“어머니는 그렇게 호의적으로 말씀하시지만, 그 사람들은 제가 있다고 해도 아무 일 못 할 거예요. 아니, 그 사람들과 함께 있으면 오히려 제가 아무 일도 할 수 없어요. 정말이에요.”

이렇게 말하고서 그는 다시 창문 쪽으로 몸을 돌린다. 지금은 이 맑게 흐르고 있는 하늘이 무엇보다도 소중하다고 여기는 것처럼.

“지금까지는 그런 것을 하나도 몰랐어요. 몰랐던 것이 이토록 많다니. 확실치는 않지만, 어머니, 무슨 일에나 이처럼 주의를 기울이게 되고, 이처럼 고마운 마음을 가질 수 있는 것은 병을 앓기 때문일까요…… 지혜가 깊어지고, 어렸을 때처럼 모르는 사이에 현명해진 것은? 아무튼 저는 무리한 역할을 맡을 생각이 없어졌어요.”

사이. 이윽고 나직이,

“이미 때가 너무 늦었다고 생각하세요?”

말코른 부인은 안락의자 등받이에 놓인 쿠션을 고쳐준다.

"너무 늦다니, 하랄트, 무엇이?"

"다시 시작하려면요. 어린 시절이 끝난 때부터 다시 한 번 시작하는 거예요. 하류 계급 사람들과 함께 지낸 3년간의 생활이 없었던 것처럼. 아니, 3년 동안 병을 앓았다고 해도 되지요. 그리고 이제 겨우 회복기에 들어섰다고 보면 되지요……."

그는 이마에 입술이 닿는 것을 느끼며 묻는다.

"너무 늦지 않았을까요?"

말코른 부인은 고개를 흔든다. 그리고 하랄트 곁에 무릎을 꿇고 앉는다. 그는 화사한, 아무 일도 하지 않았던 두 손을 어머니의 머리카락 위에 가만히 얹고 말한다.

"힘든 일이라고는 생각되지 않아요. 어렸을 때 제 주위에 있었던 것이 그 후에 알게 된 것보다도 지금의 저에게는 훨씬 친근하게 느껴지는 거예요. 무슨 일이든 다 기억하고 있어요. 한번 물어보세요. 아주 오래된 일이라도 좋아요. 어머니는 아름다운 레이스로 만든 옷을 입고 계셨지요. 마치 저 구름으로 만든 것 같았지요. 봄 하늘의 구름으로. 그리고…… 어머니는 곧잘 울고 계셨어요……. 지금도 기억하고 있어요. 그리고 저녁이면 짤막하고 조용한 노래를 연주하신 적도 있지요. 지금도 연주하실 수 있나요?"

말코른 부인은 이마를 깊이 수그린다. 그녀의 머리카락에 놓여 있는 하랄트의 두 손이 계속 미끄러진다. 손 밑에서 따스해진 곳에서 차가운 곳으로.

하랄트의 목소리가 머리 위에서 다시 들려온다.

"물론 옛날 일이지요. 그러나 저는 옛날 그대로 느끼고 있어요. 캄캄한 시간 속에서 번쩍이는 빛 같고 잠들기 전의 가구나 도구의 마지막 미소 같은 것. 어머니의 노래는 그런 것과 같았어요. 그리고 언젠가 제가 살금살금 어머니 곁으로 다가갔을 때(어머니는 제 발자국 소리를 듣지 못하셨지요), 그때 어머니는 제 이름을 부르셨어요……. 그 무렵에 어머니는 저를…… 제롬이라고. …… 이상했어요, 제롬이라니…… 저는 하랄트라는 이름인데……. 그리고…… 아버지도 저를…… 하랄트라고 부르셨는데……. 그런데도 어머니는 그 무렵에 저를 제롬이라고 하셨어요. …… 그러나 그것은 어머니가 연주하시던 그 노래에 어울리는 이름이었어요. …… 노래 그 자체와도 같았어요. …… 지금도 모두 다 기억하고 있다는 것을 아시겠죠?"

사이.

말코른 부인은 일어서서 괴로운 듯이 말한다.

"내가 원하는 대로 해주겠니, 하랄트?"

"무엇이든지요."

"스칼에는 가지 말자. …… 여기 있기로 해."

하랄트는 간절한 이 말에 깜짝 놀란다.

"하지만 그것은 어머니가 처음부터 바라던 일이 아녜요?"

"그래. 성(城)에는 오래된 큰 정원이 있고, 게다가…… 그래서 숙부님께 우리를 초대해달라고 편지를 냈지. 그곳에 가면 네 회복이 빠르지 않을까 생각해서. 하지만……."

하랄트가 급히 말을 꺼낸다.

"저도 어머니께 같은 청을 하려고 했어요. 오늘이나 내일쯤. 처음에는 저도 그곳에 가면 한가로이 지낼 수 있을 것 같아서 무척 기뻤어요. …… 하지만 여기 우리 방에 있는 것이 훨씬 좋은 것 같아요. 지금처럼 말이에요. 병으로 누워 있는 동안에 아주 정이 들었어요. 사실 이 방에 대해서는 별로 아는 게 없어요. 좀처럼 집에 없었으니까요. 제가 병을 앓기 전에는, 그 무렵에는……. 여기 있기로 해요."

안타깝고 괴로운 듯이 말코른 부인은 다시 말한다.

"너는 전혀 묻지를 않는구나, 내가 왜 이 계획을……."

"어머니에게는 어머니 나름대로 이유가 있겠지요……. 저도 조금은 알 것 같아요. 어머니에 대해서 잘 아니까요. 숙부님께 신세 지기 싫어서겠지요. 어머니는 자존심이 강하니까……."

그러나 이 말이 도리어 말코른 부인의 입을 열게 한다. 부끄러움에 정신을 잃은 부인은 주위를 돌보지 않고 자신의 말 속에 몸을 내던지듯이 말한다.

"아냐, 그런 게 아냐, 하랄트…… 나는 거짓말은 못 해…… 네 앞에서. …… 너에게 말해두어야겠어. …… 그것은…… 자존심 때문이…… 아냐. 사실은…… 무섭기…… 때문이야."

"무섭다고요?"

"그래. 흰옷을 입은 여자가……."

하랄트는 무슨 말인지 전혀 알 수가 없다.

"무섭다고요? 발푸르가 부인이? …… 다기진 어머니가…… 무섭다고요?"

말코른 부인은 애써 미소 지으려 한다. 가능하다면 아들의 눈이 닿지 않는 곳으로 도망이라도 치고 싶다. 그러나 그는 눈을 크게 뜨고 바라보고 있다. 가구들 사이에 몸을 숨긴다 해도 그의 부드러운 눈길에서 벗어날 수는 없다. 마침내 부인은 난로 앞에 쭈그리고 앉는다. 불을 살펴보는 것이 긴급한 일이기라도 하듯이. 그리고 무릎을 꿇고 앉은 채, 그 은신처에서 수그린 얼굴에 불꽃의 뜨거운 열기를 받으며 속삭이듯이 말을 시작한다.

"발푸르가 부인의 전설을 기억하고 있니?"

"대강은 알아요. 여기저기 성에 나타났다는 거죠?"

"그래, 스칼의 성에 가장 많이 나타났었지."

"그래요? 언제나 누가 죽기 사흘 전이죠, 그렇죠?"

"그래, 그렇다더구나."

"기록을 보면 대여섯 번 그런 사실이 있어요. 그러나 발푸르가 부인이 생존하던 시대가 16세기 중엽이고 그 후에 대여섯 번밖에 나타나지 않았다면, 말코른 가문 사람들은 대개가 그녀의 망령을 보지 않고 죽은 셈이지요. 물론 그 사람들이 아직도 살아 있다면 별문제지만……."

"네가 알고 있는 것은 그뿐이냐?"

"전에는 모두 알았죠, 어린 소년이었을 때는. 그러나 어렸을 때의 일을 지금도 어제 일처럼 느끼고 있으니까, 기억을 다시 더듬어보기로 하지요……. 잠시 기다려주세요. 그녀는…… 어느 백작의…… 부인이었죠. 아냐, 당시에는 아직 남작이었나? 아무튼…… 나중에 조사해보도록 하죠, 그것이 맞는지 어떤지……. 내 기억이 옳다면 상이라도 주셔야 해요, 네?"

하랄트는 열심히 기억을 더듬는다. 그래서 이 마지막 농담에 말코른 부인이 아무 대답도 하지 않았다는 것을 모르고 있다. 그는 안락의자에서 약간 몸을 일으키고서 정확하고 명확하게 필요한 대목을 암송한다.

"지그문트 페르디난트, 초대 오스트리아 백작 폰 말코른, 차카투른과 할파하 등의 영주. 그 아들에는 페르디난트 3세, 이른바 절름발이 아펠, 그리고 크리스토프가 있다. 크리스토프는 후에 자른키르헨 및 스칼의 영주가 된다. 남작 폰 인디햐르의 영애 발푸르가를 아내로 맞다……. 어때요, 틀림없지요? 좀 더 말해볼까요? 그 손자, 그 증손자. 이렇게 18세기까지 말할 수 있겠어요."

"아냐, 됐어."

말코른 부인은 잠긴 목소리로 만류한다.

"저도 그랬으면 해요. 그런데 도무지 알 수가 없어요. 왜 발푸르가 부인의 일을 이처럼 꼬치꼬치 캐야만 하는지. 그녀의 영혼이 편안히 잠들지 못하고 있다 하더라도……."

"왜지 아니?"

"왜 편안히 잠들지 못하는가 말이죠? 세상에 흔히 있는 '흰옷의 부인'과 같겠죠. 부정을 저지르고, 죄를 짓고, 그래서 분노한 남편의 칼에 찔려 죽는……."

"부정을 저지르고, 죄를 짓고……."

말코른 부인이 막연한 목소리로 되풀이한다. 하랄트는 깜짝 놀라서 뒤돌아본다. 어느새 어머니가 그의 의자 바로 뒤에 와 있다. 묻는 말의 입김이 그의 피부에 닿을 정도로.

"아버지를 기억하고 있니, 하랄트?"

"거의 기억하지 못해요. 더부룩하게 흰 수염이 있고, 나이가 많았지요."

말코른 부인은 하랄트의 머리카락을 쓰다듬고 싶다. 그러나 손이 그의 어깨까지만 올라간다. 화사한 그 손이 무겁게 느껴지기 때문이다. 그때 하랄트가 입을 연다.

"이상하게도 거친 손이었어요, 아버지는……."

"하랄트!"

비명 소리같다. 그러나 하랄트는 어머니의 얼굴을 볼 수 없다.

"설마, 네가 하랄트……?"

등 뒤에서 들려오는 목소리는 불안하고, 이상하게 공허한 사이를 두고 계속된다.

"저…… 너의…… 아버지가…… 나를……."

하랄트는 고개를 돌린다. 말코른 부인은 그의 머리 너머 멀리, 다가오는 저녁 어스름을 바라보고 있다. 이윽고 외치듯이 말한다.

"…… 그분이 크리스토프 백작과 같은 짓을 했다고……."

처음 하랄트는 무슨 말인지 알 수가 없다. 이윽고 급히 손을 내밀어, 얼음같이 차가운 어머니의 손을 상냥하게 끌어당긴다. 어머니는 갑자기 그의 옆에 무릎을 꿇는다. 그리고 그의 무릎에 얼굴을 대고 울기 시작한다. 머리 위로 하랄트의 목소리가 나직하고 진지하게, 거의 엄숙한 느낌이 들 정도로 지나가는 것을 듣는다.

"그분은 나이가 많으셨어요. 저는 좋아하지 않았어요."

어머니는 그의 손에, 놀라서 가만히 빼치려는 그의 두 손에 키스한다. 그러나 그는 벌써 어머니를 일으켜 세우려고 한다. 그리고 미소 짓는다.

"보세요, 어머니, 아직 힘을 낼 수가 없어요. 잘 되지 않아요. 어머니를 일으켜 세울 힘이 아직 없어요."

이윽고 어머니가 쉬이 일어서자, 그는 편안히 잠들려는 듯이 깊숙이 의자에 기댄다. 그의 얼굴은 잠잠하다. 다만 턱 밑의 긴장한 야윈 목덜미에 정맥이 한 줄, 잠잠한 심장을 향해 파도치듯 부풀고 있다.

잠시 후에 그는 깊이 숨을 쉰다. 말코른 부인이 묻는다.

"좀 어떠니?"

하랄트는 눈을 뜨지 않는다.

"네, 오늘은 괜찮을 것 같아요, 저녁에 있는 신열이……."

"그럼 좀 쉬어야지……."

"아뇨, 가지 마세요……."

"그래, 언제까지나 여기 있으마."

그러고는 고요한 침묵. 침묵 가운데 저녁 어둠이 방 안에 장막을 내린다. 가구들에서 소리 없이 황혼 빛이 사라져버린다. 마치 문이 닫히는 교회에서 떠나듯이. 그러고는 벽에 웅크리고 붙어서 서로 몸을 녹이고 있다. 그들에게서 졸음이 번져 나온다. 기둥에 걸린 시계도 그것을 이겨내려고 안간힘을 다하고 있다. 시간이 아무도 모르게 지나가려고 하는 마지막 순간을 시계가 황급히 투명한 소리로 불러 세운다.

그것이 하랄트의 눈을 뜨게 한다.

"아직 계세요, 어머니?"

"그래, 여기 있다. 왜 그러니?"

"자고 싶지 않아요."

"하지만 하랄트, 자야 해. 그래야 힘이 나지."

"기분이 너무 좋아요, 잠들기가 아까울 정도로. 잠들어버리면 그것을 잊고 말겠죠. 기분이 좋다는 것을 확인하고 싶어요. 얘기라도 해요."

하랄트는 비로소 몸을 움직인다. 두 눈은 감은 채 왼손을 옆으로 내밀고 청한다.

"어머니, 손을." 어머니의 손을 쥐자,

"이것이 어머니의 손이죠. 눈이 안 보이게 되어도 손만 만져보면 어머니를 알 수 있어요……. 그러니까 눈이 안 보이게 되어도 저는 조금도 두렵지 않아요, 조금도……. 하지만 그때는 아무래도…… 이 손을 놓지 않을 수 없겠죠……."

말코른 부인은 깜짝 놀란다. '그때'라는 말의 뜻을 곧 알 수 있었기 때문이다. 저도 모르게 어머니는 손을 빼친다.

"아……." 하랄트는 유리그릇을 떨어뜨린 듯 소리를 지른다. 그것이 딱딱한 바닥에서 산산이 부서지는 소리를 듣는 듯한 불안한 긴장이 그의 얼굴에 감돈다. 그러나 말코른 부인은 재빨리 그 불안을 가라앉힌다.

"내가 여기 있잖니, 하랄트."

"네."

그는 다시 눈을 감는다. 그리고 조용히 말한다. 감은 눈에 방해가 되지 않도록.

"병이 나서 오히려 잘된 것 같아요. 생각해보세요. 만일 병이 나지 않았다면 매일같이 하류 사회의 생활이 계속되었을 거예요. 언제까지나, 언제까지나. 그리고 결국은······. 그러나 지금은······ 제 생애를 처음부터 다시 시작할 수가 있어요. 어린 시절? 험, 어린 시절에는 좋았지요. 제게는 그 시절을 그처럼 아름답게, 동화처럼 아름답게 해 주는 그 누군가가 있었던 거예요. 어머니는······ 아시겠죠, 그 사람이 누군지. 제 어린 시절은 사람들이 말하는 그런 의미로는 즐겁지 않았어요. 놀이나 축제로 가득 차 있지는 않았지요. 저는 언제나 혼자였고, 아니면 어머니와 단둘이었어요. 그러나 그 시절은 무척이나······ 깊은 것이었어요. 그 발단을 알아볼 수 없을 정도로. 몇천 년 전부터 인지도 모르죠, 몇천 년······. 그러나 그것은 또 단 하루처럼 생각되기도 해요. 언제까지 끝나지 않는 하루. 언제까지나 끝나서는 안 될, 제가 간절히 바라는 하루. 아시겠어요, 어머니?"

그는 침묵 이외의 대답을 기대하지 않는다. 그는 잠시 이 침묵에 귀를 기울이고 있다. 그러다가 다시 계속한다.

"이런 것을 생각한다는 것은 어려운 일이겠지요. 제 자신도 전에는 거의 모르고 있었죠. 그러나 지금은 아주 자연스럽게 느껴지거든요. 어린 시절은 모든 것에서 해방된 독립된 하나의 왕국이에요. 왕이 존재하는 유일한 나라지요. 그런데 왜 사람들은 이 나라에서 추방되어야만 할까요? 왜 이 나라에서 나이를 먹고 성숙할 수가 없을까요? ······ 왜 남들이 믿고 있는 것과 타협을 해야 할까요? 순진하고 굳건한 어린이의 신뢰감에서 나오는 것보다도 그것이 더 진리라는 말인가요? 저는 지금도 기억할 수 있어요. 그 무렵에는 무엇이든 저마다 특별한 의미를 가지고 있었어요. 그리고 헤아릴 수 없이 많은 것이 있었어요. 어느 하나가 다른 것보다 더 가치 있지는 않았어요.

모든 것이 평등했지요. 모든 것이 유일무이한 것으로 존재할 수 있었고, 모든 것이 숙명적일 수 있었어요. 밤에 날아와서, 제가 좋아하는 나무에 검은 그림자처럼 근엄하게 앉아 있던 새 한 마리, 정원 모양을 바꿔놓고 온갖 초록에 그늘과 빛을 주던 여름 소나기, 누가 꺾어 놓았는지 꽃 한 송이가 끼워져 있던 책, 흔히 볼 수 없는, 무슨 의미가 있을 것같이 생긴 작은 차돌멩이. 이 모두가 어른들이 알고 있는 것보다도 훨씬 많이 알고 있는 것 같았어요. 그 어느 하나만으로도 행복해질 수 있고, 위대해질 수 있을 것 같았어요. 그리고 그 어느 하나에 닿아도 죽을 것 같았어요……."

거기서 갑자기 어조를 바꾸어서 묻는다.

"아직 늦지 않았다고 말씀하셨죠?"

"언제든 늦지 않지, 하랄트."

"언제든? 아마 그럴지도 모르죠. 이를테면 혹시 제가…… 의사는 거짓 없는 사실을 말하고 있을까요?"

"네가 들은 그대로야. 언제나 큰 소리로 명랑하게 말하고 있지……."

하랄트는 어머니의 눈에서 그 증거를 잡으려고 한다. 그는 어머니를 빤히 쳐다본다.

"하지만…… 문밖에서 무슨 다른 말은 하지 않나요?"

말코른 부인은 이 물음에 대한 준비가 되어 있다. 침착하게 하랄트의 시선을 견뎌낸다. 말없이 얼굴에 비난하는 기색을 가볍게 띠고.

"죄송해요, 어머니. 하지만 흔히 있는 일이니까요. 이전에 병자가 있는 집에서 자주 본 적이 있거든요. 뿐만 아니라 우연한 기회에⋯⋯. 그런데 마리에게 뭐라고 말할까요?"

느닷없이 그는 이렇게 말한다.

"무슨 뜻이지?"

말코른 부인은 깜짝 놀란다.

"다시 오지 말았으면 해서요."

"진정으로 하는 말이니?"

"네. 제가 생각하고 있는 미래의 설계도에는 그녀가 들어설 자리가 없어요. 인생은 좁아요. 거기에 많은 것을 들여놓아야 하거든요. 마리는 다른 인생을 살고 있어요. 제가 잊어버린 하루살이 인생을. 저는 그것을 회상하고 싶지 않아요. 그런데도 그녀는 과거를 생각나게 하거든요. 그런 이야기를 하지 않을 때도 그렇고, 제 앞에 앉아 있기만 해도 그래요. 그녀가 떠나주었으면 좋겠어요."

그의 말은 단호하고 매정하게 울린다. 말코른 부인은 갑작스러워서 무슨 말인지 이해할 수가 없다. 갖가지 의문이 마음속에 떠오른다. 그러나 그것을 어떻게 표현해야 좋을지 말을 찾지 못한다. 그러는 사이에 하랄트는 벌써 앞질러서 입을 연다. 이렇게 결말을 짓고 나니 홀가분하다는 듯이 쾌활해진다.

"그림이나 그릴까 해요⋯⋯. 아니면 책을 써도 좋고. 어린 시절과 예술이라는 제목으로. 지난 몇 주일 동안 여러 가지 생각난 게 있어요. 그것을 어머니가 받아쓰셨으면 해요. 걱정하실 것 없어요. 크게 수고는 끼치지 않을 테니까요. 하루에 고작 두어 줄 정도. 그러나 완벽한 아름다운 말로 언젠가는 노래도 만들 거예요. 그때는 어머니가 연주해주셔야 해요. 그리고 앞으로 집이라도 짓게 되면, 물론 어머니도 함께 사셔야죠……. 즉 우리, 우리는 서로 결코 떨어지지 않을 테니까요. 그렇죠, 어머니?"

말코른 부인은 멍하니 미소를 짓는다.

"네가 결혼을 하게 되지…….."

"결혼?"

"그래, 언젠가는…….."

"제가 마리와 결혼할 거라고 생각하세요?"

말코른 부인은 긍정하듯이 고개를 끄덕인다.

"생각해본 적도 없어요."

말코른 부인은 어리둥절해서 화제를 바꾼다.

"그래서 무엇을 그릴 생각이지? 아까 말하지 않았잖니."

"그린다고요? 구름을 그리죠."

"넌 몽상가로구나."

"봄 하늘의 구름을 그리겠어요. 구름의 의상을. 어머니의 옷을……어머니를."

"내게는 이제 구름 같은 옷이 없지."

"그렇다면 하나 만드셔야죠…….."

상냥한 부인은 무척 서러운 듯이 미소를 짓는다.

"낡긴 했지만 하얀 공단 옷이라면 아직 한 벌 있지. 마지막 무도회에 나갈 때 입고는 그만이야."

"그래요, 하얀……."

하랄트는 구상을 해본다.

"어머니를 그리려면 흰옷이라야 하죠. 그리고 손에는 꽃을 들고.

뭔가 타오르는 새빨간 꽃. 어디에도 없는 꽃. 그처럼 빨간……. 그런데 그것을 어디서 보았더라? 그렇지, 어머니의 식탁보에서 보았지. 그런 꽃을 들고. 그 꽃을 어머니는 혼자서 고안하셨나요?"

"우연히……."

속삭이듯이 말하고는 얼굴을 붉힌다.

"신기하군요, 정말……. 어머니가 꽃을 고안해내다니."

하랄트는 말끄러미 어머니의 얼굴을 쳐다본다. 부끄러워서 당황하고 있는 얼굴에 무엇인가 생각나는 것이 있는 듯. 그동안 잠시 말을 멈춘다.

"이런 말을 하다니, 어린애 같군요. 지금까지 그림을 그려본 적이 없으니까요. 하지만 그렇다고 해서 그려보지 말라는 법은 없겠지요. 아마도 저는 다시…… 하나의 시작이 될지도 모르죠……. 말코른 가문에서는 대대로 왕이 나온다는 것을 언젠가 말한 적이 있지요……. 백성이 없는……. 그러나 그것이 참다운 왕일지도 모르죠……."

"예술의 세계에서도 너는 백성 위에 군림할 수가 있지……."

"어쩌면. 어쩌면 예술가는 모든 백성 중에서 자신의 백성을 만들어낼 수 있겠지요. 그리고 교육할 수 있겠지요. 그러나 저는 그러고 싶지 않아요. 절대로 하지 않을 거예요. 저는 교육하고 싶지 않아요. 저는 성과를 바라지 않아요. 어느 면에서의 성과도 바라지 않아요. 제가 바라는 것은 오직 아름다움뿐이에요……."

"그래……."

말코른 부인은 자기 자신에게 들려주듯이 말한다.

"어머니도 그렇게 생각하세요?"

하랄트는 뜻밖이라는 듯이 어머니를 바라본다.

"그래……."

더욱 낮은 목소리로 되풀이하지만, 눈을 들려고는 하지 않는다. 잠시 고요가 흐른 다음, 그의 목소리가 들려온다.

"어머니는 정말 아름다워요."

가늘게 몸을 떨며, 말코른 부인은 아들이 자기를 바라보고 있음을 느낀다. 다시 들린다.

"어머니는 지금 정말 아름다워요."

말코른 부인은 조용히 소리도 없이 일어선다. 그리고 기다린다. 그의 목소리가 들릴 때까지.

"이처럼 아름다웠던 적은 한 번도 없었어요."

그러나 이번에는 그의 목소리를 알아듣지 못한다. 불안한 걸음으로 그의 곁을 떠나서, 시계 밑 그늘에 몸을 숨긴다. 시계의 보호를 구하는 듯이 숨길이 닿을 정도로.

"어머니의 그 걸음걸이! 젊은 처녀 같아요."

말코른 부인은 두 창문 사이에 서서 귀를 기울인다.

이윽고 그가 묻는다.

"어머니는 이름이 무엇이었죠?"

말코른 부인은 움직이지 않는다. 신열 탓이라고 생각한다. 그리고 크게 안도감을 느낀다. 그러나 동시에 서러운 생각이 든다. 방금 받은 선물을 도로 빼앗긴 것처럼.

그러자 그가 말한다.

"그렇지, 한 번도 이름으로 불러본 적이 없었지. 잊어버렸어요."

잠시 동안 말코른 부인의 귀에 자신의 심장 소리가 들린다.

그리고 다시 그의 목소리가.

"겨우 생각났어요. 에디트였지요."

신열 때문이라면, 하고 말코른 부인은 생각한다. 그러나 귀를 기울인다.

"그런데 그 사람들은 뭐라고 불렀지요, 저…… 저…… 어머니가 좋아하시던 사람들은?"

말코른 부인은 자신이 여느 때와는 다른 젊은 목소리로 대답하고 있음을 미처 모르고 있다.

"에델이라고 불렀지."

그는 그말을 받아서, 에델이라는 이름을 애무하듯이 되뇐다.

"에델…… 그렇지, 어머니의 이름은 그래야 해요. 에델, 하얀, 새하얀……. 그런데도 어머니는 언제나 낡은 옷, 어제와 그제와 같은 옷, 검은 옷, 병든 옷을 입고 계시지……. 흰옷을 입지 않으셨군요. 이름을 배반하고 있는 거예요. 이제 더는 이름을 부인해서는 안 되지요. 가서 흰옷을 가져오세요."

말코른 부인은 시계의 검은 테두리에 매달린다.

"빨리요!"

"내일……."

그는 듣지 않는다.

"뭘 기다려야 하는 거죠? 아름다움이 찾아오려는데."

그의 말이 어머니를 문 쪽으로 몰아친다. 그러나 어머니는 아직 망설이고 있다.

"빨리요! 아름답게 차려서 곧 돌아오세요. 그동안에 이 방을 축제 때처럼 꾸며두겠어요. 돌아오실 때까지 촛불과 램프를 모두 켜두지요. 새하얀 에델을 위하여!"

그리고 그는 일어서려는 듯이 몸을 움직인다. 말코른 부인은 그의 곁으로 달려가서 어머니답게 만류해야겠다고 생각한다. 그러나 그는 이미 일어나서 두 팔을 날개처럼 벌리고 듬직하게, 건장하게 서 있다. 그리고 미소를 보낸다.

그래서 말코른 부인은 순순히 그의 말대로 방에서 나간다. 행복한 듯이 그는 어머니가 나가는 것을 바라본다. 그러고는 미소를 짓는다.

그러나 그 미소도 그의 얇은 입술에 오래 머물지 않는다. 시곗바늘이 움직이듯이 미소가 서서히 미끄러져 내린다. 그는 덜컥 겁이 나서 미소가 가신 얼굴을 두 손으로 가린다. 손이 차갑다.

아무도 없다. 크게 번진 어둠이 그를 의자로 밀어붙인다. 그는 말없이 의자에 쓰러진다.

그대로 움직이지 않는다. 오랜 시간이 지난 것 같다.

그가 문득 정신을 차렸을 때, 주위는 이미 밤에 싸여 있다. 그의 눈은 검고 육중한 사물들을 분간할 수가 없다. 잠시 동안 불안스레 정적 속을 헤맨다. 갑자기 두 눈이 크게 열린다. 살며시 문이 움직인다. 무엇이 나타난다. 달빛이 스며들듯. 창 앞에 나타나 보인다. 여인이다. 새하얀 옷을 입은······.

하랄트는 야윈 팔을 쳐들고 저항한다. 공포에 잠긴 괴상한 목소리로 소리 지른다.

"아직은······ 안 돼! 발푸르가의 망령!"

누군가가 불을 켠다.

하랄트가 일그러진 모습으로 쿠션에 쓰러져 있다. 머리를 앞으로 내밀고 두 손을 축 늘어뜨린 채. 그 앞에는 말코른 부인이 맥없이 서 있다. 하얀 공단 옷을 입고, 하얀 장갑을 끼고. 두 사람은 느껴보지 못한 공포에 휩싸여 죽은 듯이 뿌연 눈을 서로 마주 보고 있다.

하느님의 손

며칠 전 아침에 이웃집 아주머니와 마주쳤다. 서로 인사를 나눴다.

"가을이군요."

잠시 후 아주머니는 이렇게 말하며 하늘을 우러러보았다. 나도 덩달아 하늘을 우러러보았다. 그날은 무척 청명하여 10월 날씨로는 드문 아침이었다. 문득 생각나는 것이 있었다.

"정말 가을이군요."

이렇게 말하고 나는 가볍게 두 손을 흔들어 보였다. 그러자 아주머니도 동감이라는 듯이 고개를 끄덕였다. 그런 아주머니의 모습을 나는 잠시 지켜보았다. 선량하고 건강해 보이는 아주머니의 얼굴이 귀엽게 위아래로 움직이고 있었다. 정말 밝고 명랑한 얼굴이었다. 다만 입언저리와 관자놀이에 많지는 않지만 짙은 잔주름이 잡혀 있었다. 왜 저런 것이 생겼을까? 이렇게 생각하며 나는 무심코 물었다.

"댁의 귀여운 따님들은?"

아주머니의 주름살이 한순간 사라졌다가 이내 전보다 더 짙게 새겨졌다.

"덕택에 잘 있습니다만……."

여기까지 말하고 아주머니는 걷기 시작했다. 그래서 나도 적당히 아주머니의 왼쪽을 나란히 걸어갔다.

"아시다시피 그 애들은 지금 둘 다 하루 종일 묻기만 하는 나이지요. 정말 하루 종일 밤이 깊을 때까지 말이에요."

"그렇죠. 어떤 시기가 되면……."

나는 우물우물 중얼거렸다. 그러나 아주머니는 내 말에 전혀 개의치 않았다.

"그것도 말이에요, 이 마찻길은 어디로 가느냐, 별은 모두 몇 개나 되느냐, 만이라는 것은 많다는 말보다 더 많은 것이냐, 하는 그런 물음이 아니에요. 전혀 다른 것이에요. 이를테면 하느님은 중국말도 할 수 있느냐, 하느님은 어떤 얼굴을 하고 있느냐, 하는 식으로 노상 하느님에 대한 것뿐이에요. 그런 것은 아무도 알 수가 없죠……."

"네, 물론이죠, 적당히 상상은 할 수 있지만요……."

나는 아주머니의 말에 찬성했다.

"때로는 하느님의 손에 대해서 묻기도 하죠. 도대체가……."

나는 아주머니의 눈을 들여다보며 아주 공손하게 말했다.

"잠깐 실례합니다만, 방금 하느님의 손이라고 말씀하셨죠, 그렇죠?"

아주머니는 고개를 끄덕였다. 아무래도 약간 놀라는 기색이었다.

나는 황급히 말을 이었다.

"사실은 하느님의 손에 대해서라면 저도 약간은 들어서 알고 있습니다. 우연한 기회에……."

나는 아주머니의 눈이 휘둥그레지는 것을 보고 급히 말을 이었다.

"아주 우연입니다. 언젠가 제가……."

여기까지 말하다가 나는 상당히 단정적으로 이렇게 말을 맺었다.

"그럼 제가 알고 있는 것을 모두 말씀드리죠. 별로 바쁘시지 않다면 댁까지 모셔다드릴게요. 그동안이면 이야기가 끝날 것 같고요."

"네, 그렇게 하시지요. 하지만 애들에게 직접 해주시지 않겠어요?"

아주머니는 겨우 기회를 얻어서 이렇게 말을 했지만 아직도 놀란 기색이었다.

"제가 직접 아이들에게 이야기한다고요? 아니, 아주머니, 그것은 안 됩니다. 절대로 안 됩니다. 아이들을 상대로 이야기를 하면 저는 금세 당황하거든요. 그 정도라면 별로 나쁠 것도 없습니다만, 아이들이 제가 당황하는 것을 보면 제가 뻔히 알면서도 거짓말을 한다고 생각하겠지요……. 그런데 제 이야기가 진실이라는 것이 저로서는 매우 중요합니다. 아주머니께서 아이들에게 다시 들려줄 수도 있지요. 틀림없이 저보다도 훨씬 잘 하실 겁니다. 줄거리를 요령 있게 연결하고 재미있게 윤색해서요. 저는 있는 그대로의 사실을 아주 간략히 전해드리기만 하지요. 어떻습니까?"

"네, 좋아요."

아주머니는 멍하니 대답했다.

나는 생각을 가다듬었다.

"태초에⋯⋯."

그러나 곧 말을 끊었다.

"어린아이라면 일일이 말해주어야 하는 것을 아주머니의 경우에
는 이미 알고 계시는 것으로 하겠습니다. 이를테면 천지창조라든
가⋯⋯."

상당한 사이를 두고서 이윽고,

"네, 그리고 일곱 번째 날에⋯⋯."

선량한 아주머니의 목소리가 높고 날카로웠다. 나는 말을 막았다.

"잠깐만! 오히려 그전의 날들을 생각해보기로 합시다. 바로 그것
이 문제니까요. 아시는 바와 같이 하느님은 작업을 시작하셨습니다.
땅을 만들고, 땅과 물을 분리하고, 빛이 있으라 하셨습니다. 그리고
놀라운 속도로 순식간에 갖가지 사물을 창조하셨습니다. 물론 현존
하는 크고 구체적인 사물을 말하는 것입니다. 바위와 산맥과 한 그루
의 나무, 그리고 이것을 본보기로 하여 많은 나무를 만드셨습니다."

여기까지 말하는 동안에도 나는 아까부터 우리를 뒤따르고 있는
발자국 소리를 듣고 있었다. 그것은 우리를 앞지르지 않고, 또 뒤처
지지도 않았다. 그것이 몹시 신경에 거슬렸다.

그래서 천지창조 이야기 도중에 정신이 산란해진 나는 다음처럼
말을 이어 나갔다.

"이처럼 신속하고 성공적인 작업은, 오랜 심사숙고 끝에 하느님의
머릿속에서 이미 모든 것이 완성되어 있었다고 생각하지 않는다면
도저히 이해되지 않는 것입니다. 그때까지 하느님은⋯⋯."

이때 마침내 그 발자국 소리가 우리와 나란히 걷게 되고, 그다지

유쾌하지 못한 목소리가 우리에게 달라붙었다.

"어머, 아마도 슈미트의 이야기겠지요. 죄송해요……."

나는 화가 나서 뒤따라온 여인을 쳐다보았다. 이웃 아주머니는 몹시 당황하여 가볍게 기침을 했다.

"아니에요, 저 실은…… 방금 저희가 한 이야기는, 저……."

"정말 좋은 가을이군요."

그 부인은 아무 일도 없었던 것처럼 갑자기 이렇게 말했다.

그녀의 작고 빨간 얼굴이 빤짝거렸다. 나는 이웃 아주머니가 대답하는 소리를 들었다.

"네, 정말 그래요, 휘퍼 부인. 드물게 보는 아름다운 가을이에요."

그러고서 부인들은 헤어졌다. 휘퍼 부인은 계속 껄껄거리며,

"그럼 애기들한테 안부 전해주세요."

선량한 이웃 아주머니는 이제 그 말을 귀담아듣고 있지 않았다. 아무튼 내 이야기가 몹시 듣고 싶었던 것이다. 그러나 나는 공연히 딱딱하게 말했다.

"그런데 어디까지 이야기를 했는지 알 수가 없군요."

"하느님의 머리에 대해서 무슨 이야기를 하셨지요. 그러니까……."

아주머니는 얼굴을 새빨갛게 붉혔다.

나는 정말 측은한 생각이 들었다. 그래서 급히 이야기를 계속했다.

"네, 그러니까 이렇습니다. 사물만 만들어지고 있는 동안에는 하느님도 줄곧 지상을 내려다보고 있을 필요가 없었습니다. 지상에서 무슨 일이 일어날 수 없었으니까요. 물론 바람은 벌써 산 너머로 불어가고 있었습니다. 이 산들은 바람이 전부터 이미 알고 있던 구름과

아주 흡사했습니다. 그러나 바람은 아직도 믿을 수 없었던지 나뭇가지는 피해 갔습니다. 이것이 하느님에게는 지극히 만족스러웠습니다. 말하자면 하느님은 모든 사물을 잠자고 있는 동안에 만든 것입니다. 그러나 동물의 경우, 하느님이 흥미를 느끼는 작업이 벌써 시작되었습니다. 하느님은 그 작업 위로 몸을 구부렸습니다. 지상을 내려다보시려고 짙은 눈썹을 치켜세우는 일도 극히 드물었습니다. 인간을 만드실 때 하느님은 지상의 일을 까맣게 잊고 계셨습니다. 바로 그때였습니다. 신체의 어느 복잡한 부분에 이르렀을 때인지는 알 수 없습니다만, 하느님의 주위에서 날개를 퍼덕이는 소리가 일어났습니다. 한 천사가 '만물을 굽어보시는 그대……'라고 노래하며 하느님의 곁을 지나간 것입니다.

하느님은 깜짝 놀랐습니다. 하느님은 그 천사가 죄를 지은 것으로 했습니다. 바로 거짓말을 노래했기 때문입니다. 아버지인 하느님은 급히 아래 세상을 내려다보셨습니다. 과연 지상에는 돌이킬 수 없는 일이 일어나 있었습니다. 작은 새 한 마리가 불안스럽게 지상을 이리저리 헤매고 있었습니다. 하느님은 그것을 제 집으로 돌아가게 해줄 수가 없었습니다. 그 가련한 동물이 어느 숲에서 떠났는지를 보지 못했기 때문입니다. 하느님은 기분이 아주 언짢아져서 이렇게 말했습니다. '새들은 내가 놓아둔 곳에 있어야 하느니라.' 그러나 하느님은 지상에도 자신들과 같은 것이 있었으면 좋겠다는 천사들의 주선으로 새들에게 날개를 주었다는 것이 생각났습니다. 이렇게 되자 하느님은 더욱더 화가 날 뿐이었습니다. 그런데 이러한 기분을 바꾸는 데 작업보다 더 좋은 것은 없습니다. 그래서 인간을 창조하는 일에 몰두

하여, 하느님은 어느덧 다시 마음이 풀렸습니다. 천사의 눈을 거울처럼 앞에 놓고 거기 비친 당신 용모의 치수를 재서, 무릎 위의 점토 덩어리로 천천히 정성 들여 최초의 얼굴을 만들어갔습니다. 이마는 잘 만들어졌습니다. 무척 어려웠던 것은 두 콧구멍을 좌우로 균형 있게 만드는 일이었습니다. 하느님은 더욱더 몸을 구부려서 일에 몰두했습니다. 그때입니다. 또다시 하느님의 머리 위에서 바람이 일었습니다. 하느님은 눈을 들었습니다. 조금 전의 그 천사가 주위를 맴돌고 있었습니다. 이번에는 찬미가가 들리지 않았습니다. 거짓말을 하는 바람에 소년 천사의 목소리가 희미해졌기 때문입니다. 그러나 하느님은 그의 입 모양에서, 소년 천사가 여전히 '만물을 굽어보시는 그대'라고 노래하고 있는 것을 똑똑히 알 수 있었습니다.

그때 하느님이 특히 중히 여기는 성(聖) 니콜라우스가 옆에 와서 긴 수염을 움직거리며 말했습니다. '당신의 사자들은 모두 의젓하게 앉아 있습니다. 정말로 오만불손한 생물입니다. 그렇게 말하지 않을 수 없습니다. 그런데 작은 강아지 한 마리가 위험스럽게 대지의 가장자리를 뛰어다니고 있습니다. 테리어지요. 당장에 떨어지고 말겠습니다.' 그러고 보니 분명히 무엇인가 밝고 하얀 것이 한 점의 먼 광채처럼 스칸디나비아 지방에서 이리저리 뛰어다니고 있었습니다. 그 지방은 이미 그때부터 지형이 무섭게 둥근 곳입니다. 하느님은 몹시 화가 나서, 내가 만든 사자가 마음에 들지 않는다면 직접 무엇을 만들어보면 어떠냐고 성 니콜라우스를 힐책했습니다.

그래서 성 니콜라우스가 하늘을 나서며 문을 닫는 순간, 별이 하나 떨어져서 하필이면 테리어의 머리에 맞았습니다. 바야흐로 불행이 극도에 이르렀습니다. 하느님은 만사가 모두 자신의 책임이라는 것을 인정하지 않을 수 없었습니다. 그래서 앞으로는 절대로 지상에서 눈을 떼지 않겠다고 결심했습니다. 실지로 그렇게 되었습니다. 하느님은 완전히 숙련된 두 손에게 나머지 작업을 맡겼습니다. 하느님은 인간이 과연 어떤 모습인지 몹시 궁금했지만 잠시도 눈을 떼지 않고 멀리 지상을 바라보고 있었습니다. 그러나 이번에는 반항이라도 하듯이 지상에서는 작은 나무 이파리 하나 움직이려 하지 않았습니다. 하느님은 갖은 불행을 겪은 후라, 하다못해 사소한 기쁨이라도 맛보고 싶었습니다. 그래서 인간에게 숨을 불어넣기 전에 우선 자기에게 먼저 보이라고 두 손에게 명령해두었습니다.

그리고는 숨바꼭질을 하는 어린아이들처럼 몇 번이나 되풀이해서 '다 됐니?' 하고 물었습니다. 그러나 그때마다 대답은 없고, 대답 대신 손이 무언가 빚는 소리가 들렸기 때문에 기다리고 있었습니다.

그동안 오랜 시간이 흐른 것 같았습니다. 갑자기 무슨 거무스레한 것이 공간을 누비며 떨어지는 것이 보였습니다. 그 방향으로 보아 자신의 근처에서 나온 것으로 볼 수밖에 없었습니다. 불길한 예감에 가득 차서 하느님은 두 손을 불렀습니다. 두 손은 점토투성이였습니다. 화끈 달아오른 채 부들부들 떨며 나타났습니다. '인간은 어디 있지?' 하느님은 큰 소리로 말했습니다. 그러자 오른손이 왼손에게 대들었습니다. '네가 놓쳤어.' '무슨 소리를 하는 거야.' 왼손이 흥분해서 말했습니다. '모든 것을 너 혼자서 하려고 하지 않았나? 나에게는 조금도 참견하지 못하게 하고서.' '네가 단단히 붙잡고 있지 않은 게 잘못이야.' 그리고 오른손은 싸울 자세를 취했습니다. 그러나 다시 생각을 바꾼 모양입니다. 두 손은 서로 앞을 다투어 말했습니다. '인간이 몹시 성급했습니다. 처음부터 그저 살고 싶어하기만 했습니다. 우리 둘은 책임이 없습니다. 절대로 우리 둘에게는 죄가 없습니다.'

그러나 하느님은 정말로 노했습니다. 하느님은 두 손을 밀쳤습니다. 두 손이 앞을 가리고 있어서 지상을 내려다볼 수 없었기 때문입니다. '너희들과는 이제 그만이다. 너희들 마음대로 무엇이든 만들어 보라지.' 그때부터 두 손은 자기들끼리 해보려고 했습니다. 그러나 무엇을 해도 시작이 고작이었습니다. 하느님 없이는 완성도 없었습니다. 그러는 동안에 두 손은 마침내 지치고 말았습니다. 지금은 온종일 무릎 꿇고 앉아서 속죄를 하고 있다고 합니다. 적어도 그런 소문입니다. 그러나 우리는 하느님이 손에게 화를 내셔서 일을 쉬고 계시는 것으로 생각됩니다. 그래서 언제까지나 일곱 번째 날이 계속되고 있는 것입니다."

나는 잠시 입을 다물었다. 이웃 아주머니는 빈틈없이 이 기회를 놓치지 않았다.

"그렇다면 이제 다시는 화해할 수 없다고 생각하세요?"

"천만에요. 그래도 저는 희망을 가지고 있습니다."

"그것이 언제 이루어질까요?"

"글쎄요. 하느님의 뜻을 거역하고 두 손이 놓쳐버린 인간이 어떤 모습을 하고 있는가를 하느님이 알게 될 때까지는 안 되겠지요."

이웃 아주머니는 생각에 잠겨 있다가, 이윽고 소리 내어 웃었다.

"하지만 하느님은 줄곧 아래쪽만 내려다보고 계셨으니까 벌써 알고 계실 줄로⋯⋯."

"잠깐만 실례하겠습니다만" 하고 나는 정중하게 말했다.

"매우 총명하신 말씀입니다. 그러나 제 이야기는 아직 끝나지 않았습니다. 그렇게 두 손을 옆으로 밀친 뒤에 하느님이 다시 지상을 내려다보기까지, 그사이에 다시 1분 정도가 지났습니다. 혹은 천 년이 지났다고 해도 좋습니다. 어떻든 마찬가지니까요. 인간이 하나가 아니라 그때는 이미 백만 명이나 있었습니다. 그런데 그들이 모두 옷을 입고 있었습니다. 더구나 그 당시의 유행은 실로 속악하기 짝이 없어서 그것을 입은 사람의 얼굴까지도 몹시 비뚤어져 보였습니다. 그래서 하느님은 인간에 대해서 완전히 그릇된, 솔직히 말씀드리자면 아주 나쁜 관념을 갖게 되었던 것입니다."

"흠."

이웃 아주머니는 가벼운 기침을 하고 무엇인가 한마디 하려고 했다. 나는 개의치 않고 억양을 높여서 이야기를 끝맺었다.

"그러므로 인간의 참다운 모습을 하느님이 아시게 되는 것이 무엇보다도 긴요한 일입니다. 하느님에게 이것을 전하는 사람들이 있다는 것을 우리는 기뻐해야죠……."

이웃 아주머니는 아직도 기뻐하지 않았다.

"어떤 분들이지요?"

"우선 어린이들입니다. 그리고 때로는 그림을 그리는 사람, 시를 쓰는 사람, 건축을 하는 사람들로……."

"건축을 하다니, 무엇을요? 교회인가요?"

"그렇습니다. 그리고 다른 것도 일반적으로……."

이웃 아주머니는 천천히 고개를 흔들었다. 아무래도 여러 가지가 이상한 모양이었다. 우리는 어느덧 아주머니네 집을 지나쳐버렸기 때문에 이번에는 천천히 되돌아가기로 했다.

갑자기 아주머니는 무척 명랑해져서 소리 내어 웃었다.

"하지만 정말 어처구니없군요. 아무튼 하느님은 전지전능하시거든요. 이를테면 그 작은 새도 어디서 왔는지를 잘 알고 계셔야 했지요."

아주머니는 의기양양하게 나를 쳐다보았다. 솔직히 말해서 나도 약간 당황했다. 그러나 가까스로 마음을 가라앉히자 아주 진지한 표정을 지을 수가 있었다. 나는 타이르듯 말했다.

"아주머니, 이것은 처음부터 하나의 이야기에 지나지 않습니다. 그러나 이것을 제 변명이라고 생각하실지도 모르니까, 물론 아주머니는 그렇지 않다고 강력하게 이의를 제기했습니다만, 가만히 말씀드리겠습니다. 물론 하느님은 모든 특성을 겸비하고 있습니다. 그러나 그것을 이 세상에, 말하자면…… 응용하시기 전에는 그 모든 특성이 하느님에게는 유일한 큰 힘처럼 생각되었던 것입니다. 제가 생각하고 있는 것이 명확히 표현되고 있는지는 잘 모르겠습니다만. 아무튼 여러 가지 사태에 직면하여 하느님의 특성도 갖가지로 특수화하고, 동시에 어느 정도 의무화한 것입니다. 하느님은 모든 것에 신경을 쓰려고 애썼습니다. 그래서 여러 가지 모순이 생겼던 것입니다. 미리 말씀드립니다만, 이 모든 것은 아주머니에게만 얘기하는 것입니다. 아이들에게는 절대로 들려주면 안 됩니다."

"말씀대로 하죠." 아주머니는 굳게 약속했다.

"만약에 천사가 '모든 것을 아시는 그대'라고 노래하며 지나갔더라면, 만사가 잘되었을지도 모릅니다만…….”

"그렇다면 이 이야기도 필요 없었겠죠?"

"그렇지요."

나는 시인했다. 그리고 헤어지려고 했을 때,

"하지만 선생님이 알고 계시는 것은 모두가 틀림없는 확실한 것이
지요?"

"틀림없는 확실한 것입니다."

나는 아주 근엄하게 대답했다.

"그렇다면 오늘 중으로 아이들에게 들려주어야죠."

"저도 들어보고 싶군요. 그럼 안녕히 계십시오."

"안녕히 가세요."

그러나 아주머니는 다시 되돌아와서,

"하지만 왜 그 천사가…….”

나는 그 말을 막으며 말했다.

"아주머니, 방금 생각이 났습니다만, 댁의 두 따님이 이것저것 묻
는 것은 어린아이라서가 아니라…….”

"그렇다면?"

아주머니는 궁금한 듯이 물었다.

"그러니까 의사의 말로는 일종의 유전이라는 것이 있어서…….”

아주머니는 손가락으로 나를 위협했다. 그러기는 했지만, 우리는
다정한 친구로서 헤어졌다. 그 후(라고는 하지만 상당히 오랜 시일이 지
나고 나서) 이웃 아주머니를 다시 만났을 때, 아주머니는 혼자가 아니
었다. 그래서 딸들에게 내 이야기를 들려주었는지, 그리고 그 성과

가 어떠했는지를 알아볼 수 없었다. 그러나 그 얼마 후에 받은 한 통의 편지가 나의 이 의문을 풀어주었다. 발신인에게서 이 편지를 공개해도 좋다는 허가를 얻지 못했기 때문에, 다만 마지막 구절을 옮기는 정도로 그쳐야 할 것 같다. 그러나 그것을 읽으면 발신인이 누구인지를 쉽게 알 수 있을 것이다. 편지는 다음과 같이 끝맺고 있었다.

"저와 그 밖의 다른 다섯 아이들로부터. 왜냐하면 저도 함께 있었으니까요."

나는 편지를 받은 즉시 다음처럼 답장을 썼다.

"여러분, 하느님의 손에 대한 이야기가 여러분의 마음에 들었을 줄로 압니다. 그 이야기는 나도 좋아합니다. 그렇지만 나는 여러분에게로 갈 수가 없습니다. 그렇다고 해서 나쁘게는 생각지 마십시오. 내가 여러분의 마음에 들지 의심스럽습니다. 나의 코는 아름답지가 못합니다. 그리고 또 콧등에, 가끔 있는 일이지만 빨간 부스럼이 그때 나기라도 한다면, 여러분은 줄곧 그 부스럼을 쳐다보느라고 정신이 팔려서 그 조금 아래쪽에서 말하고 있는 이야기를 귀담아듣지 않을 것입니다. 뿐만 아니라 이 부스럼을 꿈에서도 보게 될지 모릅니다. 이런 것은 모두가 나로서는 별로 달갑지 않습니다. 그래서 다른 방안을 하나 제안하겠습니다. 우리에게는 (어머님 말고도) 많은 공통의 친구와 친지가 있습니다. 물론 그 사람들은 어린이가 아닙니다. 그들이 어떤 사람인가를 여러분은 이미 알고 있을 것입니다. 그들에게 때때로 내가 무슨 이야기를 해두기로 하겠습니다. 그러면 내가 직접 하는 것보다도 훨씬 아름다운 형태로 들을 수가 있을 것입니다. 왜냐하면 우리의 이런 친구들 중에는 훌륭한 시인도 있기 때문입니다. 내 이야기의 내용에 대해서는 미리 밝히지 않기로 하겠습니다. 그러나 여러 분에게는 하느님보다도 더 관심이 가고 마음에 걸리는 것이 없기 때 문에 내가 하느님에 대해서 알고 있는 것을 기회 있을 때마다 부가해 두겠습니다. 그중에 잘못된 곳이라도 있으면 다시 편지를 주시든가, 아니면 어머님을 통해서 전해주십시오. 내가 아름답기 그지없는 갖 가지 이야기를 들은 것은 무척 오래전의 일이고, 그 후로 그다지 아 름답지 못한 이야기를 많이 알아야만 했기에, 혹시 여기저기에서 틀 릴지도 모르기 때문입니다. 인생에 흔히 있는 일입니다.

그러나 인생은 역시 아름다운 것입니다. 이것도 나의 이야기에서 자주 다루기로 하겠습니다.

그럼 여러분, 안녕……. 나로부터. 그러나 나도 여러분과 함께 있 으므로, 그런 점에서 동료의 한 사람으로부터.”

죽음의 동화

　서서히 사라져가는 저녁 하늘을 언제까지나 바라보고 있는데, 누군가가 말을 걸어왔다.

　"저 위쪽 나라에 몹시 흥미가 있으신 모양이군요."

　나의 시선이 총 맞은 새처럼 급속히 아래로 떨어졌다. 그래서 내가 작은 묘지의 낮은 돌담에 이르고 있다는 것을 알았다. 그리고 눈앞에는 돌담 건너편에 삽을 든 사나이가 음울한 미소를 띠고 서 있었다.

　"저는 아직도 이 지상의 나라에 흥미가 있지요."

　그는 이렇게 덧붙이고는 습한 검은 땅을 가리켰다. 바람이 불 때마다 살랑살랑 움직이는 무수한 마른 나뭇잎 사이에 여기저기 땅바닥이 드러나 보였다. 어느새 바람이 일기 시작했는지 나는 모르고 있었다. 심한 혐오감이 치밀어서 불쑥 말했다.

　"왜 그런 일을 하고 있지요?"

묘지기는 여전히 미소를 띠고 있었다.

"이것으로도 먹고살지요. 그런데 제가 묻겠습니다만, 사람은 대개가 똑같은 일을 하고 있지 않을까요? 그들은 저곳에다 하느님을 묻지요. 제가 이곳에다 사람을 묻듯이 말이에요."

그는 하늘을 가리켰다. 그리고 나에게 설명했다.

"분명히 저것도 하나의 큰 무덤이지요. 여름이면 저기에도 야생 물망초가 자랄 테고……."

나는 그의 말을 가로막았다.

"인간이 하느님을 하늘에 묻었던 시대가 있습니다. 그것은 사실입니다……."

"지금은 달라졌나요?" 그는 묘하게도 구슬프게 물었다.

나는 말을 이었다.

"옛날에는 누구나 한 줌의 하늘을 하느님 위에 뿌렸다고 합니다. 그러나 사실 그때 하느님은 이미 그곳에 없었던 것입니다. 아니면 역시……."

나는 말을 망설였다.

그러다가 새로이 이야기를 시작했다.

"그러니까 옛날에는 사람들이 이렇게 기도를 드렸습니다."

나는 양팔을 벌려 보였다. 그러자 가슴이 저절로 부풀어 오르는 것을 느낄 수 있었다.

"당시에는 하느님도 겸허와 암흑이 가득 찬 이 모든 심연에 스스로 몸을 던졌습니다. 그리고 어느덧 조금씩 지상 가까이로 끌어당겨 놓았던 자신의 하늘에는 무슨 부득이한 일이라도 있어야만 마지못

해 돌아갔습니다. 그러나 새로운 종교가 일기 시작했습니다. 이 새로운 신앙은 새로운 하느님이 저 옛날 하느님과 어떻게 다른지를 사람들에게 이해시킬 수가 없었습니다. (왜냐하면 새로운 신앙이 새 하느님을 찬미하기 시작하자 이 새로운 신앙에도 역시 옛 하느님이 있다는 것을 사람들이 이내 알아차렸기 때문입니다.) 그래서 새로운 계율의 선교사는 기도하는 방법을 바꾸기로 했습니다. 그는 합장이라는 것을 가르치고, 이렇게 단정했던 것입니다. '보라, 우리의 하느님은 이렇게 기도하기를 바라신다. 그러므로 너희가 지금까지 너희 팔에 맞아들일 수 있다고 생각하던 하느님과는 다르시다.' 사람들은 그것을 받아들였습니다. 그래서 팔을 벌린 모양은 천하고 사악한 것이 되고, 나중에는 고난과 죽음의 상징이라는 것을 모든 사람에게 보이기 위하여 이것을 십자가에 매달았습니다.

그런데 하느님은 다음에 다시 지상을 내려다보고 깜짝 놀랐습니다. 많은 합장한 손과 나란히 하여 많은 고딕식 교회가 세워져 있었습니다. 많은 손과 지붕이 마치 적군의 무기처럼 모두 가파르고 날카롭게 하느님을 향해 치솟아 있는 것입니다. 그러나 하느님에게는 인간과는 다른 용기가 있습니다. 하느님은 자신의 하늘로 되돌아갔습니다. 그리고 고딕식 탑과 새로운 기도가 자신의 뒤에서 뻗어올 것을 아시자, 마침내 반대쪽에서 자신의 하늘을 빠져나와 추적하는 박해에서 벗어났습니다. 그러나 하느님은 빛나는 자신의 고향 저편에 자신을 말없이 맞이하는 암흑이 시작되고 있는 것을 보고 깜짝 놀랐습니다. 기이한 느낌을 가지며 이 희부연 어둠 속으로 나아갔습니다. 인간의 가슴속을 생각나게 하는 그런 어둠이었습니다. 그때 처음으로 든 생각은 인간의 머릿속은 밝지만 그 마음은 이러한 어둠으로 가득 차 있다는 것이었습니다. 그러자 하느님은 인간의 마음속에서 살아보고 싶다, 그리고 다시는 그 사상의 투명하고 냉철한 감시 속을 지나고 싶지 않다는 동경심이 솟아났습니다. 이렇게 생각하며, 하느님은 자신의 길을 계속 나아갔습니다. 주위의 어둠은 점점 더 짙어갔습니다. 밤 같았습니다. 밀치고 나가는 밤길에는 기름진 흙의 따스한 향기 같은 것이 풍기고 있었습니다. 얼마 되지 않아서 가슴을 벌리고 기도하는 옛날의 아름다운 자세로 나무뿌리가 팔을 내밀며 하느님을 맞이했습니다. 크게 원을 그리는 것보다도 더 현명한 방법은 없습니다. 하늘에서 우리를 피한 하느님은 땅속에서 우리에게 나타날 것입니다. 어쩌면 하느님이 나타나실 그 문을 당신이 파게 될지도 모르지요."

삽을 든 사나이는 말했다.

"그러니까 그것은 동화지요."

나는 조용히 대답했다.

"우리 목소리로는 무엇이든 동화가 되어버리지요. 우리 목소리로는 무엇이 제대로 된 적이 한 번도 없었으니까요."

그 사나이는 잠시 앞을 바라보았다. 그러다가 후다닥 윗도리를 걸치고 물었다.

"함께 가도 될까요?"

나는 고개를 끄덕였다.

"집으로 돌아가는 길입니다. 아마도 같은 길이겠지요. 그런데 여기서 살지 않습니까?"

그는 작은 격자문을 나서며 삐걱거리는 돌쩌귀를 살짝 잠그고 대답했다.

"아뇨."

몇 발자국 걸어가는 사이에 그는 차츰 친밀감을 느끼는 듯했다.

"조금 전에 하신 말씀은 그야말로 지당합니다. 저기 바깥의 일을 하고 싶다는 사람이 있으니, 정말 이상하지요. 이전에는 저도 생각해본 적이 없습니다만, 지금은 차츰 나이가 드니까 때때로 생각하게 됩니다. 이상한 생각들이죠. 하늘에 대해서라든가, 그리고 또 다른 이런저런 생각들이지요. 이를테면 죽음 같은 것이에요. 죽음에 대해서 우리가 알고 있는 것은 무엇이죠? 겉으로는 모두 알고 있는 것 같지만, 실은 아무것도 모를 겁니다. 제가 일을 하고 있으면, 어느 집 아이인지는 모르지만요, 곧잘 아이들이 주위에 모여듭니다. 바로 그럴 때, 지금 말한 것 같은 생각이 떠오릅니다. 그래서 저는 짐승처럼 땅을 팝니다. 머릿속에 있는 온갖 힘을 다 끄집어내어 팔에서 소모하자는 것이죠. 무덤은 물론 규정보다도 더 깊어지고, 그 옆에는 산더미처럼 흙이 쌓입니다. 그러나 어린아이들은 저의 난폭한 동작을 보고는 도망쳐버리고 맙니다. 제가 뭔가 화라도 낸 줄로 아는 모양이지요."

그는 잠시 생각에 잠겼다.

"역시 일종의 분노겠지요. 무감각해져서 그것을 극복했다고 생각하고 있는데, 그런데 갑자기…… 별수 없지요. 죽음이란 알 수 없는 것, 무서운 것이니까요."

우리는 벌써 잎이 다 떨어진 과실수 아래 긴 길을 걷고 있었다. 우

168

리 왼쪽에 숲이 보이기 시작했다. 어둑어둑한 밤 같았다. 그 어둠이 머리 위로 내려올지 알 수 없었다.

"짤막한 이야기를 하나 하지요. 그곳에 닿을 때까지는 끝날 겁니다." 나는 그의 반응을 살펴보았다. 그는 고개를 끄덕이고 낡아빠진 짧은 파이프에 불을 붙였다. 나는 이야기를 시작했다.

"두 사람이 있었습니다. 남자와 여자 두 사람은 서로 사랑했습니다. 사랑한다는 것은 어디서든 아무것도 받지 않는다는 뜻입니다. 모든 것을 잊어버리고 오직 한 사람에게서 이미 가지고 있는 것과 그렇지 않은 모든 것을 받아들이고자 하는 것입니다. 이들 두 사람도 서로 그러기를 바랐습니다. 그러나 모든 것이 폭주하는 시간이나 나날, 그리고 많은 사람들 속에서는 어떤 진실한 관계가 생기기 전에는 이러한 사랑을 도저히 실행할 수가 없습니다. 사방에서 갖가지 일들이 밀려오고 장애물이 언제 어디서 문을 열고 기다리고 있을지 알 수 없습니다.

그래서 두 사람은 시간에서 벗어나서 고독 속으로 들어가기로 결심했습니다. 시계 치는 소리와 도시의 소요에서 멀리 떨어져서, 두 사람은 그곳에 정원으로 둘러싸인 집을 하나 지었습니다. 그 집에는 문이 둘 있었습니다. 오른쪽에 하나, 왼쪽에 하나. 오른쪽 문은 남자의 문이었습니다. 남자의 것은 무엇이든 오른쪽 문으로 들어가게 되어 있었습니다. 왼쪽 문은 여자의 문이었습니다. 여자가 원하는 것은 모두 이 아치를 통해서 들어가게 되어 있었습니다. 실제로 그렇게 되었습니다. 아침에 먼저 일어난 사람이 밑으로 내려가서 자신의 문을 열었습니다. 그러면 밤늦게까지 갖가지 많은 것이 찾아들었습니다.

손님을 대할 줄 아는 두 사람의 집에 풍경과 빛, 어깨에 향기를 실은 바람, 그 밖의 많은 것들이 들어왔습니다. 그러나 그것과 함께 갖가지 과거의 모습, 운명까지도 이 두 문으로 들어왔습니다. 오는 것은 하나도 거절하지 않고 균등하게 후히 대접했기 때문에 모두가 오래 전부터 이 황야의 외딴집에 살고 있는 듯한 생각이 들 정도였습니다. 이렇게 긴 세월이 흘렀습니다. 두 사람은 무척이나 행복했습니다. 왼쪽 문이 오른쪽 문보다도 약간 자주 열렸습니다. 그러나 오른쪽 문으로는 왼쪽보다도 화려한 손님들이 들어왔습니다.

어느 날 아침의 일입니다. 이 오른쪽 문 앞에서 죽음이 기다리고 있었습니다. 남자는 그것이 죽음임을 알아차리고 급히 문을 닫았습니다. 그러고는 하루 종일 문을 굳게 닫아두었습니다. 며칠이 지나자 죽음은 왼쪽 문 앞에 나타났습니다. 여자는 떨면서 문을 닫고 든든한 빗장을 걸었습니다. 두 사람은 이 일에 대해서 서로 이야기를 하지는 않았지만, 두 문을 여는 일이 드물어졌습니다. 그리고 집 안에 있는 것으로 살림을 해 나가려고 애썼습니다. 물론 생활도 이전보다는 훨씬 어려워졌습니다. 저장품이 날로 줄어들고 갖가지 근심사도 생겨났습니다. 두 사람은 잠도 제대로 자지 못하게 되었습니다. 이렇게 잠을 이루지 못하는 어느 긴 밤이었습니다. 두 사람은 갑자기 발을 질질 끄는 소리와 함께 문을 두드리는 듯한 이상한 소리를 동시에 듣게 되었습니다. 바로 두 문에서 똑같은 거리에 있는 바깥 벽 뒤에서 들려왔습니다. 마치 벽 한가운데 새 문을 만들려고 돌을 깎아내고 있는 것 같은 소리였습니다. 두 사람은 두려움에 떨면서도 별다른 소리를 듣지 못한 듯 행동했습니다. 두 사람은 일부러 이야기를 시작하고, 부자연스러울 만큼 큰 소리로 웃었습니다. 그러다가 지쳐버리면 벽을 깎는 소리도 뚝 멎었습니다. 그 후로 문은 굳게 닫혀버렸습니다. 마치 죄수 같은 생활이었습니다. 두 사람은 병들어 쇠약해지고, 기괴한 환상을 보게 되었습니다. 그 소리가 때때로 되풀이되었습니다. 그럴 때마다 두 사람은 입으로는 웃고 있었지만 마음속으로 불안 때문에 금방 죽을 것만 같았습니다. 그리고 담을 허는 소리가 점점 커지고 명확해지는 것을 알 수 있었습니다. 그러면 두 사람은 한층 더 큰 소리로 말을 하지 않을 수 없고, 점점 힘이 빠지는 허한 소리로 웃지 않을 수 없었습니다."

나는 여기서 입을 다물었다.

"그렇지, 그렇지, 그런 것입니다. 이것이야말로 진짜 이야기지요."

내 곁의 사나이가 말했다. 나는 덧붙여 말했다.

"이것은 어느 낡은 책에서 읽은 이야기입니다. 그런데 그때 아주 이상한 일이 있었습니다. 죽음이 여자의 문 앞에도 나타났다는 대목에 오래되어 퇴색한 잉크로 자그마한 별표가 그려져 있었습니다. 마치 구름 사이에서 내다보듯이 글자 사이에서 얼굴을 내밀고 있었습니다. 저는 그때 순간적으로 만약 이 몇 줄이 없어진다면 그 자리에 별만 가득히 떠오를 것이 분명하다고 생각했습니다. 마치 봄 하늘이 밤늦게 맑아질 때 흔히 볼 수 있듯이 말입니다. 그 뒤에도 그런 하찮은 일은 까맣게 잊어버리고 있었습니다만, 그 책 뒤표지에서, 매끈매끈한 광택지에서 마치 호수에 비치는 듯한 같은 별을 다시 보게 되었습니다. 그리고 그 별표 바로 밑에서 우아한 글씨가 시작되고 있었습니다. 그것은 파랗게 반짝이는 지면에 물결처럼 흐르고 있었습니다.

읽기 어려운 데가 더러 있었지만, 그래도 간신히 전문을 판독할 수 있었습니다. 대충 다음과 같았습니다.

'나는 이 이야기를 몇 번이고 거의 매일같이 읽었습니다. 그래서 간혹 내 자신이 기억을 더듬어서 쓴 것이 아닌가 하는 생각이 들 때도 있습니다. 그러나 나의 경우라면 이 이야기는 앞으로 다음같이 전개될 것입니다.

여자는 죽음을 한 번도 본 적이 없어서 순진하게 죽음을 맞아들였습니다. 그러나 죽음은 약간 성급하게 양심이 없는 것처럼 말했습니다. '이것을 남편에게 주시오.' 여자가 의아스러운 듯이 쳐다보자 죽음은 급히 이렇게 덧붙였습니다. '씨앗이오. 아주 좋은 씨앗이오.' 그러고는 뒤돌아보지 않고 가버렸습니다. 여자는 죽음이 손에 맡기고 간 작은 주머니를 열어보았습니다. 분명히 씨앗 같은 것이 들어 있었습니다. 딱딱하고 보기 흉한 씨앗들이. 그래서 여자는 생각했습니다. 씨앗이란 무슨 미완성인 것, 미래의 것이고, 앞으로 무엇이 될지 모른다. 이처럼 보기 흉한 씨앗을 남편에게 줄 수 없다. 보기에도 선물같이 생기지는 않았다. 차라리 내 손으로 두 사람의 화단에 이것을 심어서 무엇이 자라나는가를 기다려보기로 하자. 그 후에 남편을 데리고 가서 이 식물을 기른 경위를 이야기해도 좋을 것이다. 그래서 여자는 그대로 했습니다. 그래서 두 사람 사이에는 종전과 같은 생활이 계속되었습니다. 남자도 죽음이 자기 문 앞에 서 있었다는 것을 잠시도 잊을 수가 없어서 처음에는 조금 불안했지만, 여전히 싹싹하고 변함없는 아내를 보고 얼마 후에 널찍한 자신의 문을 다시 열어서 많은 생명과 빛을 집안으로 들였습니다. 이듬해 봄이 왔습니다. 화단

한가운데 가느다란 백합 사이에서 작은 관목이 한 그루 자라났습니다. 폭이 좁은 검정 잎은 끝이 약간 뾰족하여 월계수 잎 같았습니다. 그 검정 빛은 독특한 광택을 띠었습니다. 남자는 매일같이 이 식물의 유래를 물어보려고 했지만, 그때마다 그만두었습니다. 같은 생각으로 여자도 하루하루 그 설명을 미루었습니다. 이리하여 한쪽에서는 억제된 질문이, 다른 한쪽에서는 유보된 대답이 두 사람을 이 관목 앞으로 자주 이끌었습니다. 이 관목은 검은빛이 감도는 초록색 때문에 유난히 눈에 띄었습니다. 그다음 해 봄이 왔을 때도 두 사람은 다른 초목과 함께 이 관목을 손질하는 일도 게을리하지 않았습니다. 그러나 쭉쭉 자라나는 꽃들에 둘러싸여서도 이 관목만은 첫해와 마찬가지로 여전히 묵묵하게 햇볕을 외면하고 서 있는 것을 보자 두 사람은 슬픈 생각이 들었습니다. 그때마다 서로가 말은 하지 않지만 내년 봄에는 이 관목을 위하여 전력을 다하리라고 결심하는 것이었습니다. 마침내 기다리던 3년째 봄이 왔습니다. 두 사람은 조용히 손을 맞잡고, 서로가 마음속에 다졌던 일을 다 했습니다. 정원은 온통 황폐되어, 백합도 예년보다는 창백해 보였습니다. 그러나 어느 날, 답답하고 흐린 하룻밤이 지나고 조용히 반짝이는 아침 정원에 두 사람이 내려섰을 때, 그 기괴한 관목의 검고 쭈뼛한 잎 속에서 칙칙한 푸른 꽃 한 송이가 말끔히 얼굴을 내밀었습니다. 봉오리를 싼 외피가 벌써 터질 듯했습니다. 두 사람은 잠자코 나란히 그 앞에 서 있었습니다. 그리고 새삼스럽게 할 말이 없다는 것을 알았습니다. 이제 죽음의 꽃이 핀다고 생각했기 때문입니다.

두 사람은 이 앳된 꽃의 향기를 맡으려고 함께 몸을 굽혔습니다.

그러나 이날 아침부터 세상의 모든 것이 변하고 말았습니다.' 그 낡은 책의 뒤표지에는 이렇게 적혀 있었습니다."

"그것을 누가 썼을까요?"

그 사나이는 대답을 재촉했다. 나는 대답했다.

"글씨로 보아서는 여자입니다. 그러나 그런 것을 따져봐야 별 소용이 없습니다. 글자가 완전히 퇴색되어 있고, 약간 고풍스러웠습니다. 세상을 떠난 지 오래된 것 같습니다."

그 사나이는 깊이 생각에 잠겨 있었다. 그러다가 마침내 고백했다.

"한갓 이야기에 지나지 않는데 무척 감동시키는군요."

"이야기를 자주 듣지 않기 때문입니다."

나는 위로했다.

"그럴까요?"

그는 나에게 손을 내밀었다. 나는 그 손을 힘 있게 잡았다.

"그런데 이 이야기를 다른 사람에게도 들려주고 싶군요. 괜찮을까요?"

나는 고개를 끄덕였다. 그러자 그는 갑자기 생각난 듯이 말했다.

"그런데 저에게는 아무도 없거든요. 대체 누구에게 이야기하면 좋을까요?"

"그것은 간단합니다. 때때로 당신이 일하는 것을 보러 오는 아이들에게 들려주시지요. 그런 좋은 상대가 어디 있겠습니까?"

에발트 트라기

I

에발트 트라기는 아버지와 나란히 그라벤 거리를 걷고 있다. 일요일 오후나, 꽃마차 행렬이 있는 날이라고 알아주기 바란다. 길 가는 사람들의 옷차림으로 계절을 알 수 있다.

9월 초순, 오래 입어서 낡아빠진 여름철 옷이다. 여자들이 입은 옷 가운데는 초여름 옷이 아닌가 여겨지는 것도 적지 않다. 예를 들면 폰 로나이 부인의 유행하는 색깔인 초록 드레스가 그러하다. 방카 부인이 입은 파란, 얇은 비단 드레스도 그렇다. 이런 옷은 손질만 약간 한다면 앞으로 1년은 문제없으리라고 젊은 트라기는 생각한다. 다음에는 젊은 아가씨가 생글거리며 걸어온다. 엷은 복사 빛 크레프드신(두꺼운 비단 이름) 옷을 입었는데, 손에는 클리닝한 낡은 장갑을 끼고 있다. 그녀의 뒤를 따르는 신사들은 모두 휘발유 냄새에 젖어 있다. 트라기는 그 처녀를 경멸한다. 이 모든 사람을 경멸한다. 그러나 그는 옛날식 예법으로 언제나 깍듯이 인사를 한다.

하기야 그것은 아버지가 인사나 답례를 할 경우에 한한 일이다. 젊은 트라기에겐 자기만 아는 친지란 없다. 그래도 그가 모자를 쓰지 않으면 안 될 기회가 점점 많아진다. 아버지는 기품이 있는 존경의 대상이며, 이른바 명사급 인물이다. 보기에 귀족적인 자태를 지니고 있기 때문에 젊은 사관이나 관리들은 그에게 인사할 영광을 얻는 것을 자랑으로 여길 정도다. 그런 때 이 노신사는 다물고 있던 입을 열고 갑자기 "그래"라고 하고, 대범하게 답례를 한다. 큰 소리로 말하는 이 '그래'는 나란히 걸어가는 아들에게 말한 듯한 인상을 주며, 늙은 감사관과 그의 아들이 꽃마차 행렬로 붐비는 일요일의 길거리에서 뭔가 중대한 이야기를 주고받다가 좀처럼 없는 의견의 일치가 두 사람 사이에 성립됐다는 식의 오해를 행인들에게 퍼뜨리는 역할을 한다. 그러나 두 사람 사이에 오간 말은 실은 이런 것이다…….

'그래' 하는 것은 상대편의 공손한 인사에 깃들어 있는 '저는 예의 바르지요?'라는 모범적인 물음에 대하여, 말하자면 상을 내리는 것이다. 신통치 않으나 너그럽게 보아주지, 하는 뜻이다.

그런데 가끔 아들은 이 '그래'를 잡고 "지금 그 사람 누군가요, 아버지"란 물음을 재빨리 건다. 그러면 이 가련한 '그래'는 질문과 함께 뒤에 처지고 만다. 기관차가 객차 네 량을 달고 잘못된 궤도에 진입한 것처럼 더는 나아갈 수도, 물러갈 수도 없게 되는 것이다.

폰 트라기 씨는 방금 한 인사를 황급히 뒤돌아보지만, 조금 전 그 상대가 누구였는지 통 생각이 안 난다. 그래도 그는 두어 걸음 걷는 동안에 생각을 한다. 그러나 결국 안 떠오르자 "그렇군……" 하고 입 속으로 중얼거린다.

때로는 덧붙여서 말하기도 한다.

"모자에 먼지가 묻어 있다."

"그렇습니까." 젊은이는 공손히 받아들인다.

그래서 두 사람은 순간적으로 슬퍼진다.

열 걸음쯤 걷는 동안 먼지 묻은 모자의 일이 이상하게 팽창해버린 다. '모두가 이쪽을 보고 있다. 꼴불견이야' 하고 늙은 트라기는 생각 한다. 아들 트라기는 그 불쌍한 모자가 어떤 꼴을 하고 있는지, 어디에 먼지가 묻어 있는지 생각해내려고 애쓴다. 차양 쪽이군, 하고 그 는 알아맞힌다. '이제는 별수 없지. 솔이라도 있었으면' 하고 생각한 다. 그때 갑자기 그의 눈앞에 모자가 나타난다. 그는 깜짝 놀란다. 폰 트라기 씨가 아무렇게나 아들 머리에서 모자를 벗겨 들었기 때문이 다. 그는 빨간 장갑을 낀 손으로 정성껏 먼지를 터는 흉내를 낸다. 에 발트는 잠시 맨 머리로 그 모양을 지켜본다. 그리고 그는 치욕으로 더럽혀진 모자를 노인의 두 손에서 거세게 낚아챈다. 난폭한 손길로 그 펠트 모자의 접힌 데를 고친다. 머리카락에 불이 붙은 느낌이다. "하지만 아버지" 하고 부르고는 이렇게 말하려고 한다. '저는 열여덟 살이 됐어요, 그런데 제 머리에서 모자를 벗기시다니…… 더욱이 일 요일 한낮, 수많은 사람들 속에서.'

그러나 그는 한마디도 입 밖에 내지 않고, 말을 겨우 눌러버린다. 굴욕을 당한 그는 억눌려서, 치수가 안 맞는 옷을 입고 있는 것처럼 갑갑하다.

 늙은 감사관은 별안간 아들 곁을 떠나, 한길 맞은편으로 가서 경직된 위엄을 과시하며 걷기 시작한다. 그에게는 이제 아들도 남이다. 두 사람 사이에는 일요일의 인파가 흘러가고 있다. 하지만 그 많은 사람들 가운데 저 두 사람이 부자간임을 아는 자는 하나도 없다. 두 사람을 이처럼 멀리 떼어놓은 그 무정한 우연사(偶然事)를 유감으로 생각한다. 충분한 관심과 이해를 가졌으면서도 사람들은 서로 피하고, 이윽고 부자가 다시 나란히 서서 걷는 것을 보고는 겨우 안심한다. 사람들은 기회 있을 때마다 두 사람의 걸음걸이나 몸짓에 공통점이 점점 늘어가는 것을 보고 기뻐한다. 지난날 트라기는 집을 떠나 군사학교에서 교육을 받았다고 한다. 그런데 어느 날, 그는 학교에서 돌아오고 말았다. 그 까닭은 아무도 모른다. 어쨌든 몹시도 성격에 안 맞았던 모양이다. 조금 전에 늙은 감사관에게 예의 '그래'를 받은, 마음씨가 착해 보이는 노신사가 말한다. "보십시오, 머리를 왼쪽으로 조금 갸웃한 것이…… 아버지를 꼭 닮지 않았나."

 그렇게 말하는 노신사의 얼굴은 발견에 만족해서 빛난다.

 중년 부인들도 젊은 트라기에 관심을 갖고 있다. 그녀들은 지나가는 길에 잠시 시선의 넓은 접시에 그를 얹어놓고 재보곤 한다. 그녀들의 판단은 이렇다. 아버지 쪽은 미남자다. 지금도 그렇다. 에발트는 그렇지 못해. 될 턱이 없어. 도대체 누구를 닮은 것일까. 아마 엄마를 닮은 모양이지(그 사람은 지금 어디에 숨어 있는지 모르지만). 그러나 에발트는 좋은 춤 상대가 되기에는 알맞은 체격을 하고 있군. 역시 그런 생각을 하고 있던 중년 부인이 장미색 옷을 입은 딸에게 말한다. "엘리, 트라기에게도 인사했니?"

그러나 결국 그것도 쓸데없는 일이다. 늙은 트라기를 기쁘게 해주려던 엘리 어머니의 현명한 성의도. 왜냐하면 꽃마차 행렬의 사람들이 인기척이 뜸한 좁은 혜렌 가(街)로 꼬부라지자, 젊은 트라기가 한숨을 쉬면서 말하는 것이다.

"마지막 일요일이야" 라고.

그는 보라는 듯이 한숨을 쉰다. 그래도 늙은 트라기는 그에 응하려고 하지 않는다. 이렇게 과묵하다니, 하고 에발트는 생각한다. 마치 사면팔방이 꽉꽉 막혀버린 정신병원 병실 같군.

이렇게 그들은 독일 극장까지 걸어간다.

그곳에 이르자 아버지 트라기가 갑자기 반문한다. "뭐야?"

아들 트라기는 참을성 있게 되풀이한다.

"마지막 일요일입니다."

"그래." 감사관은 짧게 대답한다. "타이르는 말을 안 듣는 녀석에게 말이지……."

잠시 사이를 두고 덧붙인다.

"날개를 태워 없애러 가는 게 좋아. 그래야만 너는 제 발로 선다는 것이 어떤 건지 알게 돼. 좋아, 여러 가지 경험을 쌓도록 해. 나는 반대하지 않을 테니까."

"하지만 아버지." 젊은 트라기는 약간 격한 어조로 말한다.

"이 일에 대해서는 이미 충분히 의견을 나누지 않았습니까."

"그러나 대체 네가 무엇을 바라는지 나는 아직 모른다. 여하튼 그런 식으로 정처 없이 떠나가는 게 아냐. 도대체 네가 뮌헨에 가서 뭘 하려는 거냐?"

"일입니다." 에발트는 지체 없이 대답한다.

"그래, 그 말은 마치 여기서는 아무 일도 못 한다는 것과 같지 않은가."

"여기서라뇨." 젊은 에발트는 싸늘하게 웃는다.

폰 트라기 씨도 아주 침착하다. "이 도시에 뭐가 부족하다는 거냐? 네 집이 있고, 먹을 것도 넉넉하고, 모두 너에게 잘해주려고 하지 않니. 게다가 여기서는 체면도 통한다. 세상 사람들과 제대로 교제하기만 하면 언젠가는 이 도시의 일류 가정에도 출입할 수 있게 될 텐데."

"언제나 세상, 세상. 마치 세상 말고는 아무것도 없는 것처럼." 아들은 다소 비웃는 말투로 계속한다. "전 세상 따위는 아무래도 좋습니다."(이렇게 뽐내지만, 사실 그는 아까 그 모자 건을 생각해내고, 자기가 거짓말하고 있음을 느낀다.) 그러므로 그는 다시 한 번 강조해서 말한다.

"저 같은 사람이 마음에 들까요, 세상 사람들이? 대관절 세상이 뭡니까……?"

늙은 트라기는 우스워진다. 노인의 점잖은 얼굴에 어딘지 모르게 아주 독특한 미소가 떠오른다. 그 장소는 입수염 밑 입술 근처인 것도 같고, 눈언저리 같기도 하다. 그 미소는 금세 사라지고 만다. 그러나 열여덟 살의 트라기는 그것을 잊을 수 없다. 그는 몹시 열없어서 그것을 감추기 위해 큰소리만 늘어놓는다. 결국 그는 허공에 손으로 조급하게 선을 그으며 말한다.

"도대체 아버지는 두 가지 일밖에 모르시는 모양이군요. 세상 사람과 돈, 만사가 이 두 가지를 중심으로 움직이고 있으니까요. 세상

180

사람 앞에서는 납작 엎드리는 것이 수단, 엎드려서 돈을 긁어내는 것이 목적, 그렇죠?"

"너도 언젠가는 그 두 가지가 필요해질 게다." 노신사는 참을성 있게 말한다. "돈을 가졌을 때는 누구든 엎드리진 않아."

"돈 같은 건 가진 게 없어도……."

젊은 트라기는 무심히 꺼냈다가 약간 당황한다.

"가진 게 없어도라니…… 무슨 말을 하는 거야."

아버지는 말하고 나서 대답을 기다린다.

"아뇨." 아들은 모르는 체하고 더 말하지 않는다. 처음부터 고쳐 말하는 것이 나으리라고 그는 생각하는 것이다. 그러나 아버지는 기다리고 있다. 마침내 진력이 나서 아버지는 그 대목에 스스로 가차 없는 결론을 내린다.

"돈이 없으면 룸펜이 되어, 이 명예스런 양가(良家)의 이름에 먹칠을 하게 된단 말이다."

"아버지들은 머리가 낡았어요……."

아들은 완전히 화를 낸다.

"우리는 시체 사람들이 아니니까" 하고 노인은 말한다. "이 이야기는 이 정도로 해두자."

"네, 정말 그렇군요." 아들 트라기는 개가를 올린다. "아버지는 어느 시대 분이죠, 무척 옛날이시죠? 바짝 말라 먼지투성이시군요……완전히."

"지껄이지 마!" 감사관은 명령조로 외친다. 사관 출신이란 그의 바탕이 금세 드러난다.

"제게도 권리는 있습니다."

"닥쳐!"

"제가 말해도 될까요?"

"말해봐." 폰 트라기 씨는 비웃듯이 말한다. 이 짧은 경멸적인 '말해봐'는 마치 안면에 가한 일격과 같다. 늙은 트라기는 경직된 엄격한 걸음걸이로 한길 저쪽으로 건너간다. 행인들이 완전히 자취를 감추었으므로 두 사람은 쉽사리 다가서지 않는다. 햇살이 잘 쬐는 무더운 전찻길이 두 사람 사이에서 점점 벌어지는 것 같다. 두 사람이 닮은 데라곤 이제 전혀 없는 것처럼 보인다. 노신사의 걸음걸이나 몸짓에는 항상 나무랄 데라곤 없다. 그의 장화는 유난히 번쩍거린다. 한길 저쪽에서 걷고 있는 젊은이에게도 변화가 보인다. 그의 몸에 걸친 것은 모두 주름지거나 펄럭이거나 한다. 숯이 되어가는 종이처럼, 양복에는 갑자기 숱한 주름이 생긴다. 넥타이는 부풀어 오르고 모자의 차양은 넓어져가는 듯하다. 간소한 유행의 오버코트를 레인코트처럼 몸에 꼭 붙게 입고, 폭풍 속을 걸어가듯이 앞으로 나아간다. 투쟁적인 그의 걸음 그 모습은 '1848년'이라든가 '혁명가'라는 제목이 붙은 낡은 석판화를 연상시킨다.

그래도 그는 가끔 조심스럽게 길 건너편으로 눈길을 보낸다. 그곳에는 늙은이가 끝없이 황폐한 보도를 홀로 버림받은 채 걷고 있다. 그것을 본 그는 불안한 기분이 된다. 저 사람은 외톨이로군, 하고 그는 생각한다. 만일 아버지에게 무슨 일이 일어난다면……. 그의 눈은 이제 아버지에게서 떨어지지 않는다. 뒤를 좇아 시선을 집중했기 때문에 짜릿한 아픔을 느낀다.

마침내 이 두 사람은 같은 집 앞에서 나란히 멈춘다.

문으로 들어서려 할 때 에발트는 "아버지!" 하고 간청하듯이 부르고, 잠시 멈추었다가 빠른 말로 계속한다. "깃을 세우지 않으면 안 됩니다, 아버지…… 계단은 매우 추우니까요."

조심스런 말투가 마지막에는 묻는 듯한 어조가 된다. 의문문으로 할 생각은 없었는데.

아버지는 그 말에는 대답하지 않고 도리어 명령을 내린다.

"넥타이를 고쳐."

"네." 에발트는 의례적으로 대답하고 넥타이를 매만진다.

그러고 나서 두 사람은 계단을 올라간다. 위생적 관점에서 말하면 대단히 좋은, 신중한 걸음걸이로.

2층의 오른쪽은 폰 발바하 부인의 거실이다. 카롤리네 백모님이라고 불리는 사람인데, 일요일마다 친족들이 이 부인의 거실에 모여서 회식을 한다. 시간은 한 시 반이다.

트라기 부자는 시간에 맞춰 도착한다. 그런데도 이미 전원이 모여 있다. 모든 사람이 알고 있듯 '시간 엄수'란 보증서가 동나서 점점 비싸지는 경향 때문일 것이다.

에발트는 대기실 거울 앞에서 잠시 걸음을 멈춘다. '마지막 일요일'이란 표정을 갖추고 아버지의 뒤를 따라 노란색 넓은 방으로 들어간다.

"오오……."

좌중의 손님들은 남보다 먼저 놀라는 빛을 보이려고 하기 때문에 어울리지 않는 소란이 일어난다. 트라기 부자의 등장은 이같이 작은 사건으로 간주되는데, 그것은 괜찮은 일이다.

사람은 어떤 방법으로든 인생을 풍요롭게 하는 일을 터득하지 않으면 안 된다. 과장된 인사가 교환된다. 식자공(植字工)이 일하듯, 에발트는 각양각색의 부인들과 악수하며 각 사람에 맞는 인사의 말을 오식(誤植)이 없도록 꽂아 나간다.

오늘의 에발트는 '마지막 일요일'이란 얼굴로 멋진 인사를 한다. 늙은 트라기가 겨우 누이동생인 요한나가 있는 데로 왔을 때, 청년 트라기는 숙모 셋과 사촌 자매 네 명, 그리고 작은 에곤 군과 '아가씨' 하고 인사를 마치고도 피로한 기색이 보이지 않는다.

늙은 트라기 씨도 겨우 종착역인 제자리에 앉는다. 모두가 마주보고 앉았는데, 배들이 고프다. 네 사람의 사촌 자매는 뭔가 말을 해야 한다고 느낀다. 그녀들은 다양하게 화제를 전개시킨다. 예컨대 청우계라든가 창가에 놓인 진달래꽃, 긴 의자 위쪽에 걸린 동메달 따위에 대해서 하나하나 설명을 붙인다. 그러나 이것들은 모두 뜻밖으로 미끈미끈해서, 말은 배부른 거머리처럼 그 대상물에서 떨어지고 만다. 침묵이 스며든다. 길에 연결된 빛바랜 실처럼 침묵이 손님들 주위에 휘감긴다. 친족 여자 중에서도 가장 연장자인 엘레오노레 리히터 소령 부인은 무릎에 올려놓은 굳어진 손가락을 가만히 움직거린다. 마치 한없이 지루한 이 시간을 정중히 실패에 감기나 하려는 듯이. 이것으로도 그녀가 여자들이 놀고 지낼 수 없었던 저 탁월한 시대에 태어났다는 것을 알 수 있다.

그러나 이 소령 미망인이 '젊다'고 부르는 세대의 사람들도, 이때 결코 무위무책으로 멍청히 있었던 것은 아니다. 네 사람의 아가씨는 거의 동시에 "로라는?" 하고 말한다.

그 예쁜 목소리의 울림을 선물처럼 느끼고 일동은 저절로 미소를 띤다. 이 집의 여주인 카롤리네 백모가 대화의 테이프를 끊는다. "개는 뭐라고 말하지?"

"멍멍!" 네 아가씨가 개 짖는 소리를 흉내 낸다.

작은 에곤 군이 어느 구석에선가 기어 나와서 열심히 이 대화에 끼어든다.

그러나 여주인이 개는 이 정도로 끝낼 생각인지 다른 문제를 꺼낸다. "그럼 고양이는?"

그러자 모두 일제히 고양이 우는 소리를 내 보인다. 나아가서 닭이나 염소, 소 따위의 울음소리도 질러댄다. 모두 제각기 역할이나 기호에 따라서. 가장 풍부한 능력을 보인 것은 누구일까. 그것을 말하기는 어렵다. 혀 꼬부라진 소리나 끙끙대는 소리, 매끄러운 소리 따위가 뒤섞여 있는데 이 모두를 제압하고 소령 미망인이 고래고래 지르는 목소리가 쩽쩽 울리고 있다. 이럴 때 그녀는 정말로 젊어지는 것이다.

"아주머니가 거위 우는 소리를 내고 있어."

누군가가 경의를 곁들여 말한다.

그러나 모두 언제까지나 똑같은 짓만 하고 있는 것은 아니다. 실로 다양한 가능성에 홀려서, 모두가 하는 짓은 점점 대담해진다. 음절을 기묘하게 연결해 그 속에서 각기 독특한 개성을 유감없이 발휘해간다. 그러나 이처럼 각자의 개성을 송두리째 드러내면서도, 이 다양한 목소리 속에 미묘하게도 같은 혈족다운 유사성이 깃들어 있다는 사실을 지적하는 것은 정말 감동적인 일이다. 그것은 모두의 심중에 있는 공통된 기조음(基調音)이고, 그것을 느낄 수 있어야만 스스럼없는 참다운 기쁨이 생겨나는 것이다.

별안간 노란 창살 저쪽에서 회색이 섞인 초록색 앵무새가 몸을 움직이기 시작한다. 수심에 잠긴 듯 말없이 고개를 숙인 모양은 품위 있는 수궁의 몸짓으로 보인다. 모두가 그것을 느끼고는 점점 말소리를 낮추어 감사의 미소를 지어 보인다.

앵무새 로라는 유대인 음악 선생 같은 표정을 짓고 있다.

그리고 자신의 학생들에게 두어 번 머리를 숙인다. 일의 내력은 이러하다. 로라가 한 식구로 끼어든 이래 가족들은 모두 이제까지 꿈에도 생각지 않던 여운(餘韻)에 넘친 말들을 많이 외게 되었고, 말의 가짓수도 상당히 늘었다. 앵무새가 가만히 칭찬해주거나 하면, 이 사정이 한 사람 한 사람의 뇌리에 되살아나서 모두 코가 높아지고 기뻐진다. 이리하여 대단히 기분이 좋아져서 식탁에 앉게 되는 것이다.

일요일마다 회식 때는 셋째 아주머니인 아우구스테 양이 미소 지으며 정해놓고 이런 말을 한다.

"먹는다는 것도 하찮은 일이 아니군요." 습관상 그 말에 누군가가 나서서 인정해주지 않으면 안 된다. "그럼, 나쁘지 않고말고요" 하는 식으로.

이것은 보통 두 번째 접시가 나온 다음에 일어나는 일이다. 그래서 에발트는 세 번째 접시 다음에 뭐가 있고 네 번째 접시 뒤에 무슨 일이 있는지 다 알고 있다. 접시를 날라 오는 동안에는 아무도 입을 열지 않는다. 첫째는 고용인들 앞이라 삼가기 때문이고, 둘째는 모두 자기 접시를 상대하기에 바쁘기 때문이다. 고작해야 질문을 받았을 때 말고는 말을 못 하게 되어 있는 작은 에곤에게 배불리 먹었냐는 둥 음식을 잘 씹어 먹어야 한다는 둥 자상한 배려를 보이고, 그가 먹는 것을 방해하는 정도이다. 제일 작은 에곤은 제일 먼저 배가 불러오기 때문에 이제 그만이라고 생각하기 시작하며, 점점 얼굴이 달아오르는 '아가씨'를 보고는 자기와 같은 생각을 하고 있노라고 남몰래 생각한다. 다른 사람들은 그렇게 얌전하지 않다. 모두 제 접시에 음식이 배분되면 나직이 신음 소리를 올린다. 하녀가 달콤한 크림을 들고 들어오면 모두 고민스럽게 큰 한숨을 내쉰다. 얼음으로 차게 식힌 것이 있었으면, 하고 줄곧 생각한다. 누가 그 욕망을 극복할 수 있으리오. 늙은 감사관은 '나중에 소다수를 주면 좋겠다……'고 생각한다. 아우구스테 양은 카롤리네 쪽을 돌아보고 말한다. "여기 위장약 있을까, 카롤리네?" 장난기 어린 미소를 띠고 발바하 부인은 작은 책상을 끌어당긴다. 그 위에는 많은 상자와 깡통, 묘한 형태의 병 따위가 마련되어 있다. 모두가 미소를 보이고, 약방 냄새가 나기 시작한다. 그러고 나서 다시 한 번 크림이 돌아간다.

별안간 생각지도 않았던 간섭이 일어난다. 제일 나이 많은 아주머니가 일어나서, 할머니 같은 표정을 짓고 나무라듯 말한다. "에발트, 너는?"

에발트는 크림을 안 받았던 것이다.

'너는?' 하고 좌중의 눈이 일제히 묻고 있다. 여주인은 이렇게 생각한다. '언제나 이 아이만이 여느 사람과 다르단 말이야. 우리는 내일 기분이 쓸쓸해질 텐데, 이 아이는 과연 어떨까? 이래도 좋을까……'

"그만 됐어요." 젊은이는 퉁명스럽게 말한다. 그리고 접시를 약간 저쪽으로 밀어낸다. 제발 이것은 이 정도로 해주세요, 부탁입니다, 하는 뜻 같다.

그러나 누구도 그 뜻을 모른다. 모두 이야깃거리가 생겨서 기뻐하며, 에발트의 몽매함을 개발해주려고 애쓴다.

"넌 맛있는 음식을 모르고 있어……."

하고 누군가가 말한다.

"괜찮아요."

다음에는 사촌 자매 넷이 일제히 숟갈을 내민다.

"시험 삼아 먹어봐요."

"괜찮다니까." 에발트는 거듭 거절해서 이들 네 명의 젊은 아가씨를 비참하게 만든다. 분위기가 이상해진다. 거기에 아우구스테 아주머니가 옛일을 인용해서 그 자리를 돕는다.

"할머니가 늘 말씀하셨지, '무엇을 먹느냐'가 아니라 '어떻게 참느냐'라고."

"그렇지 않다고." 카롤리네 아주머니가 정정한다. "참는 것, 사람이……."

그러나 이것도 잘 들어맞지 않는다.

네 명의 사촌 자매는 어찌해야 좋을지 난처해한다.

폰 트라기 씨가 아들에게 고갯짓을 해 보인다. '자, 좋은 점을 보여서 모두를 감동시켜보아라. 자, 해봐.'

아들 트라기는 잠자코 있다. 모두가 그의 도움을 구하고 있다는 것은 안다. 오늘은 마지막 일요일이니까. 마침내 그는 결심한다.

"먹고 싶은 것은 먹고, 참을 수 있는 것은 참는 일." 그는 경멸감을 곁들여서 내뱉듯이 말한다.

찬탄하는 소리가 대단하다. 모두 이 말을 차례대로 받들고, 바라보고, 값어치를 달아본다. 좀 더 잘 소화시키려고 입속에 넣어본다. 수없이 반복해서 이 말이 좌중을 한 바퀴 돌아 에발트에게로 왔을 때는 주위가 벌써 어두워져 있다.

위황병(萎黃病)〔철 결핍 빈혈증〕을 앓는 프랑스 처녀인 '아가씨'는 발음 연습인 줄 알았는지, 작은 에곤 군 쪽으로 몸을 굽히고 반복한다. "먹고 싶은 것, 먹고……." 잠깐 사이에 에발트는 일족의 중심인물이 된다. 언제나 쓸 수 있는 그의 기억력에 모두 감탄한다. 그러나 그것도 카롤리네 아주머니가 입술을 비쭉거리며 비꼬는 듯한 말투로 이렇게 말할 때까지다.

"흥, 저 정도로 젊다면 뭐……."

맞았어요, 하고 네 명의 사촌 누이들도 생각한다. 저 정도로 젊다면…….

작은 에곤 군의 파리한 얼굴에까지 비웃는 빛이 떠오른다.

'저 정도로 젊다면…….' 거기서 열여덟 살 난 젊은이는 느낀다.

그렇게 기쁘다면 멋대로 나를 젊게 하라지. 가까운 시일 안에 내가 태어날 것을 기대하고 있어보라지.

어쩌면 그는 대단히 기분을 잡친다. 아우구스테 아주머니가 먹다가 중단하고 자기 이빨에 대해, 그것이 단단하던 때와 못쓰게 되어 흔들리는 말로에 대해 이야기하자, 에발트는 절호의 기회가 왔음을 알고 아주머니의 딱 벌린 입속에 이런 문구를 던져 넣는다.

"제 생각으로는 식사 중에 그런 말을……." 이렇게 말하고 그는 좌중의 대답을 기대한다. '쓸데없는 소리 하지 마. 싫으면 네가 나가면 되잖니' 하는 식의 말을. 그러나 모두 상처를 입었으면서도 입을 다문 채로 있다.

그 뒤에 '캉트낙'으로 건배하는 순서가 온다. 젊은 에발트는 누군가가 유리잔을 들고, '자, 그럼, 에발트……'라고 해주리라 기대하고 있다. 그런데 순서에 따라 건배를 했건만, '그럼, 자, 에발트……' 하고 허두(虛頭)를 꺼내는 자는 아무도 없다.

그로부터 긴 휴식 시간이 된다. 에발트가 이것저것 불안한 생각을 하고 있을 때다. 그는 갑자기 무관심이나 악의에 넘치는 좌중의 눈길이 자신에게 쏟아지고 있음을 느낀다. 그래서 겁먹은 태도로 그 눈길을 털어내려고 애쓴다.

그러나 그런 태도를 보일수록 눈에 보이지 않는 그 눈길의 그물은 점점 엉겨 붙는다. 처음에는 화를 냈으나 다음번에는 절망에 사로잡혀 그의 생각은 한곳에서 빙글빙글 맴돌 뿐이다. 즉 불쾌하고 초조한 생각을 통해서 그는 거듭 다음 같은 생각을 하기에 이른다. 누군가가 당치도 않은 무서운 말을 내게 던질 것이다. 무례한 말로 너의 두 눈을 멀게 하고, 아냐, 뽑아낼지도 모른다. 그러나 그것은 바라는 바이기도 하다. 이 두 눈 덕분에 너는 안이와 타성에 젖은 일상생활에 함몰되어 있다. 마치 도둑을 부모로 가진 아이가 양친이 하는 일을 경멸하면서도 점점 도둑질을 배우듯이.

이런 생각을 하고 있는데, 아우구스테 아주머니가 철없이 말한다. "저기 계신 젊은 양반은 우리가 하는 말이 못마땅하신 모양인데, 자기도 저 좋을 대로 지껄여보시지. 그렇게 하면 다른 사람도 기분이 풀릴 텐데…… 자, 에발트, 너도 꽤 여러 곳을 돌아다니고 있잖니?"

에발트는 그 말을 거의 듣지 않고 있다. 그는 얼굴을 들고 슬픈 듯이 미소 짓는다. '아, 네, 저는……'

네 명의 사촌 자매가 "너덧 주일 전에 당신은 무슨 이야기를 시작했잖아요?" 하고 그가 생각해내기를 바라며 말한다. 그러나 그 소리가 에발트의 귀에는 먼 데서 들려오는 것 같다. 그래서 그는 황급히 그것이 어떤 이야기였는지 생각해내려고 한다. 그는 조심스럽게 묻는다. "무슨 이야기였지?"

네 사촌 자매도 생각에 잠긴다.

그사이에 여주인 카롤리네 아주머니가 에발트에게 묻는다. "아직도 시를 쓰니?"

에발트는 창백해진다. 그래서 사촌 자매들을 향해서 말한다. "그럼 누이들도 기억하지 못하나?"

한편에서는 소령 미망인의 깜짝 놀란 듯한 목소리가 들려온다. "뭐라고요, 에발트가 시를 쓴다고요?" 그녀는 고개를 흔들며 계속한다. "이런 세상에……."

그러나 그런 일은 아랑곳없다는 듯이 그는 너덧 주일 전에 말하기 시작했다는 이야기를 생각해내려고 한다. 그러다가 어떤 계기로 오늘이 마지막 일요일이라는 이야기가 나올지도 모른다고 그는 생각한다. 그러면 모두 크게 한숨을 내쉴 것이다. 갑자기 발바하 부인이 그의 생각을 가로막으며 입을 연다.

"시인은 언제나 흐리멍덩해 있거든. 이제 그만 넓은 방으로 가는 게 좋을 것 같은데요." 그리고 에발트에게 말한다. "그 이야기는 다음 일요일에 듣기로 합시다. 괜찮겠죠?"

그녀는 재치에 넘친 미소를 짓고 일어선다. 청년은 자기가 판결을 받은 죄수 같다고 느낀다. 언제나 다음 일요일인 것이다. 그러니까 무슨 말을 하더라도 쓸데없다.

"허탕이야." 그는 신음하듯이 중얼거린다.

그러나 그 말은 누구의 귀에도 들어가지 않는다. 모두가 의자를 뒤로 밀고 기지개를 켜면서, 기름이 낀 만족스런 목소리로 이야기를 주고받는다. "잘 먹었습니다." 그 목소리는 포장이 잘못된 도로를 차가 달리듯이 딸꾹질에 차단되며 나온다. 손에 땀을 쥐고 모두 넓은 방으로 돌아간다. 넓은 방은 여전하다. 다만 이번에는 모두가 흩어져서 앉는다. 그러므로 식사 때 같은 가족적인 유대 의식은 다분히 엷어진다.

소령 미망인은 피아노 앞을 오락가락하며 경련하는 손가락을 딱딱 꺾어 보인다. 여주인이 말한다. "아주머니는 악보를 보지 않고도 뭐든지 칠 수 있단다, 놀랐지."

"정말?" 아우구스테 아주머니는 깜짝 놀란다. "악보를 외우고 있어요?"

"외고 계시대요." 네 사촌 자매도 보증한다. 그래서 소령 부인에게 "제발 좀 들려주세요" 하고 졸라댄다.

미망인은 오랫동안 요청을 받은 뒤에 아량을 베풀듯 묻는다. "어떤 곡을 칠까요?"

"마스카니!" 하고 네 명의 사촌 자매가 춤추듯이 말한다.

마침 그때는 마스카니가 인기 작곡가였기 때문이다.

"좋아요." 엘레오노레 리히터 부인은 이렇게 말하고 건반을 시험해본다. "카발레리아?"

"네." 몇 사람이 대답한다.

"좋았어." 노부인은 고개를 끄덕이며 생각에 잠긴다.

"백모님은 악보 없이도 뭐든지 연주하실 수 있다면서요……." 아우구스테 아주머니가 말한다. 그녀는 어느새 잠이 들었던 모양이다. 누군가가 깊이 한숨을 내쉬면서 덧붙인다. "정말 놀랐어……."

"그렇군요……" 하고 소령 부인은 망설이다가 다시 건반을 시험하면서 말한다.

"누가 휘파람으로 멜로디를 불러줘야겠는데."

감사관 나리가 휘파람을 분다. "이렇게 나는 유머를 찾네……." 오페라 〈미카도〉의 1절이다.

"맞았어요." 백모가 미소를 짓는다. "카발레리아예요" 하고 처녀 시절이 되돌아온 것처럼 웃는다.

이리하여 그녀가 치기 시작한 것은 〈미카도〉이다. 그러나 다음번에 친 〈거지학생〉과 〈코르네빌의 종(鐘)〉은 그 실수를 보상하고도 남음이 있을 만큼 멋진 솜씨다.

다른 사람들은 이것을 고마워하면서 꾸벅꾸벅 졸기 시작한다. 끝내는 소령 부인까지도 졸음에 물든다.

에발트는 참을 수가 없다. 그는 무슨 수를 내서라도 말해야 할 것 같은 기분이 된다. 마치 〈코르네빌의 종〉 결말에 붙은 대사이기나 하듯 그는 말한다. "마지막 일요일이야."

아무도 그것을 듣지 못한다. 단 한 사람, 잔 양 말고는.

그녀는 소리 내지 않고 두꺼운 융단 위를 걸어가서 이 젊은이와 마주 보며 창가에 앉는다.

　　두 사람은 잠시 서로 바라본다.

　　프랑스 처녀가 낮은 목소리로 묻는다. "당신은 떠나시나요?"

　　"네." 에발트는 독일말로 대답한다. "저는 여행을 떠납니다, 아가씨……. 먼 곳으로." 그는 마지막 말을 길게 늘여서 발음하고는, 자신의 말이 가진 진폭도 괜찮구나 생각한다. 그는 잔과 이야기하는 것이 처음이기에 깜짝 놀란다. 그는 갑자기, 그녀가 여느 사람들이 생각하고 있는 것처럼 단순한 '아가씨'가 아님을 느낀다. 그리고 자기가 이제까지 그 사실을 모르고 있었다는 것을 기묘하게 여긴다. 그녀는 모든 사람이 인사를 드리지 않으면 안 될 그런 여성이며, 더욱이 외국 여자다. 그는 조용히 객관적인 태도를 보이고 있으나 그의 내부에 있는 무언가가 이 외국 여성 앞에서 고개를 숙이도록 만든다. 낮게, 너무 낮게 과장해서 숙이기 때문에 그녀는 마침내 웃지 않을 수 없다. 그것은 우아한 미소다. 예쁘게 생긴 입술 주위에 바로크풍의 나선을 그리며 퍼지지만, 금세라도 울 듯한 슬픔을 띤 그늘 짙은 눈까지도 결코 이르지 않는다. 왠지 모르게 미소가 떠오르는 일도 있다고, 트라기는 한 가지 배운다. 아가씨보다 그가 연하인 것이다.

　　그 뒤에 곧 그는 그녀를 기쁘게 할 수 있는 감사의 말을 하고 싶어진다. 뭔가 두 사람에게 공통되는 일을 그녀로 하여금 생각나게 하지 않으면 안 될 것 같은 생각이 든다. 예컨대 '어제는 매우'라고만 말하고 나서 서로 이해하는 듯한 표정을 짓는 일이. 그러나 이 세상에 그들 두 사람에게 공통되는 것이란 아무것도 없다. 곤혹스러워하는 그에게 그녀는 딱딱한 독일어로 묻는다.

"왜 여행을 떠나시려는 거죠?"

에발트는 무릎 위에 팔꿈치를 세우고 두 손을 오목하게 만들어 턱을 괸다.

"당신도 집을 나오지 않았소" 하고 그는 응한다.

잔은 여유를 주지 않고 나무라듯이 말한다.

"향수병에 걸릴 거예요."

"나는 동경을 지니고 있습니다" 하고 에발트는 고백한다. 이리하여 두 사람의 대화는 잠시 엇갈린다.

이윽고 둘의 이야기는 원점으로 거슬러 올라가 마주 서게 된다. 잔은 나직한 목소리로 털어놓는다.

"전 집을 나오지 않으면 안 되었어요. 집에는 형제들이 여덟 명이나 있는걸요. 아시겠죠……. 하지만 처음에는 무척 겁이 났어요. 물론…… 여기 계신 분들은 모두 좋은 사람들뿐이에요." 그녀는 최후의 말을 불안스레 덧붙인다. 그리고 이번에는 에발트의 고백을 요구한다. "당신은?"

"나?" 젊은이는 멍청히 생각에 잠겨 있다. "나? 아니, 나는 집에서 놔주지를 않아요, 정반대죠. 당신도 알다시피 여기 있는 사람들은 모두, 내게는 오늘이 마지막 일요일이라는 것을 알고 있습니다. 그런데도 마지막 일요일답게 대해주는 사람이 하나도 없어요. 그래도……. 당신은 왜 웃고 있죠?" 그는 중간에 말을 멈춘다.

아가씨는 잠시 주저하다가 반문한다.

"당신은 시인이신가요?"

그리고 그녀는 안색을 붉히며 어린애처럼 겁에 질린다.

"그것은 저……" 하고 그는 설명하려 든다.

"나 자신은 몰라요. 하지만 언젠가는 뚜렷이 규명해야 할 거라고 생각합니다. 시인인가, 시인이 아닌가. 여기서는 그것이 확실해지지 않아요. 여기서는 자기를 떠날 수가 없습니다. 안식이 없고, 사방이 꽉 막혀서 넓은 시야도 가질 수 없어요. 이해하시겠습니까, 아가씨."

"네." 아가씨는 고개를 끄덕인다. "하지만…… 전 생각해요, 당신 아버님도 틀림없이 기뻐해주시리라고. 그리고 당신의……."

"어머니, 라고 당신은 말하고 싶겠지요. 그래요, 모두 그런 식으로 말해줍니다. 아시는지 모르나, 우리 어머니는 앓아누워 계시지요. 아마 당신도 들으셨을 거예요. 여기서는 모두 어머니의 이름을 대는 걸 피하고 있지만, 어머니는 아버지 곁에서 도망치셨어요. 어머니는 지금 여행 중입니다. 지니신 거라곤 도중에 필요한 것뿐이지요. 사랑에 대해서도 그래요. …… 나는 오랫동안 어머니의 소식을 못 들었습니다. 지난 1년 동안 우리는 편지 왕래도 없었어요. 그러나 어머니가 기차를 타면 찻간에서 '우리 아들은 시인입니다'라고 말하리라는 것만은 확실합니다."

잠시 사이.

"말씀드린 대로입니다. 다음에는 아버지인데, 아버지는 뛰어난 인물입니다. 나는 아버지를 좋아합니다. 귀족적이고 성실한 마음의 소유자십니다. 그런데 세상 사람들은 곧잘 '댁의 아드님은 뭘 하세요' 하고 묻습니다. 그때마다 아버지는 부끄러워 당황하시는 거예요. 뭐라고 말하면 좋을까. 그저 '시인입니다'라고만 할까? 이건 좀 우스운 걸. 가령 그런 식의 대답이 있을 수 있다고 하더라도 '시인은 계급도 없고 수입도 없고 사회의 어느 등급에도 속하지 않으며, 은급을 탈 권리도 없다. 요컨대 시인이라는 것은 살아가는 것과 전혀 관계가 없다'고 아버지는 생각하시는 거예요. 그러므로 시인 지망 따위를 지지해선 안 될뿐더러 매사에 '좋아', '괜찮겠지'라고 해서도 안 된다는 말입니다. 내가 아버지에게, 아니 여기에 계신 누구에게도 내가 쓴 것을 하나도 보여주지 않는 심정을 당신은 이해해주시겠죠. 이 사람들은 내가 쓰는 글의 가치를 판단해주지 않아요. 그들은 선입관 때문에 그런 것이라면 대체로 싫어합니다. 이런 일을 하는 나를 싫어하는 거예요. 게다가 나 자신 역시 크게 의문을 가지고 있습니다. 정말입니다. 밤새도록 잠자리에서 손을 모은 채 잠들지 못하며 '내게는 시인이 될 자격이 있을까?' 하고 자문하면서 번민하는 밤이 여러 날 있습니다."

에발트는 슬퍼져서 잠시 입을 다문다. 그러는 동안에 다른 사람도 눈을 뜨고, 둘씩 짝지어 옆방으로 들어간다. 그곳에는 카드 탁자가 몇 개 준비되어 있다.

감사관은 기분이 좋다. 그는 아들의 등을 가볍게 두드린다.

"네, 아버지?"

에발트는 애써 웃으면서 아버지의 손에 키스를 한다.

이놈은 역시 이곳에 있어주겠지, 하고 감사관은 생각한다. 그렇게 하는 것이 당연한 생각이야.

그리고 그는 다른 사람들의 뒤를 따라간다.

청년 트라기는 곧 미소를 어딘가에 내버리고 투덜대기 시작한다.

"보세요. 저렇게 해서 아버지는 나를 못 가게 하는 겁니다. 힘이나 가르침을 통해서가 아니라, 매우 다정스러운 추억만을 사용해서 하는 거예요. '너도 어렸을 때가 있었어. 해마다 나는 너를 위해서 크리스마스트리에 불을 켜주었어. 생각해봐……' 마치 이런 투로 말하고 싶어하는 것 같습니다. 아버지는 이렇게 해서 내 마음을 약하게 합니다. 이 같은 아버지의 다정함에는 도망칠 길이 없어요. 더욱이 아버지의 분노 뒤에는 심연이 입을 벌리고 있습니다. 그것을 뛰어넘을 용기는 나에게 없습니다. 아마도 나는 겁쟁이인 모양입니다. 당신도 그렇게 생각하시죠, 내가 겁 많고 하찮은 인간이라고. 모두가 생각하듯이 여기 머물러 있는 것이 내게는 제일이겠지요. 착한 아들로서 온순하게 매일매일 똑같은 비참한 하루를 되풀이하며 살아가는 것이 가장 어울린다고 말입니다……."

"아뇨." 잔은 딱 잘라 말한다. "당신은 거짓말을 하고 있어요."

"그렇습니다, 아마. 내가 거짓말을 잘한다는 것을 당신은 알아두세요. 필요에 따라서 때로는 위로, 때로는 아래로. 그 한가운데 나라는 인간이 있을 테지만, 이따금 나는 그 한가운데 아무것도 없는 듯한 기분이 드는군요. 가령 내가 아우구스테 아주머니를 찾아갔다고 합시다. 그 집은 밝고, 조상 대대로 살아 내려오는 거실은 정말 차분한 느낌이 듭니다. 나는 염치 불고하고 제일 좋은 의자에 앉아서 다리를 꼬고는 이런 식으로 말합니다. '아주머니, 전 피로합니다. 그러니 이 기분 좋은 소파 커버 위에 더러운 발을 올려놓겠습니다. 괜찮겠죠?' 그리고 나는 선량한 아주머니가 이 농담에 흥미를 느끼고 필요도 없는데 나를 말리거나 하지 않도록 냉큼 다리를 올려놓는 거예요. 왜냐하면 나는 이야기할 것이 아직 많기 때문입니다. 예컨대 이런 것입니다. '만사가 정말 잘되어가는군요. 세상에는 법률이나 관습 따위가 있어서 사람들은 크든 작든 그것에 의지하고 있습니다. 그러나 저를 그런 얌전한 사람 가운데 하나로 여기진 말아주십시오, 아주머니. 저는 제 자신의 입법자이자 왕입니다. 저 말고 아무도 저를 지배하고 있지 않습니다. 하느님도 못 합니다.' 아가씨, 대체로 나는 이런 말을 아주머니에게 합니다. 그러면 아주머니는 노여움으로 얼굴을 새빨갛게 붉힙니다. 그녀는 부들부들 떨면서 '너 정도가 되면 모두 세상에 순응하는 것도 배운단 말이야……' 하고 말씀하십니다. '그럴지도 모르지요.' 나는 무심하게 대답합니다. '그런데 너만은 아니야. 너 같은 생각을 가진 자가 당도하는 곳에는 정신병원과 감옥이 있을 뿐이다. 아이고……' 벌써 울고 있는 거예요. 이어서 '그런 인간이 몇백 명이나 있어' 하는 겁니다. 그런 말을 들으니 내가 화가 납니다. '아뇨, 나 같은 인간은 따로 없습니다. 이제까지도 없었습니다……' 하면서 고래고래 외쳐봅니다. 이렇게 소리 지르고 목소리가 쉬지 않을 리가 없지요. 그런데 언뜻 정신을 차리고 보니, 낯익은 그 방이 다른 사람 방이 되고, 아주머니는 갈 길을 잃은 늙은 여자가 되어 그 앞에 서서 나는 연극을 하고 있는 거예요. 그래서 나는 몸을 웅크려 그곳에서 빠져나와, 거리를 막 달려 눈에서 눈물이 넘쳐 나오는 최후의 순간에 내 방으로 뛰어듭니다. 그러고는……."

에발트 트라기는 강하게 고개를 흔든다. 마치 꼬리를 물고 일어나는 생각을 떨쳐버리기라도 하려는 듯이. 그다음엔 자기가 울 것이라는 사실을 알고 있다. 자신의 비밀을 누설했기 때문이다. 그러나 그것을 어떻게 설명하면 좋을까. 설명할 필요가 있을까. 그런 짓을 하면 또 하나의 비밀을 폭로하는 일이 된다. 그래서 그는 황급히 다짐을 둔다. "난센스예요, 아가씨……. 내가 정말 울었다고는 생각지 말아주십시오."

그리고 벌써, 거짓말이 그녀에게 상처를 입힌다.

자기를 숨김없이 털어놓는다는 것은 대단히 좋은 일이었다.

그런데 지금은 완전히 못쓰게 되고 말았다. 다시 처음부터 고쳐 하지 않는 편이 좋다고 트라기는 생각하며, 기분이 언짢아져서 입을 다물고 만다.

아가씨도 말이 없다.

두 사람이 귀를 기울이니 트럼프 카드가 탁자를 치는 소리가 들려온다. 나무가 흔들려서 물방울이 떨어지는 소리 같다. 매우 중대한 울림으로 이런 말소리가 들려온다.

"백모님이 돌리실 차례예요."

또는 "누가 커트하지?"

또는 "클로버가 트럼프예요."

그러고는 네 사촌 자매의 나직한 웃음소리.

잔은 생각에 잠긴다. 그녀는 뭔가 다정한 말을 하고 싶다고 생각한다. 그를 위해서 독일말로 무슨 말인가 하지 않으면 안 된다. 그러나 그녀는 외국어에 어떻게 따뜻한 감정을 담을 수 있는지를 모른다. 생각하던 끝에 그녀는 "슬퍼하지 마세요"라고 말한다. 그리고 얼굴이 빨개진다.

젊은이는 눈을 들어서 그녀의 얼굴을 바라본다. 그 눈초리가 진지하고 명상적이라서, 잘못 말했는지도 모른다는 생각이 그녀의 머리에서 사라지고 만다. 이윽고 그는 고개를 약간 숙이며 진지한 마음으로 그녀의 손을 잡는다. 그러다가 그 손을 소중하게 자신의 두 손으로 감싼다. 그는 한 번 그렇게 해보았을 뿐이지만 이렇게 잡은 아가씨의 손을 어찌해야 좋을지 모른다. 그래서 젊은이는 그 손을 어처구니없이 놓아버린다. 그러는 동안 잔은 두 번째로 독일어 문장을 생각해낸다. 그리고 이번에는 만족스런 표정으로 말한다.

"하지만 당신은 아직 아무것도 잃어버리진 않았잖아요?"

에발트는 무릎 사이에 깍지를 끼고 창밖으로 눈을 돌린다.

잠시 사이.

"당신은 젊어요……."

그를 위로하듯이 그녀는 조심조심 말한다.

"아아" 하고 그는 받는다. 자기에게 인생은 벌써 끝났다고 그는 진정으로 믿고 있는 것이다. 인생을 다 걸었노라고 생각하진 않지만, 어쨌든 이미 지나가버렸다고는 생각하고 있다. 그러므로 이번에야말로 그는 거짓말을 하고 있지 않다. 정말 슬픈 생각으로 말한다. "젊다고요, 정말 그렇습니까? 나는 모든 것을 잃고 말았습니다……."

잠시 사이.

"하느님까지도." 그는 마음이 격해지는 것을 억누르며 말한다.

그녀는 미소 짓는다. 신앙심이 깊은 것이다.

그에게는 이 미소의 의미가 이해되지 않는다. 다름 아닌 지금 같은 경우, 이 미소가 그에게는 매우 방해가 된다. 그는 약간 기분이 상한다. 그녀는 실례를 사과하며 자리에서 일어난다.

"에발트." 그녀는 이 말을 발음할 때, 잘못해서 '에'에 악센트를 주고 마지막 '트'를 탁하게 낸다. 그것이 뭔가 신비스런 암시적 여운을 낳는다.

"당신은 언젠가 전부를 발견하리라고 생각해요……."

그런 말을 할 때의 그녀의 모습이 그에게는 엄숙하게 느껴진다.

그는 점점 깊이 머리를 숙인다. 상대방을 '어린애로군' 하고 내려다보면서 슬픈 명상에 잠겨보았으면 하고 생각한다. 그러나 한편으로는 그녀의 말에 감사하면서 환성을 지르고 싶은 기분이다. '나도 알고 있어요' 하고. 그러나 그는 둘 중 어느 쪽도 하지 않는다.

이때 트럼프 놀이를 하던 방에서 누군가가 옆방이 쥐 죽은 듯이 잠잠해진 것을 눈치챈다. 발바하 부인은 이마에 주름살을 모으며 부른다. "잔!"

잔은 망설인다.

부인은 정말 근심하고 있는 것이다. 네 사람의 사촌 자매도 부인을 도와서 외친다. "잔!"

프랑스 아가씨는 몸을 굽히고 속삭인다. "그래서 당신은 여행하실 거예요?" 그 말투는 의문인지 명령인지 확실치가 않다.

"네." 에발트도 다급하게 낮은 목소리로 대답한다. 그때 짧은 순간이지만 머리카락 속에 그녀의 손을 느낀다. 한 외국의 젊은 처녀에게 세상에 나설 것을 맹세하면서 그는 이 일이 조금도 이상하다고는 느끼지 않는다.

Ⅱ

에발트 트라기가 꼬박 열네 시간 동안이나 잠을 잔다고는 여간해
서 믿어지지 않을 것이다. 더욱이 다른 고장의 형편없는 호텔 침대에
서 말이다. 역 광장에는 새벽 다섯 시부터 시끄러운 소리가 일어나고
해가 쨍쨍 내리쬐는데, 그는 꿈꾸는 것도 잊고 잠들어 있다. '최초의'
꿈은 특별한 의미가 있다는 것을 알면서도 말이다. 그러나 그는 이제
야말로 무슨 일이든 성취할 수 있다고 생각하며 마음을 가라앉힌다.
꿈을 꾸든 말든 아무래도 좋다. 어제까지의 모든 일 다음에 찾아온
이 넋 빠진 잠을 줄표를 긋듯 길게 잡아끄는 것이다. 자, 이것으로 족
하다. 그런데 이번에는? 이제야말로 시작이다. 생활이 시작되는 것이
다. 이번에는 당연히 그것이 시작되지 않으면 안 될 차례이다.

이 젊은이는 침대에서 흡족하다는 듯이 몸을 편다. 그는 이 기분
좋은 온기 속에서 생활의 온갖 사건들이 저쪽에서 찾아오기를 기다
릴 셈일까.

그는 반 시간쯤 더 그렇게 기다리고 있다. 그러나 생활은 찾아오지
않는다. 그래서 그는 일어나 자기 쪽에서 찾아갈 결심을 한다. 여하
튼 자기가 먼저 하지 않으면 안 된다. 그것이 첫 아침에 얻은 깨달음
이다.

이 깨달음이 그의 마음을 가라앉히며 그에게 행동과 목표를 주고,
처음 보는 밝은 거리로 그를 몰아가는 것이다. 그가 처음 느낀 것은
도로가 끝없이 길고 전차가 우스꽝스러울 정도로 작다는 것이다. 그
래서 이 두 가지 현상의 어느 쪽도 다른 한쪽으로는 설명할 수 없을

것 같은 생각이 든다. 그것이 왠지 그의 기분을 매우 가라앉힌다. 모든 것이 그의 흥미를 끈다. 특히 크게 눈에 띄는 것이.

그러나 해가 높아짐에 따라, 거리 여기저기에 놓인 빗물 통 말고는 점점 그의 눈에 비치지 않게 된다. 빗물 통 앞에서 걸음을 멈추고 그는 점점 생각에 잠긴 표정이 된다. 이제는 그도 빗물 통에 붙은 작은 전단과, 거기 쓰인 약속의 글귀 따위를 보고 웃지 않는다. 거기에 쓰인 기묘한 문구를 재미있어 할 여유는 이미 잃은 것이다. 그는 자세히 신경을 쓰면서 그 문구를 옮겨 쓰고, 수많은 이름과 번지를 수첩에 적어둔다.

마침내 그는 최초의 시도를 하러 나선다. 그는 현관에서 넥타이를 단정히 매고, 마음속으로 자신을 타이른다. 매우 공손히 말해야 한다. '실례합니다. 이 댁에 1인용 빈방이 있을까요?' 하고. 그는 벨을 누르고 기다린다. 그리고 정중하게 용건을 꺼낸다. 표준 독일말로 악센트를 줄여서.

몸집이 가로퍼진 부인은 그가 묻는 말을 끝내기도 전에 왼편 문 안으로 그를 밀어 넣는다.

"이것이 그 방입니다. 깨끗하죠. 그 밖에 뭔가 필요한 것이 있으면……" 하고 말하면서 그녀는 두 손을 허리에 짚고 그의 결심을 기다리고 있다.

작은 방이다. 창문은 둘. 낡았지만 디자인에 공들인 가구가 비치되어 있으며, 더욱이 벌써 어둠이 깃들어 있어 꿈에도 볼 수 없을 듯한 수많은 것을 함께 빌릴 수 있을 것 같다.

젊은이가 아직 한마디도 하지 않고 어두운 방 안을 제대로 돌아보기도 전에 부인은 주저주저하면서 덧붙인다. "아침 식사 포함해 월 20마르크입니다. 지금까지 언제나 그 정도는 받아왔습니다."

트라기는 두어 번 고개를 끄덕거려 보인다. 그리고 그는 구석에 놓인 낡은 책상으로 걸어가서, 넓은 책상 모양을 살펴보고 미소 짓는다. 또한 그 뒤쪽에 있는 케이스에 든 작은 서랍을 두어 개 열어본다. 그리고 다시 미소 짓는다. "여기에 두는 거죠, 이 책상은?" 하고 그는 묻는다. 그리고 여기에 있으리라 마음을 정한다. 그런데 그때 그의 머리에는 수첩에 적은 번호의 긴 행렬이 떠오른다. 마치 의무적인 행렬같이. 그래서 그는 급히 말한다.

"그럼 내일까지 생각할 여유를 주시겠습니까?"

"네, 상관없습니다."

그래서 트라기는 그 집의 주소를 머리에 넣고 수첩에 이렇게 쓴다. '핑켄 가 17번지, 뒷방, 1층 책상.' 그 '책상' 뒤에는 느낌표를 세 개 적는다. 이것으로 크게 만족해서, 그날은 더 이상 하숙 찾는 일을 그만둔다.

그러나 그다음 날 아침 일찍부터 그는 적혀 있는 순서에 따라 걷기 시작한다. 이것은 그렇게 하찮은 일이 아니다. 거리의 주민들이 겨우 잠에서 깨어나 방문을 열어놓고 있는 오전에 여기저기 걸어 다니는 일은 무척 유쾌한 일이다. 그는 각 집의 특성을 정확히 수첩에 적으며 간다. '전망 좋은 출창(出窓) 있음'이라든가, '23번지 3층에는 소파 침대와 욕실이 있음'이라고. 그러나 어느 곳에도 책상은 없다.

한편 그는 약간의 경계하는 글귀도 적어둔다. 예컨대 '작은 아이들'이라든가 '피아노' 또는 '식당 겸업' 하는 식의. 메모는 점점 간단

하고 소홀해진다. 각 집에서 받은 인상도 기묘하게 변화되어간다. 눈이 점점 침침해지고, 그에 반해서 후각이 기능을 발휘하게 된다. 한낮이 돼서야 그는 이제까지 버려두었던 이 감각을 예민하게 한 것이다. 그래서 이번에는 외부 세계가 이 감각을 통해서만 그의 의식 속으로 들어오게 된다. 그는 속으로 생각한다. 아, 콩이구나, 라든가, 간절임 캐비지구나, 하고. 또 때마침 세탁 날이라 수증기가 뽀얗게 서려 있으면, 그는 문지방을 넘어서지 않고 뒤로 돌아선다. 그는 이미 방문 목적을 완전히 잊어버리고, 마치 들개처럼 우스꽝스러울 만큼 작은 부엌에서 새어나와 그를 맞는 각 가정의 특유한 냄새를 파악하는 일만을 염두에 두고 있다. 발길을 돌리려 하다가 큰 소리로 떠들고 있는 아이들에 부딪혀서 넘어뜨리거나, 화가 난 어머니들에게 절을 하며 미소 짓거나, 그런가 하면 방 모퉁이에서 우연히 놀라게 한 노인에게 특별한 존경을 치르는 듯한 거동을 보인다. 어쨌든 웃음거리가 되고 있다.

드디어 모든 집의 현관들이 어두워지기 시작한다. 어느 집의 벨을 눌러도 문을 열고 그를 맞는 것은 언제나 똑같은 가로퍼진 부인이고, 어느 집에서도 똑같은 아이들이 큰 소리로 지절대며 그에게 달려든다. 그 뒤에는 언제나 정해놓고 방해자가 왔다는 듯이 그 집의 나이든 주인이 의심스러워하는 어리석어 보이는 눈을 하고 서 있다.

에발트 트라기는 숨도 쉬지 않고 물러 나온다. 겨우 기운을 차렸을 때, 그는 서랍이 많이 달린 그 책상 앞에 서 있다. 그래서 이제 이런 식으로 쓰기 시작하고 있다.

'아버지, 제가 사는 집은 이렇습니다. 핑켄 가 17번지, 슈스터 부인

방.' 그러고 나서 그는 오랫동안 생각에 잠긴다. 마침내 편지는 내일 다시 계속해 쓰기로 결심한다.

그러나 그 뒤에 그는 좀처럼 책상이 필요해지지 않는다. 처음 몇 주일 동안은 매일 하루 종일 밖에서 지낸다. 일정한 계획도 세우지 않고 마음속으로는 늘, 대체 여기에 와서 무엇을 하려고 했었지, 하고 자문하면서. 화랑을 거닐어본다. 그러나 그림에는 실망한다. 〈뮌 헨 안내〉를 한 권 사서 보았지만, 그것을 연구하는 것도 곧 싫증이 난다. 일요일에는 맥주 양조장 정원에서 평범한 사람들 사이에 끼어 앉아 있거나, 노점이나 회전목마가 늘어선 교외의 시월제(十月祭) 회장으로 가거나, 또 오후에는 마차를 타고 '영국 정원'으로 간다. 그런 때는 그에게 잊지 못할 시간이 가끔 있다. 가령 다섯 시와 여섯 시 사이. 하늘 높이 뜬 구름이 모양도 색채도 몽환적이 되고, 또 영국 정원의 평탄한 들판 뒤쪽에서 갑자기 산 모양의 구름이 뭉게뭉게 이는 듯한 시간이다. 내일은 저 산정에 오르고 싶은데, 하는 착각을 일으킨다. 그러나 그 이튿날은 비가 와서 검은 안개가 끝없는 한길에 무겁게 뒤덮여 있다. 이와 같이 거듭 반복하여 남의 손에서 갖가지 물건을 앗아 가는 아침이 온다. 이 젊은이는 사태가 바뀌는 것만을 기다릴 뿐이다. 그런 경우에 무엇을 하면 좋은지 물을 수 있는 말 상대도 그에게는 없다. 그 집 주부하고는 식사를 날라다 줄 때 몇 마디를 주고받는 정도다.

그래서 매일 밤 트라기는 그녀의 남편인, 이 저택에 부속된 마부를 만나면 매우 공손하게 인사한다. 이 내외에겐 계집애가 하나 있다는 사실을 그는 알고 있다. 온 집안이 완전히 조용해지면 가끔 벽을 통하여 "엄마……" 하고 부르는 소리와 함께 계집아이의 부드러운 목소리가 들려오는 것이다. 계집아이는 뭔가 낭독을 하고 있는 듯하다. 그것도 시를 읽고 있는 것 같다.

그런 일은 에발트가 보통 때보다 일찍 귀가해서 차를 마시며 뭔가 일을 하거나 책을 읽거나 하여 밤이 깊었을 때 일어난다. 옆방에서 목소리가 들리면 에발트는 언제나 미소 짓는다. 이렇게 하여 점점 그는 자기 방에 애착을 갖게 된다. 점점 그 방에 신경을 쓰게 되고, 꽃을 사 오거나, 그 방의 사면 벽에 더는 숨길 필요가 없다는 듯이 하루 종일 소리 내어 말을 걸어보거나 한다.

그러나 이렇게 아무리 방과 친해지려고 노력해보아도 그 방의 사물들에는 역시 어딘가 냉정하고 거부하는 듯한 느낌이 감돌고 있다. 밤에는 이따금 그 방 안에 자기와 함께 또 다른 누군가가 살고 있어서, 자기가 있는데도 그 사람이 그 방의 도구를 마음대로 사용하고 도구 쪽에서도 자진하여 그 사람이 명령하는 대로 쫓아가고 있는 게 아닌가 하는 생각이 들 때도 있다. 그 느낌은 다음과 같은 일이 있은 뒤로 점점 강해진다.

어느 날 아침, 슈스터 부인이 커피 잔을 놓는 순간 에발트는 입을 연다. "기묘한 일인데…… 좀 봐주세요. 책상에 붙은 이 두 개의 서랍이 통 열리질 않습니다. 열쇠를 가지고 계십니까? 없으시다면 하나 주문하셔야 할 것 같군요." 그렇게 말하고 그는 가장 은밀한 서랍 두 개를 흔들어 보인다.

"어머, 용서하세요." 슈스터 부인은 당황하며 난처한 표정을 지어 보이고 표준 독일어로 말한다. "저도 그 두 서랍은 열지 못해요. 왜냐하면……"

트라기는 깜짝 놀라 눈길을 든다.

"당신에게도 말해두어야지요. 사실은 이렇습니다. 앞서 이 방에 계시던 분이 수입이 좋지 않아서 방세도 못 물었기 때문에 이 서랍 케이스를 두고 나가셨어요. 이 두 서랍에 가장 소중한 서류를 챙겨 넣고 그것을 저당으로 두고 가신다고요. 그렇게 말하며 그분이 열쇠를 갖고 가셨어요……"

"그렇습니까." 트라기는 이렇게 말하고 관심이 없는 듯한 얼굴을 한다. "꽤 오래전 일인가요?"

"네." 부인은 잠시 생각에 잠기더니 "7, 8년쯤 되지요, 아마……. 이제는 소식도 없어요. 하지만 그분이 언제 홀쩍 맡긴 물건을 찾으러 올지 모르겠군요. 언제 올지……"

"아, 네, 그렇습니까."

트라기는 적당히 응수하고, 모자를 집어 들고 방에서 나온다. 아침 식사를 하는 것도 완전히 잊어버리고.

그 뒤로 트라기는 소파에 붙어 있는 타원형 탁자를 또 하나의 창가로 옮겨놓고, 그곳에서 일을 하게 됐다. 10월도 꽤 깊었고, 책상의 위치는 창문에 너무 가깝다. 이것으로써 이 변경은 아주 자연스럽게 설명이 될 것이다.

그리고 이 젊은이가 위치를 바꾼 덕분에 여러 가지 일을 더 발견하게 된다. 한 예로, 창문에 마주 서면 밖이 내다보인다.

마치 한 폭의 그림 같다. 정원에서는 늘어선 상수리나무가 자꾸만 시들어가고 있다(상수리나무겠지). 배경에는 돌로 쌓은 오래된 샘물이 노래하듯이 졸졸거리며 흐르고 있다. 마치 그 풍경 전체에 반주를 하고 있는 것 같다. 더욱이 그 위에는 부조된 석상 같은 것이 대좌 위에 놓여 있다. 무슨 모양을 아로새긴 것인지 정확하게 분간이 되면 좋으련만. 그러나 너무 빨리 어두워지므로 곧 불을 켜지 않으면 안 된다. 그렇긴 하지만 지금처럼 바깥에 바람이 없을 때는 나뭇잎 지는 모양이 한없이 느리다. 익살스러울 만큼 느리다. 나뭇잎 하나하나가 농도 짙게 습기 찬 대기 속에서, 거의 제자리에 멎은 듯 떨어지며 방 안을 들여다보고 있다. 한 장 한 장이 사람의 얼굴 같다고 트라기는 생각하며, 꼼짝도 않고 앉아 있다. 밖에서 누군가가 창문에 몸을 붙이고 가만히 안을 들여다보고 있지만, 그는 전혀 눈치채지 못한다.

그 얼굴은 너무나 바싹 창문에 달라붙어서 코가 유리창에 눌리고 안면이 납작해져 있으며, 흡혈귀 같은 탐욕스런 표정이다. 에발트의 눈길은 완전히 초점을 잃은 채 이 얼굴의 선을 공들여 따라가고, 마지막에는 방 안을 엿보고 있는 차디찬 눈 속으로 빨려든다. 나락으로 떨어지듯이. 여기서 그는 정신이 든다. 그는 펄쩍 뛰어 창가로 달려간다. 손이 떨려서 창문 쇠고리가 말을 잘 안 듣는다. 트라기가 안개 속에 몸을 내밀었을 때, 그 사나이의 그림자는 이미 흔적도 없다.

그러나 차디찬 바깥 공기가 그의 마음을 가라앉힌 것은 확실하다. 그는 엉뚱한 짓을 더는 하지 않았다.

그는 불을 켜고, 여느 날과 마찬가지로 차를 준비한다. 그 앞에 놓인 책이 그의 흥미를 끄는 것 같다.

단 한 가지, 그날 밤 기묘한 일이 있다. 그가 전혀 잠자리에 들지 않았다는 사실이다. 그는 램프의 불이 다 탈 때까지 기다리고 있다.

다 탄 것은 한 시 반경이었다. 그러자 그는 양초에 불을 댕기고, 참을성 있게 바라보고 있다. 이윽고 촛불도 마지막 불길을 확 올리는가 싶더니 꺼지고 만다.

그러자 벌써 유리창 저쪽에는 망설이는 듯한 새벽빛이 떠오르기 시작한다. 밤이 짧군. 에발트는 이사를 해야 한다는 데 결단이 서 있다. 그것은 기정사실이다. 그는 어떻게 말을 꺼낼까, 그것만 생각하고 있다. '안됐습니다만, 슈스터 부인'이라고 말할까. '댁에는 완전히 만족하고 있습니다만······' 하고 시작할까. 이 가련한 말귀를 그는 이것저것 조립해본다.

그러나 아침이 되자, 이런 말을 불쑥 한다는 것은 도저히 불가능한 일이라는 확신에 도달한다. 그것은 아무래도 표현할 수가 없기 때문이다. 그래서 이대로 계속 있기로 한다.

여하튼 환경에 순응하지 않으면 안 된다. 이런 방이란 대개가 그러하다. 이전에 여기 살았던 사람은 아직 완전히 나가지 않았고, 에발트 트라기의 뒤에 올 사람들도 벌써 대기하고 있는 것이다. 협조해가며 사는 수밖에 도리가 없다. 마침 일요일인 그날부터 에발트는 되도록 눈에 띄지 않게 생활하고, 낯모르는 같은 하숙 친구들에게도 방해가 되지 않도록 핑켄 가의 이 대중 하숙집에서 가장 미미한 존재로서 표 나지 않는 생활을 하겠노라고 결심한다.

그 같은 생활이 진행되어간다. 처음 두세 주일이 지나고 온화한 11월로 접어든다. 한낮이 짧고 서러워지는 반면 기나긴 밤이 길어진다. 어떠한 일도 가능케 하는 긴 밤이.

무엇보다도 먼저 '루이트폴트'가 등장한다. 이것은 약간 멋진 가게

다. 대리석으로 된 작은 탁자 앞에 앉아서, 신문 한 다발을 옆에 놓고 매우 바쁜 듯한 표정을 지어 보인다. 그러면 검은 옷을 입은 여자애가 와서 찻잔에 엷은 커피를 가득 따른다. 너무 가득해서 설탕을 칠 엄두도 나지 않는다. 손님은 '보통'이라든가 '짙게'라는 말을 하기로 되어 있다. 희망에 따라서 '보통'으로도 '짙게'로도 되는 모양이다. 그 동안에 손님은 뭔가 쓸데없는 농을 건다. 마침 준비된 이야깃거리가 있을 때는. 그러면 미나도 베르타도 좀 지친 듯한, 알 수 없는 미소를 짓고 오른손에 든 니켈 주전자를 흔든다.

단, 그것은 트라기가 다른 탁자에서 목격한 이야기이다. 그 자신은 그저 고맙다고 말했을 뿐이다. 낮 동안에는 무척 여위어 보이는 이 검은 옷의 계집애들이 그의 마음에는 들지 않았기 때문이다. 다만 물을 갖다 주는 나이 어린 베티만은 왠지 그의 동정심을 불러일으킨다.

왜 그가 베티에게 무언가 좋은 일을 해주고 싶은 기분이 되는지는 모른다. 그러나 어쨌든 그가 언젠가 팁 말고도 작게 접은 쪽지를 그녀의 손에 쥐여준 것은 사실이다. 그때 그녀는 기뻐하면서 눈을 반짝였다. 그것은 어느 바자의 복권으로, 맞기만 하면 5만 마르크를 탈 수 있는 것이다. 그러나 잠시 후 책상 그늘에서 나온 베티는 대단히 실망한 얼굴을 하고 '고맙습니다'라고도 말하지 않는다.

이러한 작은 사건도 그 자신이 생각하고 있는 것 이상으로 이 젊은이의 마음에 깊은 충격을 준다. 오며 가며 주고받는 약간의 미소로 서로 마음이 통하는 사람들 틈에 섞여 있으면서도, 자신만이 소외되어 내쫓긴 채 살아가지 않으면 안 된다는 느낌을 그는 지겹도록 맛본다. 그는 시민의 한 사람이 되고픈 것이다. 아무 특별할 것 없는 평범한 시민 가운데 한 사람이 되고 싶다. 그러나 때로는 거의 그렇게 믿게 되는 적도 있다. 그러나 곧 뭔가 작은 사건이 일어나서 역시 이제까지의 관계에 하등의 변화가 없음을 그에게 알린다. 한쪽에는 그가 혼자 있고, 저쪽에는 세상의 온갖 물결이 있다. 이 관계를 지닌 채 살아갈 수밖에 없는 것이다.

누구든 아는 사람을 만들 필요가 있다고 생각하던 찰나에 그는 편지를 한 통 받는다. 거기에는 이렇게 씌어 있다.

"우연한 일로 당신이 뮌헨에 계시다는 말을 들었습니다. 나는 당신이 쓰신 것을 꽤 많이 읽었습니다. 한번 만나보면 얼마나 좋을까 생각하고 있습니다. 댁에서든 제 집에서든, 아니면 제삼의 장소에서든 당신이 원하시는 곳에서…… 만일 좋으시다면."

트라기에게는 그럴 마음이 나지 않는다. 편지에 적힌 이름은 잡지나 앤솔러지에서 전부터 알고 있는 이름인데, 그 빌헬름 폰 크란츠 씨에게는 무엇 하나 하자가 없다. 전혀 없다. 그러나 다른 사람이 접근해 오면 그는 달팽이처럼 껍질 속으로 숨어버리고 만다. 일어나기를 바라던 일이 실현되려는 순간이 오면, 그것은 갑자기 위험으로 변하는 것이다. 그 자신조차 들어갈 때 발소리를 낮추는 그의 이 고독한 영역에 함부로, 말하자면 흙 묻은 발로 밟고 들어오려는 자가 있다니, 생각지도 않은 일인 듯 여겨지는 것이다. 그래서 그는 회답을 내지 않았을 뿐 아니라, '제삼의 장소'가 생기지 않도록 조심스레 피하고 있다. 집에 있는 일이 많아지고, 이제까지 목소리밖에 못 들은 그 집 딸과도 낯이 익게 된다.

언젠가 딸이 커피를 가져올 때 그는 말한다.

"조피, 밤에 무얼 읽고 있지?"

"아, 네, 가지고 있는 책이에요. 많지는 않아요……. 그런데 여기까지 들려요?"

"또박또박." 에발트는 과장해서 대답한다.

"방해가 되지 않나요?"

트라기는 그저 이렇게 말한다. "아니, 방해될 거야 없지. 나도 책을 좋아하니까. 내 것을 한 권 빌려줄까? 많지는 않지만 꽤 있어."

말하고 나서 그는 그녀에게 괴테의 책 한 권을 내민다.

이리하여 그들 사이에는 아주 사소한 교섭이 생긴다. 이 교섭이 트라기의 내부에 뭔가를 채우고, 그의 영혼 속을 흐르는 수많은 것의 한가운데서 하나의 안정된 사상을 형성한다. 그곳에 몸을 두고 안식할 수 있는 것이 그는 매우 기쁘다. 누구에게 이러한 책을 빌려준다는 것이 결국 복권을 주는 것과 똑같은 일이라고 생각한다. 더욱이 이번에는 트라기도 호감이 가는 답례의 말을 듣는다. 그것이 그를 기쁘게 한다. 어느 날 오후 불시에 집으로 돌아왔을 때도 그는 역시 매우 기분이 좋다. 그런데 방 앞까지 와보니, 안에서 말소리가 들린다. 그는 주저하면서 귀를 기울인다. 그의 발소리를 알아채기나 한 듯 나직하고 빠른 말소리다.

이윽고 얼굴이 둥글넓적한 젊은 남자가 문 앞에 나타나더니, 시치미를 떼고 경쾌하게 휘파람을 불고 있다. 에발트가 이 남자에게 뭔가 말을 걸려는 순간, 조피가 그의 방에서 창백한 얼굴을 하고 나온다. 그리고 이것이 당연한 일이기나 한 것처럼 행동한다. 그녀는 불안한 어조로 말한다. "여기 계신 이분…… 이분이…… 방을 보겠다고 하기에, 트라기 씨."

젊은 두 사람은 서로 얼굴을 마주 본다. 낯모르는 사내는 휘파람을 그치고 인사를 한다. 그때 사나이는 은근한 미소를 보였는데, 그래서인지 그 얼굴은 점점 넓적하고 멍청해진다. 트라기는 혐오를 느낀다. 그는 모자챙에 손을 대어 가볍게 인사하고는 자기 방으로 들어간다.

조피가 문 저쪽에 서서 안을 살피고 있는 듯한 기척을 알아차린 것은 한참이 지나서다. 그는 뭐든 하지 않으면 못 견딜 것 같은 생각이 든다. 그래서 한쪽 책상에서 또 다른 한 책상으로, 전혀 쓸데없는 일이면서도 여러 가지 물건을 옮긴다. 가끔은 뭔가 주워 올리려고 몸을 굽힌다. 그러는 동안에 이 불행한 정리도 끝이 난다. 그는 소녀에게 무엇을 보느냐고 묻고 싶어 견딜 수가 없다. 아무 이유 없이 엿보려 할 까닭은 없기 때문이다.

갑자기 그는 뭔가 생각나는 점이 있어서 문 저쪽을 향해 말을 건다. 방 한구석을 보면서, "안심해도 좋아요. 나는 아무 말도 안 할 테니까. 그 말을 당신은 듣고 싶겠지. 알았어. 나는 내달 이사하겠어. 전부터 그럴 생각이었지……"라고 말한다.

그렇게 말했는가 싶더니, 그는 벌써 책상에 앉아 편지를 쓰고 있다. 두 시간이나 그 일에 몰두한다. 그런데 쓴 것은 폰 크란츠 씨에게 보낼 아주 짧은 편지에 지나지 않는다. 사정이 좋으시다면 내일 네 시에 루이트폴트로 와주십시오, 하는 내용이다. 상대편의 이름을 쓰고 나서 처음으로 그는 조심스럽게 주위를 살핀다. 이미 아무도 없다.

그는 구두를 신고 양복을 갈아입는다. 밖에 나가 저녁 식사를 할 모양이다.

폰 크란츠 씨는 약속 시간에 별 볼 일이 없다. 하기야 그는 어떤 시간이라도 별일이 없었을 테지만. 그가 대단히 바쁠 이유는 없기 때문이다. 그는 뭔가 큰 작품을 쓰고 있다. 서사시라고 할까, 아니, 서사시의 범주를 넘어선 작품. 어쨌든 전혀 새로운 형식의 것인 '대단히 격조 높은 것'을 쓰고 있다. 만나자마자 처음 반 시간 동안 폰 크란츠 씨는 우선 그 일을 이 새로운 친구에게 납득시킨다. 그러한 일은 다 알고 있듯이 전적으로 인스피레이션에, 깊은 영감에 의지하는 것이다. 그러한 영감은 폰 크란츠 씨의 말에 따르면 '암흑인 중세의 꿈을 실현하는 것이고 모든 것으로부터 금의 생산을 가능케 하는 일'이다. 그 같은 영감은 물론 한밤중이라든가, 혹은 뜻하지 않았을 때 찾아들지만, 오후 네 시 같은 가장 범속한 일만이 일어나는 시간에는 결코 찾아오는 일이 없다. 그러므로 폰 크란츠 씨는 시간이 남아 루이트폴트에서 트라기와 마주 앉게 된 것이다. 폰 크란츠 씨는 대단한 요설가다. 트라기가 과묵하기 때문이다.

크란츠는 침묵을 좋아하지 않는 것 같다. 그의 생각에 따르면 침묵은 혼자 있는 사람의 특권이다. …… 그러나 두어 사람이 모여 있을 때는 침묵이란 실제로 의미가 없지 않습니까. 적어도 금세 알 수 있는 자명한 의미는 없습니다. 확실하지 않은 것, 이해하기 힘든 것 따위는 적어도 생활에서는 없을 것입니다. 그러나 예술에서는 어떨까요. 예술의 경우에는 얘기가 다릅니다. 예술에는 상징이란 것이 있으니까요. 배경을 밝게, 그 앞에 놓인 대상의 윤곽을 어둡게 하라는 것도 있으니까. 베일을 씌운 형상……이라고나 할까. 그러나 생활에서는…… 상징이란 우스꽝스런 얘깁니다.

가끔 에발트는 "네"라고 대답한다. 어디서 이같이 많은 '네'를 수입하여 사용하지 않고 쌓아두었는지 자신도 이상하게 생각한다. 장대한 말과 어느 변두리 거리 한구석에서 누리는 왜소한 생활의 대조를 그는 이상하게 생각한다. 왜냐하면 그는 이날 오후에 폰 크란츠 씨의 세계관 전체를 부감하듯 알아버렸기 때문이다. 그래서 그는 이상해하고 있는 것이다. 여하튼 그는 젊기 때문에 모든 일을 다 사실로 받아들이고, 단순히 느끼는 것과 실제적인 현실을 구별하지 못한다. 그래서 가끔 이 화려한 고백의 약간을 기록해두려는 생각이 든다. 크란츠 씨의 이야기는 전체적인 연관이 너무 넓어서 잘 파악되지 않는 듯한 기분이 들기 때문이다. 그가 무엇보다 놀란 것은 크란츠 씨의 확신에 찬 말투이고, 하나의 의견 옆에 또 하나의 의견 옆에 또 하나의 의견을 태연히 놓는 소탈함이다. 그것은 정말 콜럼버스의 달걀이다. 하나의 주장을 꺼내 보이고, 그것이 곧 똑바로 설 것 같지 않으면 책상 위에 탁 부딪친다. 그러면 순식간에 서고 마는 것이다. 이것이 손재주 덕분인지, 아니면 실력 덕분인지는 아무도 판정하지 못하리라.

어쨌든 폰 크란츠 씨는 언제나 좌담의 중심이 된다. 그가 대단히 큰 소리로 떠들 때는 확실히 자기가 연기하는 장소를 완전히 잊고 있다. 남의 방 창문을 부수고 몰아치는 폭풍처럼 그는 어떠한 이야기 속에든 뚫고 들어간다. 결국은 누구나 그의 말에 자리를 양보하게 되고, 창문은 도처에서 개방 상태가 된다. 그때야말로 폭풍은 절정에 이른다. 예쁘게 생긴 미나까지 차 따르는 일을 잊어버리고 탁자에 몸을 기댄 채 그 말에 귀를 기울인다. 다만 아쉬운 것은 전혀 스스럼없는 눈초리를 하고 있다는 것이다. 그러다가 갑자기 그녀는 그 커다란 초록색 눈으로 시인의 빛나는 눈을 사로잡고 억눌러서, 작고 하찮은 비참한 것으로 만들어버린다. 그는 마침내 불명예스러운 미소를 띠며 눈길을 떨어뜨리고 만다.

폰 크란츠 씨는 한순간 갈피를 못 잡는다. 그는 의자 속에서 몸을 흔든다. 그것도 일부러 흔드는 시늉을 한다. 그러고는 예쁘게 생긴 미나에게 약간의 말을 던진다. 무언가 끈기가 있는 말, 예컨대 꽃이라기보다는 개구리라는 말을. 잠시 후에 그는 곧 이야기의 본론으로 돌아온다. 이 이야기는 "나는 어떻게 해서 니체를 극복했는가"에서 클라이맥스에 이른다.

하지만 에발트 트라기는 이미 그의 말을 듣고 있지 않다. 그는 크란츠 씨가 말을 끊고 잠시 입을 다물었지만 전혀 모르고 있다. 이 기다림의 의미는 '그럼 당신은?'이다. '당신도 여러 가지 점에 대해서 의견을 가지셨을 테죠, 아마. 그 생각을 좀 들려주십시오' 하는 뜻인 것이다.

트라기는 잠시 후에 겨우 제정신이 들어 그 상황을 이해하지만, 금세 말할 수 없는 당혹감에 빠진다. 그는 이 어찌할 수도 없는 사태 한가운데 서 있다. 깊은 숲 속 한가운데 서 있는 것과 같다. 보이는 것은 오직 나뭇등걸뿐이고, 나무들 위에 한낮의 햇살이 있는지, 밤의 어둠이 있는지조차 알 수 없다. 그런 상황에서 그는 지금 시각을 정확하게, 약간의 오차도 없이 몇 시 몇 분까지 정확히 말하지 않으면 안 될 처지에 놓인 것이다. 그는 침묵을 지킴으로써 폰 크란츠 씨의 기분을 상하게 하지나 않을까 두려워한다. 그러나 당사자인 크란츠 씨는 점점 온화한 동정을 보이며, 마치 아버지같은 태도로 나온다. 그는 급히 "계산!" 하고 명령한다. 그 정도로 그는 세심한 신경의 소유자인 것이다.

그 후 며칠이 안 되어 그의 내면에서는, 이 새로 알게 된 사람에게 자신의 일을 조금만이라도 털어놓지 않으면 안 되겠다는 기분이 점점 뚜렷해진다. 그것은 공감 때문이 아니다. 그 격의 없던 오후 이래 신뢰한다는 점에서 그는 크란츠 씨에게 빚을 졌기 때문이다. 그래서 어느 날 둘이서 영국 정원을 산책할 때, 지평선에 구름이 뭉게뭉게 떠올라 소나기가 쏟아질 듯한 때였는데, 갑자기 그가 입을 연다. "나는 언제나 혼자였습니다. 열 살 때 군사학교에 보내져서 5백 명이나 되는 생도 속에 내던져졌습니다. 그런데 거기서 나는 매우 불행했습니다. 5년 동안 있었습니다. 그리고 또 다른 학교로 보내졌습니다. 거기서 또 다른 곳, 이런 식으로 계속 나는 언제나 고독했습니다. 알고 계시겠지만……."

그 정도의 일이라면 틀림없이 고독에서 헤어날 수 있다고 폴 크란츠 씨는 생각한다. 그 후로 그는 빈번히 트라기의 방을 방문한다. 이른 아침에도, 오전에도. 더러는 밤늦게까지 있을 때도 있다. 크란츠 씨가 너무나 당연한 일처럼 그의 방을 드나들기 때문에 트라기는 이제 문을 닫고 고독을 지키려는 생각도 못 하게 된다. 말하자면 문을 활짝 열어놓고 생활하는 것과 같다. 폰 크란츠는 들어왔다가는 나가고, 나갔다가는 들어오곤 한다. 그는 그렇게 할 권리를 갖고 있다. 왜냐하면 "우리는 똑같은 운명을 지니고 있지, 트라기 군" 하고 그는 주장한다. "나 역시 가족들에게 이해를 못 받고 있어. 모두가 나를 꿰

도에서 빗나가 있다거나 머리가 돈 모양이라고 말하고 있거든. 흡사……." 그는 그럴 때, 자신의 아버지가 독일의 어느 작은 궁정의전관(儀典官)이라고 덧붙이는 것을 잊지 않는다. 그는 그런 궁정의 패거리가 지체 높은 얼굴을 하고 보수적인 사상을 고수하고 있노라고 말하면서 그들을 몹시 경멸한다. 정작 이 낡은 사고방식 때문에 그는 근위병중위가 되고 말았던 것이다. 아무리 생각해도 우스운 일이다. 크란츠 씨가 중위님이라니! 1년이 지나도 상관과 부하들하고 친숙해지지 않아서 퇴역할 때까지 실로 지겨운 고생을 했노라고 그는 술회한다.

그의 가족이 있는 제비스 크란츠의 저택에서는 모두 그가 새로이 선택할 이 직업에 찬성하지 않는다. 절대 반대인 것이다. 무슨 수를 써서라도 그가 나가는 길을 막으려 하고 있다. 그것은 말할 나위도 없는 일일지도 모른다. 그러나 그래도 그는 아직 투쟁을 멈추지 않는다. 오히려 그 반대다. 그는 약혼했다. 정식으로 청첩장을 보내고 약혼식을 올렸다. 상대편 규수는 일류 가문 출신이다. 소박하고 기품이 있으며, 훌륭한 교육을 받았다. 부자는 아니지만 귀족에 가깝다(그녀의 어머니는 백작의 딸이다). 이처럼 무턱대고 해치워버린 이 시도는 그에게 어느 정도 자유를 주게 될 것이다. 결혼식 날짜도 그리 멀지 않다. 식이 끝나면, 마침내 그가 계획한 주된 목적이 성취된다. 즉 "종문(宗門) 이탈이……" 하고 말하고 크란츠 씨는 금발 콧수염을 틀어 올리며 미소를 띤다.

"그렇지……"라고 말하고 그는 자신의 말과 트라기가 놀라는 데 크게 만족한다. "약간 놀랐을 겁니다. 그것으로서 나는 장교 직함을 없애고 말았으니까, 이 단호한 방침을 위해 그녀를 희생하는 겁니다. 그곳의 규율을 다하지 못할 사회에 소속되어 있다는 것은 자신에 대한 불성실이니까요."

'자신에 대한 불성실'이란 말을 트라기는 한밤중에 언뜻 떠올린다. 이 말 역시 얼마나 교묘하고 명확하며 또한 고풍스러운가. 그는 그 뒤로 매일 밤 크란츠와의 대화를 이것저것 회상해본다. 그러면 크란츠가 한 말이 한결같이 탁월하고 소중한 것처럼 생각된다. 그 결과도 아직 일어나지 않고 있는 것이다.

아직 11월인 어느 아침의 일이다. 눈을 뜨자, 트라기는 하나의 세계관을 받들고 있었다. 틀림없는 하나의 세계관이 그의 내부에 자리를 차지하고 있는 것이다. 온갖 조짐이 그 사실을 증명한다. 이 사상이 누구의 것인지 그로서는 알 수 없다. 어쨌든 이것은 자기 사상이라고 판단한다. 당연한 말이지만, 그는 얼른 그것을 휴대하고 루이트폴트로 달려간다. 그 사상을 모두에게 피력하자, 당장에 수많은 지지를 얻는다. 그들은 거의가 친우 같은 태도를 보이고, 읽어본 적 있는 그의 시에 대해 말하고, 이어서 5분 동안은 모두가 그에게 궐련을 권한다. "자, 한 대 피워보세요" 하고.

그러나 그의 어깨를 두드리며 '자네' 하고 부르기까지는 이르지 않는다. 트라기는 유감스럽게도 담배를 못 피운다. 담배도, 앞에 놓인 셰리 주(酒)도, 유명한 여가수 브라니카가 출연하는 카바레에서 하룻밤 지낸다는 계획도 자신의 세계관에 필요한 것이라고 느끼고는 있지만.

그때 누군가가, 브라니카라면 크란츠가 틀림없이 알고 있을걸요,

하고 말한다.

"왜 그래?" 크란츠는 어깨를 한 번 으쓱하고 콧수염을 비튼다. 그는 별안간 중위님이 되고, 폰 크란츠가 된다. 그러자 또 한 사람이 놀려댄다. "어쨌든 약혼녀와 함께 지낸 뒤라, 그 양반에겐 어스(접지선)가 필요하거든." 왈칵 폭소가 일어난다. 기술 용어가 교묘히 사용되었다고 모두가 감탄한다. 당사자인 크란츠조차 그것을 인정한다.

그 젊은 패거리 사이에 끼어, 크란츠는 정말 기분이 좋다. 다만 이름 같은 것은 기억할 마음이 조금도 나지 않았다. 한 사람 한 사람을 구별하려면 번호라도 붙여두면 좋을 듯하다. 물론 크란츠는 이 집의 단골들을 진정으로 인정하고 있지는 않다. 그는 이치들을 자기라는 인물을 위해 두어진 배경의 하나 정도로만 생각하고 있다. 그러므로 이 패거리의 누군가에 대해서 물어보아도 그는 아무렇게나 대답할 뿐이다. "그 사람 말입니까. 그렇지요, 재능이 있는지 어떤지 아직 모르겠는데요." 그것을 계기로 '예술의 사명'이라든가 '연극의 기술상 요청' 또는 '미래의 서사시'에 대해 지껄이기 시작한다.

이런 것을 보아도 트라기는 자기가 전혀 미숙하다고 느낀다. 그는 통 만족한 응답을 못 하니까 제대로 토론이 된 예가 없다. 그러나 다른 경우라면 자신의 무지가 스스로를 불안하게 만들겠지만, 이런 것에 대해서 그는 무지를 일종의 방패같이 느끼고 있다. 이 방패 뒤에 뭔지 파악할 수는 없지만 어떤 바람직한 것, 깊고 심오한 것을 감춰둘 수 있을 듯한 것이다. 외부로부터의 위험을 느끼고 감추는 것이지만, 어떠한 위험인지는 모른다. 그는 남모르는 고독한 시간에 태어난 자기 작품을 친구인 크란츠에게 보이는 것도 꺼리고 있다. 아주 드물게는 그도 무의식중에 호소하는 듯한 목소리로 조심스런 시구를 하나둘 크란츠에게 읽어줄 적도 있지만, 그런 다음에는 곧 반드시 후회한다. 더욱이 크란츠의 거리낌 없이 크게 울리는 박수 소리에는 부끄러운 생각까지 든다. 어차피 크란츠는 처음부터 박수 칠 생각을 하고 있는 것이다. 트라기의 시는 지금 병들어 있다. 그러므로 이 시 앞에서 큰 소리로 떠들면 곤란하다.

게다가 트라기는 시작(詩作)이란 은밀한 작업을 할 시간이 뚜렷이 줄어들고 있다. 그의 일과에는 갑자기 해야 할 여러 가지 일이 늘어나고 있다. 그러나 하루 종일 아무 예정도 없고 몸을 의탁할 곳도 없던 이전에 비하면, 지금은 훨씬 편하게 하루를 지낼 수가 있다. 조그마한 의무가 숱하게 생긴다. 크란츠가 그 패거리와 매일 만날 약속, 대단한 뜻은 없지만 언제나 뭔가와 관련되고 있는 시간, 어디서든지 자기 좋은 곳에서 언제 끝내도 상관없는 요설, 그런 요설에는 흥분도 일지 않고 불안도 일어나지 않는다. 친구들과 함께 시간을 보낸다는 정도의 의미밖에 없다. 자기 자신의 의지란 이것과는 관계가 없다. 부단히 사람을 위협하는 참다운 위험은 오직 하나, 외톨이라는 것이다. 이 공통의 적에 대해 친구들이 힘을 모아 지킬 수 있다.

이런 나날이 계속되고 있는 어느 오후의 일이다. 루이트폴트에 앉아 있던 크란츠 씨는 여느 때와 다른 진지한 얼굴로 트라기에게 이런 말을 꺼낸다.

"우리가 그것에 도달하지 못한다면…… 무(無)와 같은 것이야. 우리에게 필요한 것은 고도한 예술이야. 이봐, 속물들을 훨씬 초월한 높은 것이라고. 우리의 예술은 모든 산 위에서 나라에서 나라로 신호를 전하는 봉화의 불꽃이 피지 않으면 안 돼. 호소나 신호의 상징이 되는 예술…….”

“시시하군” 하고 누가 그의 등 뒤에서 말한다. 이 한마디가 젖은 모르타르(시멘트와 모래를 물로 반죽한 것)처럼 이 시인의 화려한 요설 위에 떨어져서 철썩 그것을 뒤덮고 만다.

이 ‘시시하군’을 발언한 것은 눈동자가 검고 체구가 작은 사나이다. 그는 믿기지 않을 만큼 짧아질 때까지 담배 한 개비를 피우는 요령을 터득하고 있다. 담배에 불을 붙이면 그의 크고 검은 눈은 빛나기 시작해서, 담배가 재가 되면 눈빛도 꺼진다. 담배를 버리고 이 사나이는 여유만만하게 두 사람 옆을 떠난다. 크란츠 씨는 부아가 나서 그 사내의 등 뒤에 퍼붓는다. “물론이지, 탈만…….”

그리고 이번에는 에발트를 향해서 덧붙인다. “저놈은 예의를 몰라. 언젠가는 저놈이 본심을 실토하도록 만들어야지. 어쨌든 저놈은 예의가 없어. 사람 축에 못 드는 사내지. 상대하지 않는 편이 가장 좋아…….” 말하고 나서 그는 아까 그 예술에 관한 토론으로 돌아가려 한다. 그러나 트라기는 여느 때와 달리 힘을 내어 힘껏 저항한다. 그는 똑똑한 어조로 묻는다. “저자는 누구입니까?”

“어딘가 작은 마을에서 태어난 유대인이지. 소설을 쓰고 있는 모양이야. 여기에 열두 명쯤 있는 수상한 인물 가운데 하나지. 열두 명은 있어. 그치들은 오늘 왔는가 하면 모레 가버리고 말아. 어디서 왔는지도 모르고, 어디로 가는지도 몰라. 그리고 뒤에 남기고 가는 것이란 더러운 말뿐이지. 이 패거리의 행동에 현혹되면 안 돼지요, 트라기 군.”

그의 목소리는 초조한 빛을 띠었다. 이것으로 모든 이야기는 끝났다는 투다. 트라기도 납득하고 현혹되지 않게끔 마음의 준비를 한다.

그러나 이날 오후는 정말 획기적인 일장이었다. 트라기는 예언자 크란츠 위에 털썩 떨어져 내린 저 비웃는 듯한 '시시하군'을 아무래도 잊을 수 없다. 더욱 고약한 것은 지금도 그 떨어지는 소리가 그대로 귀에 남아 있다는 사실이다. 크란츠 씨가 장대한 고백을 하는 뒤에서 쫘당 소리를 내며 그 말이 떨어졌다. 추억의 어느 한구석에 다 낡아빠진 윗도리를 입은, 어깨 폭이 넓고 눈동자가 검은 저 몸집 작은 사나이가 웃으며 서 있는 것이다.

일주일이 지난 밤에 트라기는 그때와 똑같은 모습의 그를 카바레에서 만난다. 트라기는 물론 그에게 다가가서 인사할 생각이다. 까닭은 모른다. 상대편 사나이도 인사를 받고 놀라지 않는다. 사나이는 다만 이렇게 묻는다.

"크란츠와 동행입니까?"

"크란츠는 뒤에 온다고 했습니다."

사이를 두고 덧붙인다.

"당신은 크란츠의 의견에 공명하시지 않죠."

탈만은 자리에 있는 친지에게 고개를 끄덕여 보이며, 그와 동시에 대답한다.

"공명이라고요? 그런 말은 쓰지 말아주십시오. 그의 이야기가 지루하단 말입니다."

"그럼 다른 때는 지루함을 느끼지 않습니까?" 아무래도 트라기에게도 상대방의 버릇없는 태도가 전염된 모양이다.

"그렇고말고요. 나는 지루할 틈 따위가 없어요."

"그런데도 이런 곳에 나타난다는 것은 좀 이상하군요."

"왜요?"

"모두가 지루함을 면하려고 이곳에 오는 게 아닙니까?"

"다른 사람들은 그렇겠죠. 나는 다릅니다."

트라기는 그의 고집에 어처구니가 없다. 그러나 트라기도 물러서지 않는다.

"그럼 뭔가에 흥미를 가지시고?"

"아니." 사나이는 말하고 나서 앞으로 걸어간다.

뒤쫓듯이 트라기가 말한다.

"그렇지 않은가요?"

탈만은 잠시 뒤돌아보고 말한다. "동정하고 있는 겁니다."

"누구를?"

"누구보다 당신에게." 그렇게 말하고 그는 트라기를 남겨둔 채 침착하게 앞으로 가버린다. 그때 루이트폴트에서 한 것과 똑같이. 에발트가 집에 돌아온 것은 열한 시다. 그는 그날 밤 잠이 오질 않았다.

그다음 날은 눈이 내렸다. 거리 사람들은 모두 기뻐하고 있다. 하얗게 된 한길에서 만나는 사람들은 서로 미소를 교환한다. "쌓이는군요" 하면서 기뻐하고들 있다. 에발트는 테레이엔 가모퉁이에서 탈만과 마주친다. 두 사람은 잠시 함께 걷는다. 오랜 침묵을 깨고 에발트가 말을 꺼낸다. "글을 쓰신다면서요?"

"네, 쓰기도 합니다. 이따금."

"쓰기도 하다뇨? 그럼 그것이 당신의 본업이 아닙니까?"

"네."

사이.

"그럼 대체 하시는 일은 무엇입니까?"

"보는 일입니다."

"뭐라고요?"

"보는 일, 기타 여러 가지죠. 먹는 일, 마시는 일, 잠자는 일, 별로 특별한 일은 하지 않습니다."

"당신은 언제나 농담만 하신다고 생각해도 좋겠군요."

"그렇습니까. 무엇을 농담한다는 거죠?"

"모든 것을. 하느님도, 세상사도."

탈만은 대답 없이 미소만 짓는다. "그런데 당신은 시를 많이 쓰시죠?" 트라기는 얼굴을 붉히며 침묵한다. 그는 한마디도 말을 할 수가 없다.

탈만은 웃을 뿐이다.

"당신은 그것을 별로 명예로운 일이라고 생각지 않으시죠." 트라기는 겨우 이 말만 하고 다시 입을 다문다.

"천만에, 나는 애초에 무슨 일이든 의의 있는 일이라고 생각지 않습니다. 다만 시를 쓰다니…… 무익한 일이란 생각은 듭니다. 그런데 나는 여기서 위로 올라가야 합니다." 문 있는 데서 말을 잇는다. "안녕. 당신이 농한다고 한 말은 아무래도 맞는 것 같군요."

트라기는 또 혼자가 된다. 응석받이로 자란 열 살 때 오직 분별없이 무턱대고 자포자기한 기분으로 집을 뛰쳐나온 그 당시의 일이 자꾸만 생각난다. 지금도 꼭 그때와 같은 공포와 절망, 무능하다는 생각에 몰리고 있다. 그때와 조금도 다르지 않다. 사는 데 필요한 뭔가가, 전진하는 데 없어서는 안 될 중요한 기관이 자기 자신에게는 결여되어 있는 것 같아 견딜 수가 없다. 이처럼 노력을 되풀이해보아도 결국 헛된 일이 아닌가.

먼 길을 걸어온 것처럼 기진하여 그는 집으로 돌아온다. 그러나 자기를 어떻게 처리해야 좋을지 모른다. 오래된 편지와 일기류를 들춰본다. 자기가 쓴 시를 이것저것 읽어본다. 크란츠 씨도 모르는 아주 최근의 시도 다시 읽어본다. 그렇게 하는 사이에, 그에게 자기라는 것이 차츰 보인다. 마치 오랜 시간이 걸려서 멀리에 있던 사람이 다가오듯, 윤곽이 조금씩 뚜렷해지고 분간이 된다. 그는 기뻐서 먼저 탈만에게 편지를 쓴다. 그것은 감사에 넘친 편지다.

"당신이 하신 말씀은 정말 그대로였습니다. 저는 거짓투성이, 알맹이 없는 인간이 되어 있었습니다. 당신은 저를 악몽에서 깨어나게 하셨습니다. 무엇으로 감사를 드려야 좋을지요. 여기 동봉한 시는 제가 가진 것 중에서 가장 귀중한, 가장 은밀한 것입니다. 이 시를 보내는 것 말고 저로서는 감사의 기분을 나타낼 것이 없습니다."

그리고 트라기는 편지와 시를 들고 직접 전하기 위하여 나선다. 그는 갑자기 우체국은 못 믿겠다는 생각이 든 것이다. 이미 밤도 깊었다. 그는 어둠 속을 손으로 더듬어 네 개의 계단을 올라가지 않으면 안 된다. 그리하여 겨우 탈만이 살고 있는 기젤라 가의 아틀리에에 당도한다. 우스울 만큼 작은 토굴 같은 방은 북쪽에 있는 커다란 창문의 창들에 불과한 느낌이다. 거기서 탈만은 글을 쓰고 있다. 낡고 찌그러진 램프가 한밤의 천장에서 타오르고 있다. 난잡하게 흩어져 있는 수많은 물건들을 하나하나 또렷이 비쳐낼 만큼 밝다.

탈만은 다가오는 사나이의 코끝에 그 램프를 높이 쳐든다. "아, 당신이군요." 그는 말하고 자신의 안락의자를 트라기 쪽으로 내민다. "담배 피우십니까?"

"괜찮습니다."

"커피는 이제 만들어드릴 수 없습니다. 알코올도 없고요. 그러나 원하신다면 이것을 함께 드시죠." 그는 손잡이가 없는 낡은 커피포트를 두 사람 사이에 놓는다.

그는 팔짱을 끼고 우뚝 선 채 담배를 피우며 침착하게 손님을 관찰한다.

트라기는 말을 못 꺼내고 있다.

"뭔가 내게 하실 말씀이라도 있습니까?" 그렇게 말하고, 탈만은 커피를 마신 다음 손등으로 입을 훔친다.

"당신에게 드리려고 가져온 것이 있습니다."

트라기는 털어놓는다.

상대는 감정의 움직임을 보이지 않는다. "그렇습니까. 어디, 이리 주시죠. 가끔 들여다보겠습니다. 뭡니까, 이것은?"

"편집니다" 하고 트라기는 망설인다. "그럼…… 곧 읽어봐주십시오."

탈만은 이 말이 끝나기 전에 벌써 봉투를 열고 있다. 함부로 찢어 발기며. 이와 이 사이에 담배를 물고, 연기 속에서 눈을 반짝이며 쫙 훑어본다. 에발트는 흥분하여 일어서서 기다리고 있다. 그러나 이 검은 눈동자를 한 사나이의 창백한 얼굴에는 아무 변화도 나타나지 않는다. 단지 자꾸만 담배 연기를 귀찮은 듯이 내젓고 있을 뿐이다. 겨우 그는 고개를 끄덕거려 보인다. "과연, 이하 동문이로군." 그리고 트라기를 향해서 "나도 이런 일에 대한 생각을 가끔 당신에게 써보도록 하지요. 말하는 것은 아무래도 질색이니까"라고 말하고는, 커피를 단숨에 마셔버린다.

트라기는 다시 안락의자에 앉는다. 앉은 채로 솟아 나오는 눈물을 꾹 참고 있다. 밤하늘에 아우성치는 폭풍이 커다란 유리창으로 불어닥치는 것을 트라기는 이마에 느낀다.

침묵.

탈만이 묻는다. "춥지 않습니까? 떨고 있군요."

에발트는 고개를 가로젓는다. 또다시 침묵.

가끔 유리창이 찢어지는 듯한 소리를 지른다. 특히 바람이 휘몰아칠 때는 마치 얼어붙는 대지와 같다. 마침내 트라기가 입을 연다. "왜 나에게 이런 처사로 대하는 겁니까." 그는 대단한 병을 앓고 있는 듯한 슬픈 표정이다.

탈만은 연거푸 담배를 피운다. "처사라뇨? 당신은 이것을 처사라고 말씀하시는 건가요? 당신은 정말 생각이 깊으신 분입니다. 어떤 식으로든 나는 당신에게 무슨 처사를 하려는 생각이 털끝만큼도 없다는 것을 똑똑히 말씀드려둡니다. 내가 당신과 대등하게 상종할 것을 바라신다면, 우선 그 같은 말을 쓰는 버릇을 그만둬주십시오. 그런 과장된 말을 나는 좋아하지 않습니다."

"당신은 대체 어떤 사람입니까?" 트라기는 외치고 의자를 걷어차면서 그 사나이에게 바싹 다가붙는다. 마치 그 얼굴을 후려갈길 듯한 기세다. 트라기는 분노에 떨고 있다. "대체 무슨 권리가 있어서 나의 모든 것을 짓밟는 것입니까?"

그러나 벌써 그의 목소리에는 눈물이 섞이고, 이윽고 눈물이 목소리를 눌러버린다. 눈앞이 흐려지고, 힘이 빠져서 주먹을 푼다.

상대는 트라기를 가만히 안락의자에 앉히고 때를 기다린다. 조금 지나자 그는 시계를 보고 말한다.

"이제 그만두세요. 돌아가셔야 하니까. 나도 쓸 것이 있습니다. 한밤중이 되었습니다. 내가 어떤 사람이냐고 물으셨죠. 나는 노동자입니다. 보시다시피 손에는 상처를 입고 있습니다. 동시에 침입자입니다. 아름다운 것을 사랑하면서도, 그러기에는 너무나 가난한 사내입니다. 남의 동정을 받고 싶지 않은 나머지 남에게 미움을 받아야 할 처지에 놓인 사내지요……. 그 밖의 일은 아무래도 좋습니다."

트라기는 눈을 든다. 그 눈은 열이 올라 건조해 있다. 계속 램프를 바라보고 있다. 이제 곧 캠프도 꺼지리라고 생각하며 일어서서 밖으로 나간다.

탈만이 좁은 계단을 위에서 비쳐준다. 트라기는 그 계단이 한없이 계속되는 것 같은 기분이 든다.

트라기는 병이 났다. 그래서 이사도 못 하고 핑켄 가의 방에서 설날을 맞는다. 드러누운 기분이 좋지도 않은 소파에 누워 있는 그의 머릿속에는 빛바랜 넓은 목초지와 야트막한 언덕이 있는 정원의 모양이 떠오른다. 언덕 위에는 자작나무들이 조용하고 청초한 모습으로 높이 자라나고 있다. 어디까지 뻗어 오를까. 하늘까지. 갑자기 그는 젊고 날씬한 자작나무가 하늘 이외의 장소에 있다고 생각하는 것은 어처구니없는 우스운 일이라는 생각이 든다. 확실히 자작나무는 하늘에만 있다. 그것은 확실하다. 그럼 도대체 지상의 인간은 어찌하면 좋단 말인가. 아니, 그것은 이 폭넓은 갈색 나무줄기 옆에서 생각을 멀리 달리면 가능하다. 그렇게 하면 별을 천장 바로 곁에까지 끌어내릴 수도 있으리라.

별안간 트라기는 듣는다. "뭘 따고 있지, 잔." "별이야." 그는 잠시 생각에 잠겼다가 또 말한다. "그거 좋군. 잔, 멋져." 그는 온몸에 상쾌함이 넘치는 것을 느낀다. 그러나 이윽고 허리가 아파와서 쾌감을 망가뜨리고 만다. 나는 오전 중에 계속 꽃을 꺾는 일에 너무 열중했던 모양이야. 그런데 왜 이런 일이 생길까? 오전 중일 뿐인데. 우스운 얘기야. 이틀이 아니라 두 주일이 지나도 끄떡없던 내가. 거기에 잔이 온다. 저 포플러의 긴 가로수 길을 지나서. 드디어 잔이 그의 옆으로 왔다. "양귀비꽃 아냐?" 하고 에발트는 잔의 손에 있는 꽃을 보고 실망해서 말한다. 양귀비꽃 따위를 가져오는 사람이 어디 있담. 폭풍이 몰아치면 모두 날아가버릴 텐데. 좀 있으면 알 거야. 그런데 다음에는 뭘 가져올까…….

갑자기 트라기는 일어나 앉는다. 정원의 모양이 희미하게 머리에 남아 있다. 다시 한 번 똑똑하게 생각해내려고 애쓴다. 그것은 언제 일어난 일일까? 어제일까? 그는 번민한다. 1년 전 일이었나? 그러고 있는 사이에 겨우 그것은 꿈이다, 꿈에 불과하다는 것을 알게 된다. 그래도 그는 진정이 안 된다. "꿈은 언제 존재하는 것일까?" 하고 그는 소리 내어 자신에게 묻는다. 그래서 그는 저녁때 그를 찾아온 크란츠 씨에게 이런 이야기를 한다.

"인생이란 아득하게 먼 것이지만 그 속에 있는 것은 아주 적어요. 영원한 것이 결국 하나의 것에 불과합니다. 그런 것을 생각하면, 난 불안해지고 지쳐버립니다. 어렸을 때 나는 이탈리아에 간 적이 있습니다. 잘 기억하진 못하나, 여하튼 이탈리아의 시골에서 길을 가던 도중에 농부에게 '마을까지는 얼마쯤 남았나요?' 하고 물었습니다. 그러자 '반 시간쯤 남았지'라는 대답이었습니다. 다음번에 만난 농부도 마치 약속이나 한 듯 똑같은 대답을 하는 거예요. 그런데 우리가 하루 종일 걸었건만 마을은 끝내 나오지 않았습니다. 인생도 이것과 같아요. 그러나 꿈속에서는 뭐든지 가까이 있거든요. 그래서 불안을 느끼지 않습니다. 우리는 본래 꿈에 맞도록 만들어졌으며, 삶을 위한 기관을 전혀 갖고 있지 않아요. 그런데도 우리는 물고기인 주제에 날 생각만 하고 있습니다. 그런 짓을 해서 어떻게 한다는 것이죠."

크란츠 씨는 이 말을 정확히 음미한 뒤에 찬성한다. "그럴듯해" 하고 그는 웃는다. "정말 근사해. 이것은 꼭 시로 만들지 않으면 안 돼. 하는 보람이 있을 거야. 이것은 당신의 본령이야……."

그러고 나서 얼마 후에 그는 물러간다. 그는 이런 말을 하는 것을 그다지 좋아하지 않는다. 그가 찾아오는 횟수는 점점 줄어든다. 트라기는 고맙게 생각한다. 이제야말로 그는 정말 꿈속에서 살아가고 있으며, 방해받고 싶지 않은 것이다. 방해를 받으면 싫어도 바깥의 슬픈 잿빛 한낮과, 조금도 따뜻해지지 않는 이 스산하게 습기 찬 방에 눈을 돌리지 않을 수 없게 되기 때문이다. 하기야 여러 가지 빛깔의 축제로 그는 이 방과도 꽤 친숙해졌다.

오직 밤에만은 지금도 겁이 나고 언짢다. 어렸을 때 앓은 적이 있는 열병의 괴로움이 밤마다 새삼스럽게 그를 엄습하고, 그의 힘을 앗아 간다. 팔다리는 돌이라도 박힌 것처럼 무겁다. 그의 손바닥에는 잿빛 화강암이 침입한다. 차디차게 굳은 것이 사정없이. 그의 열 오른 불쌍한 몸뚱이는 이 바위 속에 구멍을 뚫고 들어간다. 발은 뿌리가 되어 서리를 빨아올린다. 서리는 서서히 혈관까지 치밀어 올라 피를 얼게 한다……. 창문도 기분 나쁜 존재다. 난로 뒤 높은 곳에 달린 작은 창문. 아, 누가 뭐라고 해도, 이 창문이 얼마나 무서운 것인지 이해할 수 있는 사람은 없으리라.

"난로 뒤는 창문입니다. 그 창문 뒤에 또 뭣이 있다고 생각하면 두려워지지 않습니다. 작은 방인지, 넓은 방인지, 정원인지 누가 그것을 알고 있으랴……. 그것만 되돌아오지 않는다면. 선생님."

"당신은 신경질입니다……." 의사는 미소 짓고, 진찰에 대체로 만족한 표정이다. "그러므로 필요 없이 흥분하면 안 됩니다. 열이 좀 있으나 곧 나을 겁니다. 완쾌되면 많이 먹어야 합니다."

에발트는 돌아가는 늙은 의사의 등을 향해서 매우 약하게 웃어 보인다. 자기는 중병이다. 뿌리 깊은 병이라고 그는 믿어 의심치 않는다. 모든 게 그것과 꼭 맞아떨어지고 있다. 권태로이 유리창에 몸을 기대고 있는 어두침침한 한낮도, 넓은 어둠이 오래된 먼지처럼 모든 것 위에 덮여 있는 이 방도, 가구나 마루에서 끊임없이 풍기는 낡은 집에 달라붙은 이 냄새도.

가끔 어디선가 종이 울린다. 그것이 그에게는 이제까지 들어본 적 없는 것처럼 큰 소리로 들린다. 그런 때 그는 가슴 위에 손을 모으고 눈을 감는다. 베갯머리에는 촛불이 타고 기다란 일곱 가락의 촛불이 뿜어내는 빨간 불꽃이 이 장엄한 슬픔을 감싸서 꽃처럼 빛나고 있는 광경을 꿈꾼다.

그러나 늙은 의사의 말은 틀리지 않았다. 이윽고 열은 내리고 트라기는 금세 그런 꿈을 꾸지 않게 된다. 휴식으로 저축된 새로운 에너지가 온몸에서 초조히 움직여, 그를 침대에서 몰아낸다. 이것은 거의 그의 뜻에 반대되는 것이다. 그래도 잠시 그는 환자답게 행동하지만, 때로는 자신이 생각해도 우스워진다. 그 이유는 다른 것이 아니다. 겨울날이 어쩌다가 순간적으로 풍유한 햇살을 살짝 비춰 미소를 흘리는 일이 있기 때문이다.

이것은 하나의 조짐인 것이다, 이 미소는.

그는 아직도 바깥 기운을 쐬면 안 된다. 그래서 자기 방에 앉아 기다리고 있다. 지금은 모든 것이 자기를 기쁘게 하기 위해서 있는 것 같은 기분이 든다. 밖에서 들려오는 어떠한 소리도, 음유시인처럼 그의 부름을 받고 이야기를 하도록 되어 있다. 편지가 오지 않을까, 하고 트라기는 기다리고 있다. 아니면 크란츠 씨가 문을 노크하지 않을까, 하고. 그러나 하루하루가 아무 일도 일어나지 않고 지나간다. 바깥에는 눈이 내려 쌓이고, 깊은 눈 속에서는 아무 소리도 일어나지 않는다. 편지도 오지 않고, 손님도 오지 않는다. 그래서 밤은 한없이 길다.

트라기는 자기가 모두에게 망각된 인간이라는 것을 마침내 느끼기 시작한다. 그리하여 그는 본의 아니게 스스로 몸을 움직여 호소하고 자신의 존재를 알리는 작업을 개시한다. 그는 편지를 쓴다. 고향에, 크란츠 씨에게, 더욱이 우연히 알게 된 사람들에게도 닥치는 대로. 고향을 떠날 때 받아 왔으나 지금까지 쓰지 않고 간수해두었던 추천장도 보내본다. 그리고 '와주십시오'라는 회답이 오기를 기다리고 있다. 그런데 하나도 소식이 없다. 그를 회상해주는 사람은 없는 모양이다. 불러보아도, 몸짓을 해보아도 그의 목소리는 아무 데도 닿지 않는 모양이다.

그럴 때에는 남과 연관을 갖고 싶다는 소망이 한결 강해지는 법이다. 그렇게 되면 소원은 점점 커지고, 이윽고 치열한 갈망이 된다. 그는 전혀 마음이 가라앉지 않아서 씁쓰름한 기분으로 반항심을 불태우고 있다.

그러다가 문득 그는 어떤 일에 생각이 미쳐 마침내 침울해지고 만다. 자기가 세상에 헛되이 바라고 있는 것은 애초부터 자기로서는 아무에게도 요구할 수 없는 것이 아닐까. 상대방 쪽에서 보면 시효가 지난 빚이나 권리를 이제 와서 독촉하는 것과 같으므로, 새삼스럽게 되돌려달라고 하는 부탁은 무리가 아닐까. 그래서 그는 어머니에게 졸라대기도 한다. "제가 가질 수 있는 것을 남김없이 저에게 주십시오" 하고.

그것은 길고 긴 편지가 된다. 밤늦게까지 계속해서 쓴다. 펜은 점점 빨라지고, 뺨은 점점 달아오른다. 그는 어머니로서의 의무를 요구하는 것부터 시작했으나 부지불식간에 은혜나 선물, 친절과 애정을 요구하고 있다.

"아직 늦지 않았습니다. 저는 아직도 유연합니다. 어머니의 손에 감싸이면 저는 양초같이 될 것입니다. 저를 품에 안으셔서 제게 형태를 주시고 저를 완성해주세요……."

이것은 현실의 한 여성을 훌쩍 넘어선 모성 전체에 대한 외침이다. 봄이 순수한 기쁨에 차는 저 첫사랑에도 어울리는 외침이다. 이 말들은 이미 그 누구에게도 향하고 있지 않다. 팔을 벌리고 태양으로 뛰어드는 수밖에 없다……. 그러므로 결국 마지막에 트라기가 이 편지를 보낼 상대가 존재하지 않는다고 깨닫는다 하더라도 전혀 이상한 일이 아니다. 아무도 자기가 말한 바를 이해해주지 않으리라. 몸집이 가냘픈 저 신경질적인 어머니는 가장 자존심이 강하다. 친척도 없는 외국에서 지내며 모두에게 '…… 양(孃)' 따위로 부르게 하고 있다.

에발트는 그런 것을 생각하며 이 편지는 시급히 태워버려야 한다는 것을 뚜렷이 느낀다.

그는 가만히 기다리고 있다.

그러나 편지는 떨리는 작은 불꽃을 내뿜고 있을 뿐 좀처럼 타버리려고 하지 않는다.

릴케의 삶과 작품에 대하여

20세기를 대표하는 독일의 시인이자 소설가인 라이너 마리아 릴케(Rainer Maria Rilke)는 1875년 보헤미아 프라하(체코의 수도)에서 태어났다. 아버지는 군인이었으나 병으로 퇴역하여 철도회사에서 근무하였으며, 어머니는 고급 관료 집안 출신으로 허영심이 강하고 신경질적이었다. 어머니는 유별난 성격으로 릴케를 다섯 살까지 여자아이의 옷을 입히고 또래 사내아이들과 어울리는 것을 금기하였다. 아홉 살 때에는 부모가 극명한 성격 차이로 헤어져 릴케는 쓸쓸한 어린 시절을 보내야만 했다.

그 후 릴케는 장교가 꿈이었던 아버지의 뜻에 따라 육군유년학교를 거쳐 육군사관학교에 입학하였다. 그러나 성격이 유약한 그는 엄한 규율을 견디지 못하고 신병을 이유로 중퇴한 후 상과대학으로 전학하였으나, 다음 해 퇴학하고 1895년 뮌헨대학에 입학한다. 릴케는 이때 이미 시(詩)를 쓰기 시작했다고 한다.

릴케는 뮌헨에서 루 살로메를 만나게 되며 1899년 그녀와 함께 러시아 여행을 한다. 니체의 약혼녀였던 그녀는 릴케보다 열네 살이나 연상이었고 그의 인생 안내자 역할을 하기도 하였다.

그녀와 함께 두 차례에 걸쳐 러시아 여행을 하면서 릴케는 톨스토이를 만난다. 이 여행에서 그는 인생과 문학에 크나큰 영향을 받았으며, 시인의 기본 감정을 배양할 수 있었다.

이때 발간된 시집《나의 축제》(1899)에서 릴케는 이전의 습작과 달리 사물의 근원에 존재하는 생명을 촉구하는 경향을 나타내고 있다.

러시아 여행에서 돌아온 릴케는 화가 H. 포겔러의 초청으로 브라멘 근방의 화가촌 보르프스베데(Worpswede)에 머물며 인상파 화가들과 사귀면서 자연에 대한 안목과 형상(形象)에 대한 인식이 깊어졌다. 릴케는 "나는 만물이 얼마나 순순한가를 배우게 되었다. 그래서 그 순순함을 표현할 수 있게 된 것이다"라고 말하고 있다. 이때 인상주의 영향을 강하게 받은《형상시집》(1902)이 쓰여졌다.

릴케는 보르프스베데 체류 중에 로댕의 제자인 여류 조각가 클라라 베스트호프를 만나게 되며 1901년에 그녀와 결혼하고 딸 루트를 얻었으나 다음 해《로댕론》을 쓰기 위해 파리로 떠난 후 부인과 거의 이별 상태가 된다.

1902년 릴케는 파리에 체류하는 동안 로댕의 비서로 있으면서 로댕 예술의 진수를 접하게 되며 그 후 작품 활동에 큰 변화를 가져온다. 그의 유명한《말테의 수기》를 비롯하여 중년기 작품은 거의 로댕 예술의 영향을 받고 있다. 이후 릴케의 작품은 안이한 서정성을 버리고 사물의 본질을 파악하는 데 중점을 두고 있으며, 또한 현실을 날 카롭게 통찰하고 현실에 숨겨져 있는 진실을 꾸준히 형상화해가는 예술 세계를 보인다.

두 차례의 러시아 여행에서 릴케의 신과 종교에 대한 사상은 "내 부적 고독감과 지성인의 고민이 러시아적 신앙과 신에 대한 친밀감 으로 변하여 신은 높이 군림하는 초월적 신이 아니고 각자 앞에 있 는, 개개의 물건 속에 내재하는, 그리하여 함께 생성유전하는 신인 것이었다".

1905년에는 이상과 같은 그의 독특한 종교관이 표현되어 있는 《시도시집(時禱詩集)》이 출간되었다.

파리에 다년간 체류한 릴케는 혼돈과 퇴폐의 도시 속에서 느낀 인 간의 고독과 존재의 불안을 체험하고 이를 수기 형식의 소설로《말 테의 수기》(1910)를 완성한다. 그리고 그는 다시 방랑 생활에 들어 간다.

릴케는 이탈리아와 아프리카를 비롯하여 보헤미아와 독일의 여러 지방을 여행한 다음 이탈리아의 동해안에 있는 두이노(Duimo)에 돌 아온다. 그곳에서 후작 부인 마리에 폰 투른 여사의 호의로 그녀의 저택을 사용하게 되는 행운을 얻는다. 1912년 릴케는 이곳에 머물면 서 그동안 침체되었던 시상(詩想)이 떠올라《두이노의 비가》앞부분 제1과 제2를 쓰게 된다.

1912년 릴케는 스페인 여행에서 많은 감명을 받았고, 이어 독일 을 거쳐 다시 파리로 와서 앙드레 지드 등과 가까이 지냈으며, 1914 년부터 제1차 세계대전이 끝날 때까지는 뮌헨에 있으면서 카프카,

베르펠, 트라클, 슈테판 츠바이크 등 여러 예술가들과 교우하였다. 1919년 그는 여행으로 떠난 스위스에 계속 머물며 독일로 돌아오지 않았다.

릴케는 1922년 스위스의 발리스(Wallis)에 있는 뮈조트(Muzot) 섬에 머물면서 10년간의 고심 끝에 드디어《두이노의 비가》와《오르페우스에게 보내는 소네트》를 완성한다. 전부 10편으로 구성된《두이노의 비가》는 그의 대표작일 뿐 아니라 현대 서정시 중에서 가장 높이 평가되고 있는 것 중에 하나이다.

제1차 세계대전 후 혼란한 세상 속에서 릴케가 추구한 것은 인간 생존의 의미란 무엇인가 하는 것이었다. 그리고 릴케는 섬세한 감수성으로 근대사회의 모순을 깊이 번뇌하고, 고독·불안·죽음·사랑·초월자 등의 문제에 관하여 깊이 있는 시를 썼다. 초기의 작품은 인상주의 영향을 강하게 받았지만, 만년에는 두드러질 정도로 명상적이고 신비적인 경향을 띠고 있다.

릴케는 인간으로서, 시인으로서 사명을 느끼게 되고 정신적으로 비교적 만족스러운 시기를 맞이하였으나 1926년 패혈증에 걸려 뮈조트 성 바드몽 요양소에 들어갔다가 그해 12월 29일 51세의 짧은 나이로 세상을 떠난다.

릴케는 시에서 현실을 초월하는 영혼의 드높은 음향을 전하고, 언어의 형식미를 탐구하여 표현의 한계를 확대시킨 현대 독일 시의 거장이기도 하지만, 여러 편의 훌륭한 소설들을 남기기도 했다.

릴케의 대표 소설집은 다음과 같은 것이 있다.

(1)《인생의 오솔길을 따라서(Am Leben hin)》, 1898.

(2)《프라하의 두 이야기(Zwei Prager Geschichten)》, 1899.

(3)《마지막 사람들(Die Letzten)》, 1901.

(4)《1893년에서 1902년의 소설과 스케치(Verstreute und nach-
gelassene Erzählungen und Skizzen aus den Jahren 1893 bis 1902)》. (이
책은 릴케의 생전에는 단행본으로 나오지 않았고, 그의 전집 제4권에
모두 수록되어 있다.)

(5)《하느님 이야기(Geschichten vom lieben Gott)》, 1904. (이것은
1900년에《하느님에 대하여. 기타(Vom lieben Gott und Anderes)》라는
제목으로 발행하였다가 약간의 가필과 수정을 거쳐서 1904년에 지금
과 같은 제목으로 재판되었다.)

이 책에는 (1)에서 〈모두를 하나로〉, 〈목소리〉, 〈노인〉, 〈새하얀 행
복〉, (3)에서 〈대화〉, 〈어느 사랑 이야기〉, 〈마지막 사람들〉, (4)에서
〈집〉, 〈구름의 화가〉, 〈묘지기〉, 〈에발트 트라기〉, (5)에서 〈하느님의
손〉, 〈죽음의 동화〉까지 총 13편을 번역했다. (3)은 전체를 번역했다.
번역한 작품을 이와 같이 선택한 것은 옮긴이의 취향에 따라 보다
릴케적인 것, 보다 아름다운 것 그리고 동일한 분위기를 가진 것들
을 모으려고 했기 때문이다.

이 작품들이 비록 릴케 초기의 것이기는 하나, 당시의 독일 산문
작품 중에서는 크게 유니크한 것이며, 다른 작가의 것에서는 볼 수
없는 독특한 분위기를 풍기고 있다. 릴케의 작품에는 변화나 발전이
없고 오직 그 심화만이 있다는 점에서 본다면, 죽음, 고독, 사랑, 아름

다움 등에 관한 신비적인 상관성을 궁극까지 추구하는 릴케 고유의
세계가 이미 형성되고 있음을 볼 수 있다.

송 영 택

옮긴이 **송영택**

서울대학교 문리과대학 독문과를 졸업하고
서울대학교 강사로 재직했으며, 시인으로 활동하면서
한국문인협회 사무국장과 이사를 역임했다.
저서로는 시집《너와 나의 목숨을 위하여》가 있고,
번역서로는 괴테《젊은 베르테르의 슬픔》,《괴테 시집》,
릴케《말테의 수기》,《어느 시인의 고백》,《릴케 시집》,《릴케 후기 시집》,
헤세《데미안》,《수레바퀴 아래서》,《헤르만 헤세 시집》,
힐티《잠 못 이루는 밤을 위하여》, 레마르크《개선문》 등이 있다.

릴케 단편선

지은이   라이너 마리아 릴케
옮긴이   송영택
펴낸이   전준배
펴낸곳   (주)문예출판사
신고일   2004. 2. 12. 제 2013-000360호
         (1966. 12. 2. 제 1-134호)
주 소   서울특별시 마포구 월드컵북로 6길 30
전 화   393-5681   팩 스   393-5685
이메일   info@moonye.com
블로그   blog.naver.com/imoonye

제1판 1쇄 펴낸날 2016년 3월 30일
제1판 2쇄 펴낸날 2021년 1월 30일

ISBN 978-89-310-0995-8 03850